ANNA PAVIGNANO

COME SALE SULLA PELLE

PIEMME

Questo romanzo è un'opera di fantasia. Personaggi e situazioni sono invenzioni dell'autrice e hanno lo scopo di conferire veridicità alla narrazione e sono quindi utilizzati in modo fittizio. Qualsiasi analogia con fatti, eventi, luoghi e persone, vive o scomparse, è puramente casuale.

Pubblicato per

PIEMME

da Mondadori Libri S.p.A.

ISBN 979-12-238-0031-7

I Edizione luglio 2025

Anno 2025-2026-2027 - Edizione 1 2 3 4 5 6 7 8 9 10

A Maria Grazia, mia sorella,
con cui condivido i ricordi
che sono l'anima di questa storia

«Nessuno resiste senza vite prestate,
la nostra vita non ci basta»

ELIAS CANETTI, *La tortura delle mosche*

PRIMA PARTE

1

L'incidente

La bambina guardava fissa il quadro che pendeva solitario sulla parete della cucina, arrivato lì chissà quando, pitturato da chissà chi. Accostata la sedia al muro, ci era salita in piedi, il naso incollato al dipinto, come volesse entrarci dentro: un campo di grano color giallo cupo su cui incombevano nuvole nere come enormi incudini.

Davanti, al centro della scena, una figura femminile con accanto due bambini. Camminavano verso una meta non definita, ma Camilla era certa che stessero tornando a casa per non prendere l'acqua. Immaginava che la donna fosse sua madre Ernestina e i bambini i suoi fratelli Luigi e Agostino che la seguivano quando andava nei campi a controllare l'operato dei braccianti.

Il temporale in arrivo avrebbe fatto rientrare la mamma e i fratelli dalla campagna, proprio come nel quadro; le stanze si sarebbero riempite di bisticci, di corse, del lavoro di Ernestina, avanti e indietro dalla cucina alle camere da letto, dalla stalla al pollaio, e Camilla si sarebbe sentita al sicuro. La paura l'aggrediva quando si faceva sera e in casa non c'era nessuno.

Su suo padre non poteva contare, perché l'osteria in paese era sempre affollata e lui stava là, che ci fosse il sole o che piovesse, a servire i clienti fino a tarda notte.

Venne il cattivo tempo. Tuoni e lampi. Ernestina l'aveva previsto, e la mattina le aveva raccomandato di non uscire.

Era sempre più buio, i fulmini gettavano luci improvvise: il tavolo, il camino, il pentolone apparivano e scomparivano, le figure del quadro sembravano animarsi. La scala che saliva alle stanze da letto, scura e infinita, minacciava di liberare presenze nascoste.

La bambina non aveva nemmeno il coraggio di accendere la candela, una volta era successo che si era improvvisamente spenta, come se qualcuno ci avesse soffiato sopra.

Nella stanza accanto un altro dipinto era solito ispirare le fantasie della piccola. Una Madonna, il viso dolce, era pronta a farsi prendere la mano che lasciava abbandonata lungo il bracciolo del suo trono d'oro. Camilla era convinta che una sera, una delle tante sere in cui era sola, la Vergine Maria si fosse staccata dal muro e l'avesse presa in braccio, per rassicurarla. Le sembrava di sentire ancora il frusciare dell'abito della santa figura che si accomodava lieve sulla poltrona.

Stava per aprire la porta della sala e cercare nuovamente conforto presso di lei, quando un tuono più forte le rese insopportabile restare in casa un minuto di più. Pioggia e temporale non le facevano paura, mentre la terrorizzavano le ombre della casa che minacciavano di palesarsi.

Indossò la mantellina, prese l'ombrello di suo padre e scappò via.

La strada per il paese la conosceva.

Per un tratto era in mezzo alla campagna, ma poi cominciavano i portici. Gli archi avrebbero scandito con un'eco familiare i suoi passi, le volte l'avrebbero accolta e tenuta all'asciutto fino alla porta della locanda di suo padre.

Si incamminò, un raggio di luce tra le nuvole faceva spiccare lontano, sotto le colline, il fiume dove d'estate i bambini facevano il bagno e le mamme si rinfrescavano i piedi: tiravano su le gonne fino al ginocchio e ridevano, vergognose. Rivide sua madre nell'atto di compiere quel gesto e l'amore che le suscitò il ricordo si mescolò al rammarico per avere disobbedito alla sua raccomandazione. Sfuggì il pensiero, ormai era fatta.

I tuoni cessarono, la pioggia sfrigolava sull'ombrello, le pozzanghere bollivano come pentole pronte per versare la polenta.

Camilla si sentì libera, sicura, grande. Gridò di gioia.

Se l'avessero vista in giro a quell'ora i suoi non avrebbero approvato, ma era certa che suo padre sarebbe stato così contento di vederla comparire sulla porta dell'osteria, da dimenticare i divieti che egli stesso le aveva imposto.

Non sazia della vitalità che le metteva addosso quell'impresa, pensò che fosse l'occasione buona per fare qualcosa che ai suoi fratelli era concesso, mentre a lei era stato sempre proibito.

«Una femmina deve comportarsi con garbo» le ripetevano da quando aveva l'età della ragione.

Si tolse gli zoccoli e si lanciò coi piedi dentro le pozzanghere, balzando come una rana da una pozza all'altra. La strada si trasformò in una magnifica avventura e uno, e due e tre salti, mille schizzi sui vestiti, nei capelli, fango tra le dita dei piedi, delle mani... che importa, la pioggia laverà poi via tutto, felicità!

Passava su quella strada, una volta la settimana, la carrozza che portava dalla campagna al paese, l'omnibus. Di solito arrivava nei pressi della cascina Costa, quella della famiglia di Camilla, in mattinata, ma quel giorno il brutto tempo aveva mandato all'aria tutti i programmi. I passeggeri, dieci in tutto, protestavano per il ritardo e per il cattivo servizio, caro e malfunzionante.

Il brumista alla guida vide muoversi qualcosa davanti ai cavalli e tirò le briglie, ma i viaggiatori si innervosirono. Uno di loro, che fin dall'inizio del viaggio aveva brontolato, minacciando denunce se per colpa del ritardo avesse perso un contratto importante, reagì con furia.

«Perché hai rallentato?»

«Un cane, un cinghiale, non so.»

L'uomo d'affari si affacciò al finestrino, guardò nel buio.

«Non c'è niente.»

«Se è un cinghiale, lo facciamo arrosto!» intervenne un altro viaggiatore.

Risero.

«Vai! La strada è libera» disse l'uomo affacciato al finestrino.

Il brumista tirò dritto.

2

Una scelta difficile

Quando Ernestina, finito il temporale, tornò a casa, non trovò niente sul fuoco. Le galline dormivano appollaiate sulle sedie in cucina e alla mucca scoppiavano le mammelle, piene di latte. Sua figlia le avrebbe dovuto delle spiegazioni per essere stata con le mani in mano tutto il giorno invece che preparare la cena e prendersi cura degli animali.

Cercò Camilla ovunque, si aspettava di trovarla rannicchiata in qualche angolo o addormentata sotto l'immagine della Madonna. Sapeva della fantasia fervida della bambina e della convinzione che la Vergine venisse a farle compagnia quando era sola. Non provò nemmeno a bussare alla porta di Berta, la vicina di casa. Camilla sosteneva che quella donna la fissasse senza rivolgerle la parola e temeva che da un momento all'altro si trasformasse in una strega: non sarebbe mai andata lì. Sulla sua porta c'era un'impronta scura e qualcuno aveva raccontato alla ragazzina che era stato il diavolo a piazzarci con violenza la sua mano infuocata.

«Non crederai mica a queste stupidaggini?» le diceva il padre, ma anche se Camilla di lui si fidava, ogni volta che si avvicinava a quella casa sentiva come se qualcosa nell'aria la rincorresse e scappava via veloce.

La speranza di Ernestina era che Giovanni fosse passato da casa e avesse portato la figlia con sé all'osteria. Non aspettò molto a decidere di prendere il calessino e scendere in paese dal marito, affidando gli altri due figli e gli animali a Berta.

L'osteria esalava vapore, fumo di toscani, fiati. Fu subito evidente che Camilla non fosse lì e bastò uno sguardo scambiato tra Ernestina e suo marito perché l'inquietudine passasse da una all'altro. Giovanni Costa si tolse il grembiule e insieme uscirono, senza sapere che fare.

«Quando torna mi sente!»

«Vedrai che arriviamo e la troviamo a casa» ma il tono di Giovanni non era convinto e lo sguardo si era fatto acuto: cercava sotto agli alberi, dietro ai cespugli. Il vento aveva pulito l'aria e la luna faceva luce.

Ernestina gridava forte il nome della figlia e a volte le tornava un'eco, una beffa, ma il silenzio era peggio, uno schiaffo.

Erano quasi arrivati alla cascina, ma vicino al fosso che scorreva di fianco alla via, che ormai era solo fango, c'era qualcosa.

Un ombrello. Giovanni lo riconobbe, il manico l'aveva lavorato lui con il coltellino a forma di muso di coniglio, era il suo. Ai bambini era vietato toccarlo e solo Camilla poteva adoperarlo.

Più in là un piccolo zoccolo, anche quello forgiato da lui.

Sua figlia era lì, a pochi passi.

Svenuta. Respirava, ma era gelida. Aveva le gambe immerse nel ruscello.

A forza di togliersi indumenti di dosso per cercare di dare calore al corpo della bambina, Ernestina e Giovanni arrivarono in ospedale ad Alba solo con la camicia.

Fu ricoverata immediatamente, un'infermiera portò loro una coperta mentre faceva asciugare i vestiti sulla stufa di ceramica decorata con fauci di drago e teste di mostro: se le avesse viste, quella fifona di Camilla avrebbe cominciato a tremare e Giovanni si ritrovò a inventare la storia che avrebbe voluto raccontare per rassicurarla.

Quando si rese conto che forse non avrebbe più avuto occasione di mentire a sua figlia sull'indole pacifica di draghi e mostri, perché i medici prospettavano la possibilità che potesse morire o restare incosciente a vita, pensò che in quel caso sarebbe morto anche lui. Di dolore.

Camilla aveva un grosso accumulo di sangue nella testa, la situazione era grave.

Ernestina, invece, era pietrificata. Anche i pensieri erano immobili, fermi sulla sensazione che aveva avuto toccando la gamba di sua figlia, inerte, estranea al resto del corpo, priva di vita.

Passarono tre giorni e tre notti inchiodati su una panca, mano nella mano, senza dirsi che cosa avessero in testa per non farsi più male.

Non mangiarono neanche un pezzo di pane, non andava giù nemmeno l'acqua. Avevano paura di addormentarsi: le poche volte che era accaduto, si erano risvegliati gridando.

A turno avevano il permesso di avvicinarsi al letto per studiare il respiro della malata, i movimenti degli occhi sotto le palpebre, l'incresparsi appena percettibile delle labbra.

La madre le parlava, convinta che potesse sentire. La esortava a svegliarsi promettendole che le avrebbe preparato le caramelle di zucchero d'orzo: si facevano solo a Natale, ma avrebbero fatto uno strappo alla regola. «Lo so che vai matta per le caramelle! Svegliati che sono pronte!» Ma poi non succedeva niente e piangeva in silenzio. A forza di piangere si era accorta che le sue lacrime non erano più salate, come se il dolore l'avesse svuotata di ogni sostanza.

Giovanni invece restava a guardarla, muto, ogni tanto

le faceva una carezza. Pensava che era bella. Somigliava a Ernestina quando l'aveva conosciuta, non ancora sedicenne. Per un momento il ricordo gli addolcì la ruga profonda sulla fronte. Gli era nata per lo sforzo costante di scacciare l'idea della morte: lui, che aborriva ogni forma di superstizione, si era convinto che anche il solo pensarla potesse mettere in pericolo la vita della bambina.

Si svegliò. Nessuno aveva previsto che potesse accadere così presto.

«È una bambina forte, si può salvare.»

Perché tanta cautela da parte dei medici? Parlava e capiva. Ricordava anche il modo in cui era successo l'incidente e il volto dell'uomo che si era sporto dal finestrino. Era sicura che l'avesse vista scivolare nel fosso, per un attimo si erano guardati, occhi negli occhi. «Vai! La strada è libera» aveva gridato al conducente, poi si era voltato dall'altra parte.

Camilla ricordava tutto. Tutto.

«Signori Costa, la gamba della bambina ci dà preoccupazione» disse il dottore.

C'era una brutta frattura, lo zoccolo di un cavallo aveva frantumato l'osso e lacerato la carne, ma fortunatamente ciò che aveva fatto il danno era stata anche la salvezza, in quanto il calcio aveva spostato il corpo, che altrimenti sarebbe finito sotto le ruote. La piccola era rotolata nel fosso ed era svenuta. L'acqua aveva continuato a scorrere sulla ferita, l'aveva morsa e dilaniata.

«Non si cicatrizza e potrebbe infettarsi gravemente. Abbiamo ventiquattr'ore per intervenire con l'amputazione, se vogliamo essere certi che non vada in setticemia.»

La parola *setticemia* aveva le sembianze stesse della morte. Era un fantasma apparso talvolta nelle loro famiglie: si era portata via una zia di Ernestina, che si era ferita con la falce durante la mietitura, e la sorella di Giovanni dopo un parto difficile. In tutte le case del paese era passata, la gente non ne sapeva quasi niente, solo che arrivava improvvisa e non lasciava scampo.

Cosa fare, dunque? Accettare il rischio che la bambina potesse morire per non scempiarla o lasciare che le amputassero la gamba facendone una menomata, in cambio di una maggior certezza di salvezza?

Ernestina se lo era sentito fin dal primo momento che quella gamba se ne stava andando. I figli le erano usciti dal corpo, ma dentro era rimasta un'impronta che avvertiva tutto, come fossero ancora nella pancia. Camilla, forse perché femmina, le era rimasta dentro più degli altri. Ernestina era sazia quando la figlia aveva mangiato e riposata quando aveva dormito: se avesse perso la gamba avrebbe zoppicato anche lei, ma non era questo a tormentarla, sarebbe stata disposta anche a strisciare per amore dei figli.

Lei e Giovanni avevano davanti a sé le ventiquattr'ore più terribili della loro vita. Quando la bambina si era svegliata e li aveva riconosciuti, si erano sentiti in paradiso, e ora la notizia della possibile amputazione li aveva precipitati all'inferno.

«C'è un'altra possibilità? Che la bambina guarisca senza fare niente e che non resti disgraziata?»

La madre esitò prima di pronunciare una parola così pesante, ma usarla le sembrò una sfida al destino, alla medicina, ai dottori.

«Non lo sappiamo...» aveva risposto il chirurgo allargando le braccia. «L'infezione potrebbe anche guarire senza amputare ma, se fosse mia figlia, interverrei.»

Furono rimandati a casa. Lontano dall'ospedale, secondo i medici, avrebbero avuto le idee più chiare.

Da sempre l'osteria era il punto di partenza e di arrivo delle parole. Morti, malattie, tradimenti, litigi, compravendite, matrimoni venivano raccontati, smistati, rivoltati, arricchiti di aspetti fantasiosi o gravati di pregiudizi che, condivisi, diventavano pensiero corrente. Che il locale fosse principalmente frequentato da uomini non diminuiva la varietà di argomenti e la quantità di voci che uscivano da lì per poi dilagare in piazza, di bocca in bocca fino dentro alle cascine, nelle stalle e nei campi. La tragica situazione di Camilla diventò argomento di discussione e i genitori della piccola, oppressi dal peso della decisione, lasciarono che ognuno desse fiato al proprio pensiero.

Li fermavano per strada per dire la loro.

Chi pensava che le andasse salvata la vita a qualsiasi costo, chi diceva che per una ragazza fosse meglio morire che essere mutilata, chi sosteneva che bisognasse lasciar fare al destino. Per qualcuno i medici erano macellai, per altri facevano miracoli.

Berta, la vicina di casa, espresse l'opinione più convincente. Per lei, non si doveva rovinare una così bella bambina, il rischio andava corso.

La pensava così non tanto perché avesse fiducia nella buona sorte – aveva fama di essere un uccello del malaugurio – ma perché sosteneva che una ragazza senza una gamba non avrebbe mai trovato un marito, non potendo lavorare né in casa, né in campagna, né fare figli.

«Chi è l'uomo che ha il coraggio di toccare una donna in quelle condizioni?»

Lei, Berta, pur non avendo alcuna menomazione era zitella, derisa, sola, guardata con diffidenza senza un motivo, ma quella volta tutto il paese fu d'accordo con lei. Non si lasciò scappare quell'occasione di popolarità.

«Faremo una novena alla Madonna» consigliò, sentendosi nel giusto.

Perfino Ernestina, in certi momenti, arrivò a darle ragione.

Giovanni, invece, capì subito di essere rabbiosamente contrario a correre qualsiasi rischio di vita.

«Una novena? Berta, quante novene hai fatto perché la Madonna ti mandasse un marito?»

L'altra, toccata nel vivo, masticò amaro.

«La Madonna ti castigherà.»

«La Madonna ha altro da fare. E una novena è troppo lunga: prima che finisca, la bambina sarà morta!»

Tutti, in paese, provarono a convincerlo.

«Che te ne fai di una figlia senza una gamba?»

Giovanni assestò un pugno al ripiano del bancone, qualche goccia di vino trasbordò da un bicchiere colmo, le tazzine tintinnarono nell'acquaio.

«Mi chiedi che me ne faccio? Mica è un cavallo o un cane da caccia. È mia figlia e non l'ho messa al mondo per farci qualcosa. Le voglio bene e basta!»

Era un modo originale di pensare. Da un uomo ci si aspettava un maggior senso pratico e minor cedevolezza ai sentimentalismi.

Nonostante le sue animose reazioni, in molti cominciarono a farsi di lui l'opinione che fosse un rammollito.

Uno degli amici dell'osteria, tra quelli più affezionati, che non passava giorno senza che andasse da lui a farsi un bicchiere, lo chiamò in disparte per parlargli a nome di tutti.

«Pensaci: non hai altre femmine, tua moglie è sempre impegnata con la campagna, il tempo passa e tu invecchi. Qua ti servirà una donna che ti aiuti. Una figlia in quelle condizioni non potrà lavorare.»

Lui rispose subito, senza indugio. «Pazienza, la farò studiare.»

Quando l'uomo riferì le parole di Giovanni agli amici, risero: una donna che studia!

Gli diedero dell'egoista. Del presuntuoso. Si sentirono sfidati.

3

L'incontro

Gli erano sempre piaciute un po' sfacciate. A vederla così, a distanza di qualche tavolo, sembrava davvero giusta per lui. Non gli facevano sangue le timide, dritte sul busto, cipria sul naso. Quelle sedute ai tavolini dei caffè, in città.

«Guardala...»

Felice indicò la ragazza a Piero.

La bocca spalancata nel riso per una battuta scambiata con l'amica che le sedeva accanto, l'ugola rossa che s'indovinava giù in fondo, i denti bianchi. Si faceva aria con il ventaglio, a tratti scostava con ingenuità il bordo della scollatura per soffiarci dentro e asciugare il sudore.

«A me piacciono così!»

In quel momento Camilla si accorse del ragazzo che la stava osservando.

Felice, colto sul fatto, sorrise tirando su solo mezza bocca. Poi l'altra mezza.

La musica riprese.

«Lo conosci quello?» Il dito puntato dritto verso di lui, senza pudore. Marinella rispose di no.

Felice arrossì.

Aveva imparato da piccolo che quel gesto non andava fatto.

La faccia severa, i capelli neri tirati sul cranio, la crocchia di trecce arrotolate, il fazzoletto scuro: sua madre con il tempo non era cambiata e, adesso come allora, avrebbe detto che quella ragazza era una maleducata da non prendere nemmeno in considerazione.

«Non l'ho mai visto qui a Canale, viene da Alba credo» notò subito Marinella, che aveva l'occhio allenato a riconoscere i bei ragazzi.

«E cosa ci fa qua?»

L'amica fece una smorfia di sufficienza, vantando così la propria esperienza in fatto di mondanità.

«C'è il ballo! La gente va in giro.»

«Sono in due.»

«Cosa?»

«Giovanotti. È con un amico.»

Marinella lo osservò ed emise la sentenza: «Porta le bretelle: non è il mio tipo».

Un ragazzo da lontano la invitò a ballare e il discorso finì lì.

Camilla rimase a guardare l'andare e venire degli altri, di tutti quelli che non erano lei. C'era chi si avvicinava e chiedeva alla dama, con fare cerimonioso, se volesse concedere l'onore del ballo, e chi puntava la preferita con lo sguardo, solo da lontano, cosa che toglieva dall'imbarazzo del dire no, grazie, sono già impegnata, anche se non era vero. Bastava abbassare gli occhi, far finta di non avere visto.

A Camilla piacevano la musica e la limonata ghiacciata. Anche chiacchierare con Marinella le metteva allegria, quando l'amica non era troppo presa a cercare qualcuno di cui innamorarsi. S'innamorava sempre e ogni volta era certa che sarebbe stato per sempre. Presto la passione sbolliva: scopriva che l'amato aveva i piedi che puzzavano o il collo della camicia smangiato. Non trovava mai quello giusto, ma ogni volta ricominciava con il medesimo entusiasmo.

Il carretto del ghiaccio era stato tutto il giorno accanto alla pista da ballo e l'uomo con scalpello e grattugia aveva consumato un blocco dopo l'altro.

Camilla buttò giù la bibita gelata in un solo sorso, fece scivolare il pezzo di ghiaccio sulla lingua, la guancia gonfia come per un ascesso. Lo triturò con i molari forti, il rumore le rimbombò fino dentro al cervello con una specie di piacevole intontimento. Socchiuse gli occhi.

Quando Felice le arrivò alle spalle, Camilla aveva ancora la bocca piena. «Signorina, volete ballare?»

Lei fece segno di aspettare. Deglutì in fretta, sprecando un po' del piacere di cui stava godendo.

«No» rispose Camilla. «Molto gentile, ma no.»

Gli sorrise e lui chiese il permesso di sedersi nel posto che l'amica aveva lasciato vuoto.

«Non ballate perché siete fidanzata?» Lei rise, come fosse una domanda assurda.

Che strana ragazza, pensò lui.

«Vengo da Torino.» Felice raccontò che studiava in città, ma la sua famiglia era di Alba. Suo padre commerciava vino in giro per l'Italia e aveva una tartufaia. Le due attività gli rendevano abbastanza da permettersi di fare frequentare l'università all'unico figlio.

«Conoscete Alba?»

«Da piccola stavo per lasciarci le penne all'ospedale di Alba.»

«Io ci sono nato in quell'ospedale!»

«Ah, allora siamo quasi parenti.»

Sì, mi piacciono così, pensò lui. Spiritose. Era una rara dote in una ragazza perbene, di paese.

Fino ad allora solo le puttane lo avevano fatto ridere. Ce n'era una che raccontava barzellette spinte con la disinvoltura di un attore consumato e quasi era più divertente sentire lei che tutto il resto. Avrebbe dovuto fare il varietà invece che andare a letto con tutti per due soldi. Si chiamava Sarina e Felice cercava sempre lei quando gli prendeva la voglia di un amore facile, che gli togliesse dalla mente le malattie orrende che incontrava nei testi universitari e di cui, puntualmente, gli sembrava di avere i sintomi.

«Che cosa studiate?»

«Medicina.»

«Un dottore! Che bello deve essere fare l'università.»

Camilla accennò con il capo un inchino di rispetto e si stirò la gonna con la mano.

Tacquero. Lui fumando, lei con gli occhi attenti sul pavimento della pista. Il legno assecondava i piedi leggeri delle donne e cigolava sotto gli scarponi di chi non aveva fatto in tempo a passare da casa per cambiarsi. Le gonne volteggiavano, i fazzoletti scivolavano via dalle teste e si poggiavano sulle spalle. Le labbra sorridevano.

«Chi va all'università mica è speciale. Invece voi siete una ragazza speciale.»

Camilla girò gli occhi intorno, vide Berta, fantasma scuro mescolato alla gente, e la sua presenza bastò per portarle via il buon umore.

Felice colse al volo il suo stato d'animo.

«I complimenti vi mettono tristezza?»

«Ma no, che dite? Non penso di meritarli, però...»

«Sapete che a pensarci bene sono strani i modi per dire le cose?» insistette Felice, con l'intenzione di trovare un argomento che rendesse fluida la conversazione.

«Non vi fa ridere che dalle nostre parti due che sono fidanzati, si dice che *si parlano*?»

«E che cosa si deve dire invece?»

«Che si vogliono bene. Che si baciano di nascosto.»

Anche lei trovava strano quel modo di dire l'amore, però non avrebbe mai osato avventurarsi in una discussione sulle parole, dato che era poco istruita. Le prime lezioni gliele aveva date suo padre, poi si era dimostrata così dotata che non avevano potuto fare a meno di iscriverla a scuola, ma non era andata più in là della licenza elementare.

Quando aveva cominciato a cavarsela un po' con la lettura, Giovanni le aveva regalato un libro acquistato in un negozio di Torino. Lei lo considerava prezioso anche se non lo aveva letto per intero: era un volume molto corposo. Preferiva guardare le figure che spuntavano tra le pagine: una ragazza pensierosa e il suo innamorato, un prete con l'aria spaventata, un nobile dal piglio malvagio con i suoi scagnozzi. Un brano qua e uno là, aveva capito che i due innamorati non si potevano sposare. «*Questo matrimonio non s'ha da fare, né domani né mai*» recitava una didascalia. Quella frase l'aveva impressionata e si riproponeva, prima o poi, di scoprire come andasse a finire.

Le mancò il coraggio di chiedere al ragazzo se conoscesse quella storia.

«Non avete fame?» chiese Felice.

Il giovane ce la stava mettendo tutta per compiacerla e non meritava il suo silenzio.

«Come no? Ho una fame da lupi!»

«Ci penso io.»

Felice si alzò per inseguire il profumo di pannocchie arrostite, di carne. Avevano ammazzato il maiale e giravano lo spiedo.

Piero era in prima fila con in mano una fetta di pane, in attesa che gli servissero il pezzo ben rosolato che aveva adocchiato. Lo raggiunse.

«Vista da vicino è ancora meglio! È simpatica e molto, molto bella» gli disse Felice all'orecchio. L'altro gli rispose senza distogliere lo sguardo dal cibo in arrivo.

«Sei già innamorato?»

«Forse.»

«Quanto dura stavolta l'*amour*?»

Lo disse alla francese per rimarcare l'ironia. «Se superi la settimana sarà un traguardo da segnare sul calendario.»

C'erano musica, movimento, allegria. L'orchestra poggiò gli strumenti per una bevuta e l'amica tornò al suo posto accanto a Camilla, che non vedeva l'ora di raccontarle di Felice, di come fosse gentile, istruito e bello.

Marinella fece la faccia storta e lei se ne risentì.

«Perché, che c'è di male a parlare con un ragazzo? Tu parli con tutti.»

«A parte il fatto che io non parlo con tutti.»

«Quasi.» Camilla rise e l'altra sembrò offesa. «Dai, dico per scherzo. Non c'è niente di male. Anzi!»

La guardò preoccupata. «Ma gliel'hai detto?»

«No.»

«Tu fai sempre così. Poi rimani delusa e ti lamenti.»

Oscura e inafferrabile, la delusione si era già manifestata poco prima, quando per un momento Camilla aveva visto tra la gente Berta. Ogni volta che incontrava quella donna non poteva fare a meno di avere un sussulto.

«Non mi sono mai lamentata» disse orgogliosa.

Non voleva farsi sopraffare dal malumore, e pregò l'amica di andarsene poiché Felice stava tornando. Stringeva tra le mani piatti, posate, una brocca di vino.

«Non ci siamo ancora presentati» disse mentre apparecchiava con cura davanti alla ragazza.

«Mi chiamo Camilla. E non mi dite *camomilla*, neanche per scherzare, che lo fanno tutti.»

«Mi chiamo Felice, non bevo la camomilla e non mi piace dire le stupidaggini che dicono tutti.»

Risero e poi brindarono, toccando appena il bicchiere uno dell'altro.

Due occhi li sorvegliavano.

In passato c'erano stati dissapori tra Berta e la famiglia di Camilla. Una questione di confini.

Sul cortile comune si affacciavano diverse case, una attaccata all'altra.

I Costa avevano la porzione centrale, la più grande e ben messa. Ad angolo, a chiudere la corte, c'erano le due stanze e il fienile di Berta. Il grande portico in mattoni con il deposito degli attrezzi dall'altra parte dell'aia era della famiglia di Camilla, così come la vigna che si arrampicava su un piccolo colle alle spalle della costruzione. Quando le avevano venduto le camere, i Costa avevano anche lasciato a Berta un pezzo di quella terra perché la coltivasse a suo piacimento, senza vendergliela, ma lei sosteneva che fosse sua. Aveva reso loro la vita impossibile, tra occhiatacce e maldicenze. Alla fine gliel'avevano lasciata e i rapporti si erano distesi, anche se un fondo di ruggine era rimasto.

Berta non era brutta, ma neanche bella. Non era mai stata giovane, ma sembrava avere meno anni delle sue coetanee: la madre di Camilla, al confronto, appariva più vecchia. Aveva la pelle liscia, chiara, i capelli quasi biondi si erano appena scoloriti, ma non erano diventati grigi. Il naso curvo, enorme, era uno sfregio in un volto che avrebbe potuto avere la sua grazia.

Girava per la festa avida di fatti altrui e trovò soddisfazione osservando a lungo, seminascosta, l'allegria che scorreva tra Camilla e Felice.

Avvicinò Piero con un pretesto e, indicandolo con discrezione, gli chiese chi fosse quel ragazzo, da dove venissero lui e il suo amico.

«Chiamatelo, ditegli di lasciar perdere quella lì.»

Quando voleva sapeva essere suadente, melliflua.

Piero pensava al cosciotto di maiale che stava per essere tolto dallo spiedo ma, dato che la donna insisteva, cercò Felice con lo sguardo, fingendo un'aria preoccupata per dar soddisfazione alla donna, che non accennava ad andarsene. Lo vide vicino alla ragazza, allegro. Chissà che cosa non andava bene: l'amico aveva ragione, Camilla era graziosa e aveva un'aria simpatica.

«Potrei essere vostra madre e lo dico per il bene di quel giovane: avrà una brutta sorpresa.»

Piero pensò allora che la ragazza non fosse proprio una santa, ma Felice non avrebbe fatto altro, nel caso, che approfittare dell'occasione, per cui era inutile preoccuparsi.

Berta, scontenta, si dileguò.

Marinella scalpitava, voleva tornare al suo posto. Riposarsi un po' per ricominciare a ballare più fresca. Faceva segni da lontano, pestando un piede in terra.

«Adesso dovete andare, Felice.»

«Ma no. Andiamo a ballare invece!»

Come se un vento cattivo circolasse sotto i tavoli e le sollevasse continuamente il vestito, Camilla sentì di nuovo il bisogno di sistemarsi la gonna sulle gambe.

«Mi dispiace, non posso.»

«Ma perché no?»

Felice stava perdendo l'entusiasmo, se la ragazza voleva giocare a fare la preziosa aveva trovato il tipo sbagliato. Ancora un rifiuto e l'avrebbe mollata.

Camilla cambiò espressione.

«Per via della gamba.»

«La gamba?»

«La gamba» ribadì e, all'altezza del ginocchio, picchiò due colpetti che fecero *toc toc*. Un rumore che non era di osso.

«È legno» disse Camilla, chiudendosi leggermente nelle spalle, come per scusarsi. Solo allora Felice notò, appoggiata al muro, una gruccia.

4

Ostilità

Camilla era ancora addormentata, sua madre la guardava senza toccarla. Seduta sulla sedia di ferro bianco, accanto al letto d'ospedale dove aveva trascorso ormai molte notti, stropicciava un'immagine santa che le aveva regalato una suora quando l'aveva vista piangere davanti alla sala operatoria.

Sua figlia era salva, ma Ernestina non si sentiva di ringraziare la Madonna, non l'aveva ancora perdonata per quello che non era stata capace di impedire pochi giorni prima.

Luigi poggiò la mano sulla testa della madre con un gesto pesante, nel suo corpo sgraziato di adolescente era già definito il ragazzone che quel figlio sarebbe diventato.

«L'aiuto io mia sorella» promise.

Agostino non c'era, per l'odore del disinfettante di cui era intrisa le stanza dell'ospedale aveva avuto un attacco d'asma e lo avevano portato via. Berta si era offerta di tenerlo con sé. Diversamente dalla sorella e dal fratello grande, quel piccoletto era docile e l'ascoltava, le piaceva.

«L'ho sognato, mamma.»

«Chi?»

«Mi ha vista cadere nel fosso e ha fatto finta di niente.»

Furono le prime parole pronunciate da Camilla, mentre emergeva dal sonno di etere e cloroformio.

Mentre sua figlia si svegliava, Giovanni staccava le tavole di legno che coprivano la vetrina dell'osteria: si doveva riprendere il lavoro anche se il pensiero era in ospedale, vicino alla bambina.

Tra il vino da spillare e i tavoli da apparecchiare, si tormentava chiedendosi se avesse fatto bene ad agire di testa propria, senza dare retta ai consigli che gli erano stati dati dai compaesani. Chissà se Camilla glielo avrebbe rinfacciato, un giorno.

Ormai era fatta, l'importante era che fosse viva.

Riempiva una bottiglia, metteva a bollire le patate e il pensiero tornava su, acido come qualcosa di mal digerito.

Era un uomo pavido, non valeva niente. Era quello che pensavano tutti. Che padre era? I suoi figli, sua moglie, gli avrebbero in futuro sputato in faccia per aver fatto pagare la sua mancanza di coraggio a una bambina che aveva affidato a lui il proprio destino. Se avesse saputo che essere genitore comportava tali responsabilità si sarebbe fatto prete.

Le patate erano sfatte quando Luigi entrò correndo: «Papà, si è svegliata!» esultò.

Giovanni non voleva piangere davanti a suo figlio.

Il ragazzo gli saltò al collo.

«Mia sorella è salva, grazie papà!»

I singhiozzi dell'uomo e del ragazzo si confusero.

«Vieni, dobbiamo festeggiare.»

Fu il primo vero bicchiere che Luigi bevve tutto intero.

«Ci penso io a mia sorella.»

Ci teneva che anche suo padre potesse contare su di lui.

Alle otto aprirono l'osteria al pubblico, come sempre.

Il primo cliente che entrò per un caffè ebbe da ridire perché la caldaia era lenta ad andare in ebollizione, quello che venne dopo disse che il vermouth lasciava il sedimento in fondo al bicchiere; poi venne uno per cui il vin brûlé aveva troppi chiodi di garofano, ma Giovanni ne aveva messi otto per ogni litro, come faceva da anni. Così come non aveva cambiato marca di vermouth, né abbassato la fiamma sotto la caldaia del caffè.

A mezzogiorno ci fu chi trovò i fagioli mal cotti e un altro per cui le patate sapevano di bruciato, e quest'ultimo era l'unico ad avere ragione perché, con l'arrivo di Luigi, Giovanni si era dimenticato di toglierle dal fuoco.

Tutti gli altri, che anche nei giorni successivi dissero che il vino aveva preso di acido e il pane di muffa, mentivano.

Nessuno chiese notizie della bambina e dell'intervento.

L'ostilità iniziò a serpeggiare dalla locanda per poi allungarsi nelle botteghe sotto i portici dove lo zucchero era sempre terminato quando a volerlo comprare era Ernestina e finì con l'insinuarsi persino nella vita degli innocenti, Luigi e Agostino, a cui gli amici non tardarono a ripetere ciò che sentivano dire in casa, che la sorella era una storpia.

Luigi sferrava pugni, Agostino stava zitto e poi a casa piangeva e trovava pretesti per litigare con Camilla. Berta, nei giorni che lo aveva tenuto con sé, gli aveva messo in testa che la sorella sarebbe stata una vergogna per la famiglia e che la colpa era di suo padre e di sua madre che, senza mostrare alcuna fiducia nel Signore, non avevano dato retta a nessuno. La bambina stessa, innocente ma non del tutto, se l'era andata a cercare uscendo con il maltempo, mentre se avesse bussato alla sua porta avrebbe trovato accoglienza e protezione.

Il giorno in cui riportarono a casa Camilla con la barella, Berta si chiuse in casa e in tutta l'aia c'era il deserto. Anche i braccianti erano scomparsi.

Si era fatto il vuoto attorno alla famiglia, ma non se ne accorsero subito, presi com'erano dalla convalescenza, i bambini da soli a badare al pollaio, alla casa, alle vacche, Giovanni a tirar su guadagno per tutti, la madre sempre attaccata al letto della figlia che era debole, aveva perso tanto sangue.

Luigi tirava il collo alle galline, l'aveva istruito nonna Rosa, che quando aveva tempo veniva a dare conforto e aiuto. Non poteva restare, il nonno non era più a posto con la testa e cadeva continuamente.

Era riuscita anche a insegnare a Luigi come fare il brodo. Camilla lo beveva dal beccuccio di una teiera, dato che era così debole che anche masticare era una fatica.

Ernestina la svezzò, triturando con i propri denti ogni boccone, cibo e saliva, come quando il latte del suo seno era finito e la bambina non era ancora capace di mangiare da sola.

Pezzetto dopo pezzetto, una poltiglia amorevole da lei alla figlia, il suo uccellino con il becco aperto.

La cura fu salvifica per entrambe, la bambina riprese forza giorno dopo giorno e alla madre sembrò di averla rimessa al mondo così com'era diventata, intera nella sua mancanza.

Mentre nei primi giorni aveva lasciato il doloroso incarico al marito, cominciò a medicarle la gamba lei stessa. La sbendava, puliva la ferita, la riavvolgeva stretta con le stesse fasce in cui aveva avvolto i figli neonati.

Giovanni, fuori dagli orari maledetti dell'osteria, nella piccola falegnameria che si era attrezzato in un angolo della stalla tagliava, piallava, levigava.

Quando finalmente Camilla si alzò dal letto e cominciò ad andare in giro per casa con la stampella che suo padre le aveva costruito, la famiglia si risvegliò come da un incantesimo che aveva fatto sparire, intorno, quasi tutto il resto del mondo.

L'osteria aveva perso i clienti, i paesani li salutavano a malapena.

I braccianti, per stare nei campi, si facevano pagare di più la giornata perché quel lavoro avrebbe potuto causare diffidenza nei loro confronti o avrebbe fatto persino perdere qualche ingaggio. La frutta marciva in terra, le pannocchie secche pendevano sui fusti ingobbiti.

Solo don Lucio, il parroco, non li aveva ancora abbandonati. Anzi, passava sempre con maggior frequenza dalla cascina, facendosi accompagnare dal chierichetto con il turibolo e il secchiello d'argento. Scambiate due parole di conforto con Ernestina e raccomandatosi di pregare, tirava fuori dal nascondiglio nella manica l'aspersorio, lo immergeva nell'acqua santa e ne profondeva il contenuto su Camilla, vittima preferita delle sue grondanti raccomandazioni al Signore. Il chierichetto, intanto, si divertiva ad agitare il turibolo con stridore di catene e spargimento di fumo. Quando i due si presentarono a distanza di soli tre giorni dall'ultima benedizione, Camilla suggerì a don Lucio, per la domenica successiva, di andare direttamente da loro a dire messa, dato che ormai l'odore dell'incenso non faceva nemmeno in tempo a dissolversi tra una visita e l'altra, e aveva trasformato la loro casa in una chiesa.

Il parroco si offese, disse che la bambina veniva su impertinente e avrebbe dato del filo da torcere, ma che dimostrava di essere bella vispa e non c'era più bisogno di invocare per lei la misericordia divina. Non si fece più vedere, se non per la benedizione pasquale.

«Le persone fanno in fretta a infuocarsi con le chiacchiere, ma poi dimenticano» diceva nonna Rosa quando vedeva i suoi cari diventare tristi per la tempesta di cattiverie che si abbatteva sulla loro famiglia.

Aveva ragione.

La gente ebbe altro a cui pensare quando si seppe di due che erano stati a lavorare a Genova, due cugini che, dopo una febbre da delirio, avevano avuto il volto sfigurato da pustole e vesciche. La morte, sotto forma di vaiolo, minacciava il paese. A chi riusciva a sfuggirle, lasciava il proprio marchio di cicatrici deturpanti, a testimonianza del suo passaggio. Si respiravano paura e diffidenza, si pregava in chiesa per poi tornare guardinghi a chiudersi nelle case. Squadre di soldati misero la gente in fila e i dottori facevano incisioni sul braccio, che servivano a non ammalarsi. Perfino il parroco la domenica si era raccomandato di fare quella cura, ma qualcuno non si fidava, diceva che era una cosa studiata contro la povera gente e che, com'era venuto, il morbo se ne sarebbe andato. Non si parlava d'altro e tra la conta dei morti e la cronaca di chi aveva visto sul viso altrui i segni della malattia, che interesse poteva destare una bambina che aveva avuto la disgrazia di perdere una gamba? E poi, com'era successo? Era stato un incidente o una malattia? Forse era nata così, certe cose sono tare di famiglia, si diceva.

Di Camilla non si parlò per anni.

5

Dissezione di un ricordo

Il teatro anatomico era semideserto, i banchi vuoti si avvolgevano in una larga spirale fino al soffitto, mentre in basso il tavolo di marmo delle sezioni sembrava evocare i tanti cadaveri che vi erano passati; fuori, la mattinata era nebbiosa.

Due studenti infreddoliti, seduti nella prima fila, maneggiavano tibie, femori e una calotta che scivolò via da un cranio e rotolò come uno scodellino vicino a Felice, che aveva appena messo piede nella sala. La raccolse e la restituì ai due giovani.

«Dovete fare più attenzione.»

Erano matricole e incassarono il rimprovero.

«Non potreste nemmeno stare qui.»

Andandosene, fecero per riporre le scatole con le ossa, ma Felice ordinò di lasciarle e disse che ci avrebbe pensato lui.

Quella mattina aveva sentito urgente il bisogno di andare in sala dissezioni e aveva convinto Piero a seguirlo, anche se un chirurgo di fama, tedesco, aspettava gli studenti nel reparto di Ostetricia.

Non era stato difficile indurre l'amico a trasgredire: per accontentare Felice avrebbe fatto qualsiasi cosa, inoltre studiava perché costretto dal padre che voleva a tutti i costi il figlio laureato, scegliesse lui in che cosa. Diversamente da Felice, che ne era appassionato, non aveva alcuna inclinazione per la medicina e aveva scelto quella facoltà per emulazione.

La scatola con le falangi era in disordine: piedi e mani mescolati.

Seppur abituato dallo studio dell'anatomia a manipolare resti umani come fossero oggetti, quel giorno Felice si ritrovò a pensare qualcosa che un futuro medico non avrebbe dovuto farsi passare per la mente: quegli scheletri erano appartenuti a delle persone. Il teschio che aveva davanti era stato, un tempo, rimpolpato di carne, animato da espressioni. Dentro la calotta c'era stato un cervello dove avevano albergato pensieri e sentimenti. Immaginò le orbite con occhi che lo scrutavano, le labbra sorridere sulla dentatura annerita. Chi era stato quell'individuo? Aveva amato, era stato felice, quanto dolore lo aveva accompagnato? E la morte, com'era arrivata?

«Gente senza parenti» aveva commentato Piero «ossa vecchie, di qualche soldato, di un barbone, morto per strada chissà quanto tempo fa.»

Piero faceva girare come una trottola un pezzo di cranio.

«Oppure vengono da Chirurgia. Quando tagliano un braccio, o una gamba, poi non è che glieli incartano per portarseli a casa.»

Prese lo scheletro di una mano – del filo di ferro sostituiva le articolazioni tra i vari ossicini restituendone sommariamente la sagoma – e la strinse nella propria: «Piacere, Piero!» poi la sventolò sotto il naso dell'amico.

«Magari questa è la mano di Muzio Scevola.»

Felice allontanò da sé il macabro reperto.

«Scemo, Muzio Scevola si è bruciato, non è stato amputato» disse, ma non rideva come faceva di solito quando insultava scherzosamente l'amico. Generalmente, più lo denigrava più amava le sue cretinate, ma in quel momento non aveva voglia di ridere, anzi, era diventato molto serio.

Se ci fosse stato, tra quelle povere ossa, l'arto che era stato amputato alla ragazza incontrata la settimana prima, durante la gita in campagna? Non provò repulsione, ma uno strano rammarico. Certo, era amareggiato per la ragazza che aveva subìto una così grave perdita, ma anche per sé. Provava un senso di occasione perduta e insieme di vergogna per come si era comportato.

Quella sconosciuta gli era entrata nella mente.

Piero capì subito che qualcosa non andava. Era un cialtrone, ma non mancava di sensibilità.

«Che c'è?»

«Niente. Fa freddo.»

Attraverso i vetri mai lavati di quella sala, Felice cercò qualcosa di colorato, di caldo, trovò un albero secco e la collina nascosta dalla nebbia che lo sconfortò di più.

Quando la ragazza gli aveva rivelato della sua menomazione picchiando con le nocche sull'arto posticcio e, con quel suo fare che sembrava sfottere la cattiva sorte, aveva detto «legno», si era sentito confuso.

«Scusatemi.» Felice non aveva saputo dire altro.

Lei, con un sorriso senza ombre aveva risposto: «Non c'è niente da scusarsi! Mica è colpa vostra!» e questo lo aveva intimidito ancor di più.

Vigliaccamente, si era congedato.

Peccato non avere riso insieme, sarebbe stato un modo per conoscerla meglio anche se, in fondo, sapeva molte cose di Camilla. Sapeva che le piaceva masticare il ghiaccio in fondo al bicchiere della limonata. Che era schietta e spiritosa. Che aveva un bel seno, mani forti e occhi vispi, brillanti, mobili. Il naso fine e le guance di una bambina, il sorriso aperto che scopriva le gengive, i denti larghi, lucidi.

Avrebbe voluto domandarle come era avvenuta la disgrazia, quando. Chiederle di scoprire il ginocchio. Sì, avrebbe voluto vedere la sua amputazione. Come si presentava, a che altezza, se era stata fatta bene la sutura. Non gli avrebbe fatto impressione, era il suo mestiere.

Però non aveva avuto il coraggio.

Dopo, si era sentito così fallito che aveva cercato di cancellare il ricordo di quella giornata e, fino a quel momento, ci era riuscito.

Si chiese allora se fosse successo per caso che quella mattina aveva sentito l'urgenza di andare in sala di anatomia invece che in corsia.

Se davvero lo aveva spinto il bisogno inderogabile di un ripasso dello scheletro o se piuttosto non lo aveva portato lì la precisa ricerca del ricordo cancellato.

6

Il tempo lassù

I tini erano colmi, la raccolta finita. Uva nera e bianca. Sull'aia si faceva festa e i fratelli, Luigi e Agostino, avevano cominciato dalla mattina presto a giocarsi a sorte con i cugini e gli amici delle case vicine il primo salto con i piedi nudi sugli acini intonsi. Pieni, cedevoli, succulenti.

Il fato proclamava vincitore chi, tra fuscelli di varie lunghezze, estraeva il più lungo.

«Tocca a me!»

Luigi era sempre il primo a tuffarsi nel tino, urlando. Metteva i grappoli a mo' di capelli sul cranio rasato a zero per scongiurare i pidocchi, il raspo tra i denti, sbatteva la testa di qua e di là e gli acini spargevano schizzi rosso sangue. Un animale con la preda in bocca.

«Sei matto!» gli diceva la sorella.

Indemoniato e felice.

I genitori facevano finta di arrabbiarsi, ma ridevano.

La madre saliva su, allungava un braccio e gli dava botte sulla schiena, sul sedere, ovunque riuscisse, ma erano colpi innocui, perché Luigi era argento vivo, inafferrabile, e lei non aveva intenzione di fargli male.

Agostino, il piccolo, si muoveva invece con compostezza: un piede, l'altro piede.

Il fratello lo prendeva in giro: «Sembri una signorina».

L'altro si metteva a piangere.

Nel tino grande entravano tutti, adulti e bambini, zii, fratelli, amici e dài a pigiare tutto il giorno. Si finiva a sera.

Camilla li invidiava, era una ragazzina, aveva voglia di divertirsi, avrebbe dato qualsiasi cosa per infilarsi tra loro. Prima della disgrazia il bastoncino più lungo rimaneva sempre in mano a lei, conosceva il trucco, era sempre la prima a tuffarsi nel tino.

Anche ora, nonostante la sua menomazione, sarebbe riuscita ad arrampicarsi sulla scaletta e pestare l'uva con l'unico piede, per ritrovare la sensazione degli acini che si frangono, l'esplosione della buccia, il succo tra le dita. E l'allegria.

Ma si sarebbe sentita inadatta. Aveva addosso lo sguardo di Berta, che rappresentava il pensiero di tutto il paese.

«Un po' di pudore ci vorrebbe!» avrebbe detto la donna.

Sentendosi circondata di approvazione avrebbe aggiunto: «Io quel vino lì non lo berrei, mi farebbe senso».

Quando Camilla stava per essere dimessa dall'ospedale, il padre si era seduto accanto al suo letto. Si era preso l'onere di spiegare alla figlia, ancora confusa per l'etere e il dolore, quale sarebbe stato il suo futuro.

Era pronto allo strazio. Una bambina che vedeva fantasmi dappertutto ma al tempo stesso tanto vivace che la si doveva frenare, perché avrebbe corso e saltato come un maschio, quanto si sarebbe disperata scoprendo di avere avuto una mutilazione tanto grave?

I medici avevano spiegato a lui e a Ernestina che, nonostante fossero passati giorni dall'intervento, Camilla poteva non essere consapevole dell'amputazione, il suo cervello e i suoi nervi sentivano ancora la gamba che non c'era più e la voluminosa fasciatura l'avrebbe tratta in inganno finché non si fosse alzata.

Giovanni si era allenato ad avere la voce ferma e a tenere un tono pacato, privo di emozioni. Aveva anche controllato allo specchio l'espressione del volto, che non doveva far trapelare il dramma che aveva dentro.

«Bambina mia, devi essere forte. Dopo l'incidente hanno dovuto fare un'operazione che ti ha salvato la vita, ma avevi una ferita molto brutta e...»

Dopo venivano parole impronunciabili. Non c'era una formula indolore, qualsiasi cosa era troppo: «Ti hanno tagliato una gamba? Ora non hai più una gamba?»

Come era cruda e indecente la verità! Eppure, non poté fare a meno di dirla, chiara, senza fronzoli.

Camilla lo stupì, non ebbe reazioni, tanto che al padre venne il dubbio che prima di lui qualcuno le avesse parlato. Ma non era così.

«Come faccio adesso?» fu la sola domanda e il tono era più pratico che smarrito.

Giovanni si sentì sollevato, fece finta di pensarci, ma anche quel discorso era già pronto. Solo aveva previsto che sarebbe venuto dopo i pianti e la disperazione, magari a casa, quando si fosse rassegnata.

«Sai Camilla, il gioco che fai con i tuoi fratelli, quando prendi un sasso appuntito e disegni in terra dei quadrati, uno vicino all'altro?»

«Si chiama il gioco della settimana.»

«Ecco, la settimana. Eri la più brava, saltavi dentro un quadrato, prendevi il sasso da terra, saltavi di nuovo senza calpestare la riga, stando sempre su un piede solo.»

«Devo giocare alla settimana per tutta la vita, papà?»

«Giocare e vincere. Poi avrai un aiuto, ti faremo una cosa che chiamano "protesi".»

Sperò che la bambina non conoscesse il significato della parola, per allontanare, seppur di pochi istanti, lo strazio.

«Una gamba finta?»

«Finta, ma nella tua testa deve essere vera.»

Camilla imparò subito a compensare l'arto mancante, ma questo per la maggior parte della gente non fu sufficiente. Anzi, il suo atteggiamento suonava come una sfida. Il Signore l'aveva voluta disgraziata, suo padre aveva finito di rovinarla decidendo per l'amputazione, che arroganza non sottomettersi al destino.

«Vuol far credere di essere come gli altri» si diceva.

Si sentivano ingannati da una che sembrava sana, ma non lo era.

Le vicine di casa, la testa bassa sull'orlo a giorno delle lenzuola del corredo, si raccontavano per l'ennesima volta, come fosse una storiella gustosa, che il padre di Camilla aveva intenzione di far studiare la figlia.

«Come se fosse più intelligente solo perché è senza una gamba!»

Sghignazzavano. Anche le giovani, mostrando le finestre tra un dente e l'altro, già dopo il primo bambino.

«Diventerà un dottore e avrete bisogno di lei!» era stata la provocazione di Giovanni.

«Bravo merlo! E chi si fida di una donna?»

Nonna Rosa non era d'accordo.

Dopo che era rimasta vedova era andata a vivere con Giovanni e tutta la famiglia. Lei si sarebbe fatta curare più volentieri da una donna. Il nonno era venuto a mancare in seguito a una delle sue cadute, ma la vera causa della morte, secondo il suo parere, era stata che il dottore non aveva voluto ricoverarlo in ospedale, anche se aveva battuto la testa. Lei aveva insistito, ma il medico aveva sostenuto che suo marito non apriva gli occhi perché sbigottito per lo spavento, ma in testa non aveva niente. «Voi siete una donnetta di paese e volete saperne più di me che sono dottore?» Il vecchio era morto nella notte. Così Rosa non si fidava più dei dottori maschi. «Tutti pieni di sé» diceva. Poi gli uomini, in generale, secondo lei erano inaffidabili per natura.

Quasi tutti, escluso il suo unico figlio maschio.

Indifferente alle critiche di chi sosteneva che non fosse opportuno far studiare la figlia, Giovanni si impegnò per portare avanti il suo progetto, ma se la scuola elementare si trovava fortunatamente abbastanza vicina e la bambina poteva essere accompagnata ogni giorno, non fu facile trovare il modo di farle continuare gli studi dopo la licenza.

A Cuneo il collegio era solo maschile e non restava che l'educandato laico per signorine a Torino. Probabilmente avrebbe avuto costi inaffrontabili, ma ugualmente il padre volle andare a informarsi.

Camilla avrebbe ricordato quei due giorni di viaggio con suo padre come i più intensi, belli e insieme dolorosi della sua vita. Fu felice come mai era stata e soffrì una pena nuova, sconosciuta. Tutto in poco più di quarantotto ore.

Arrivarono col calessino alla stazione, come avevano fatto altre volte quando, come divertimento domenicale, la famiglia era andata a vedere i treni arrivare e partire.

Giovanni aveva spiegato ai figli il prodigio del movimento di quel macchinario, la sostanza della grande nuvola bianca che usciva dal comignolo della locomotiva e del fuoco che si vedeva ardere nel forno davanti.

Aveva promesso che un giorno sarebbero saliti su uno di quei vagoni e avrebbero fatto un viaggio.

Ed ecco che per Camilla il sogno si avverava. Giovanni la issò sul predellino e, quando il treno si mosse, Camilla ebbe paura, ma poi fu catturata dell'emozione e dalla novità. Non aveva mai visto il mondo andare così in fretta. Mentre stava con gli occhi incollati al finestrino vedeva una cascina e subito dopo un'altra e poi un bosco e un prato. Le mucche a mangiare l'erba e una chiesa. Una stazione e poi ancora case e case e boschi e vigne, alberi carichi di frutta e perfino le risaie e le mondine con la schiena bassa e il sedere all'insù.

D'abitudine, se stava nella vigna non poteva vedere la chiesa che era in paese. Se andava nel bosco a far legna con sua madre, per quel giorno non c'erano che bosco, legna e casa sua. Tante cose insieme le fecero l'effetto della volta che aveva assaggiato, per Natale, due dita di vino. Si era sentita scoppiare di gioia, poi si era addormentata, intontita e felice.

Anche in treno fu così, il tanto che le scorreva davanti agli occhi la frastornò fino a farla addormentare.

Suo padre la svegliò che erano arrivati.

«Andiamo, la signorina Bo ci aspetta!»

«Bo?»

«La direttrice. Ada Bo. È il nome più corto del mondo: i suoi genitori non hanno voluto sprecarsi!»

Vide, per la prima volta, la città.

I portici che erano come quelli di Alba, ma più alti ed eleganti. Il palazzo reale, difficile anche solo da immaginare così bello. Proprio mentre passavano, si aprì il portone e uscì una carrozza.

«Papà, c'è il re?»

«Eh, il re, mica sta lì ad aspettare noi! Sarà a Roma.»

Camilla sbirciò attraverso le tendine della carrozza che gli passò proprio davanti. Vide un paio di baffi e dei capelli bianchi.

«Hai ragione papà, non era il re, non aveva la corona.»

Non ebbe il tempo di rimanere delusa, perché arrivarono due carabinieri a cavallo che proteggevano il piccolo corteo, il pennacchio dorato sulla testa. Li aveva visti solo in certi disegni di un libro che aveva la maestra e che lasciava sfogliare solo alle più brave. A lei, una volta, aveva addirittura permesso di portarlo a casa.

Palazzi, strade, giardini, lampioni, fontane, botteghe, statue, caffè.

Una bambola vestita da principessa la guardò fissa da una vetrina e Camilla dovette chiudere gli occhi per non desiderarla tanto da perdere il controllo e mettersi a gridare «la voglio!» in mezzo alla gente.

Non avrebbe ottenuto altro che dare un dolore a suo

papà che, pur volendo sempre accontentarla, non avrebbe potuto comprare un oggetto così costoso.

Le montagne spruzzate di neve abbracciavano Torino. Si vedevano anche da casa sua quando il cielo era pulito, ma dalle strade sembravano più vicine, come se intorno alla città avessero posto una lente che ne ingrandiva i particolari, le vette apparivano più frastagliate, i crepacci più profondi.

Si sentì di nuovo come avesse bevuto il moscato, ma questa volta non si addormentò e rimase preda di un senso di pienezza così intenso da procurarle dolore, solo la mano di suo padre che teneva stretta la sua le dava la certezza che quel riempirsi di gioia non l'avrebbe fatta esplodere. Si poteva morire di felicità?

La gente per strada andava di fretta e non pensava a lei, i passanti non avevano il tempo di prestare attenzione al suo incedere storto, alla stampella; nessuno si fermava a chiedere come stesse, immaginando di sentirsi raccontare particolari penosi. Per la prima volta dall'incidente, fu solo una bambina a spasso con il suo papà.

Una bambina che in quel momento aveva tutto.

Entrarono in un portone buio che dava su un cortiletto con un pavimento di sassi rotondi, la stampella s'incastrava a ogni passo.

«È questo l'educandato?»

«No, questa è una sorpresa. Ti sei messa elegante?»

«Il vestito con il pizzetto.»

La condusse in uno studio in fondo al cortile.

Il fotografo era nascosto sotto un panno nero, intento a ritrarre un bambino nudo disteso su un telo rosso che strillava, strillava. La mamma, una signora con un copricapo che somigliava a un nido di fagiano, gli cantava una nenia, ma lui non ne voleva sapere.

«Mia figlia e io vogliamo un ritratto» disse Giovanni, solenne.

Il fotografo affiorò dal panno e li squadrò.

«No. Non ho tempo.»

Se Camilla avesse avuto la capacità di esprimere certe sfumature che percepiva ma non sapeva tradurre in parole, avrebbe detto che quello che aveva letto nello sguardo del fotografo era disprezzo. Venivano dalla campagna. Lei era una bambina disgraziata. Era sicura che il giovane avesse arricciato impercettibilmente il naso.

«Signore, io e mio papà non vi piacciamo?»

«No, no! È che davvero non ho tempo adesso!» si affrettò a dire il giovanotto, disarmato di fronte alla prontezza della ragazzina.

«Sentite come strilla quell'affarino lì.»

Il lattante continuava a bagnare il velluto con lacrime e bava.

«Ma se tornate più tardi, ve lo faccio il ritratto!»

«Torneremo di sicuro» fu la promessa del padre, che suonò come una minaccia.

Il bambino si era girato sottosopra e si doveva ricominciare daccapo a sistemarlo. Il fotografo sbuffò.

«Capitano tutte a me.»

Il palazzo dell'educandato era incantevole. I soffitti grondavano di giovinette danzanti, violini e arpe, angioletti nudi e ghirlande. Sembrava una chiesa, ma senza Gesù e Madonne. Camilla pensò che non le sarebbe piaciuto vivere lì, le chiese le facevano paura.

Il pavimento del lungo corridoio era così lucido che ci si poteva specchiare e persino suo padre ci camminava cauto, come su una lastra di ghiaccio. La sua amica Marinella si sarebbe divertita a fare come d'inverno sulla neve gelata: prendeva la rincorsa e poi, con i piedi uno davanti e l'altro un po' più indietro, si lasciava scivolare, come avesse avuto i pattini.

Anche lei lo aveva fatto, prima.
Tutto, nella sua vita, era ormai una questione di «prima» e di «dopo».

«Mi raccomando Camilla, niente brutte figure! Morditi la lingua se ti viene in mente una battuta delle tue! Anzi, facciamo così: lascia parlare me, che sono il padre» disse impettito, dando una strapazzata al cravattino.

Attesero impalati in mezzo alla sala d'aspetto, i divanetti con braccioli dorati e zampette genuflesse avevano sedute tese e immacolate, come se mai nessuno ci avesse posato qualcosa di più pesante dello sguardo; la portinaia aveva in faccia la stessa espressione del fotografo e non li aveva invitati a mettersi comodi.

Il tintinnio di vetri della porta annunciò, dopo una breve attesa, l'arrivo della direttrice Ada Bo.

Il viso imperturbabile, né arcigno né simpatico, lunga come una pertica. Era molto più alta di Giovanni, che a Camilla era sempre sembrato un uomo di statura notevole.

«Che tempo fa lassù?» era ciò che il papà usava dire scherzosamente quando incrociava qualcuno di altezza esagerata e in quel momento la bambina sapeva con certezza che anche lui aveva in testa quel commento, gli luccicavano gli occhi e si mordeva un labbro per non ridere. Camilla gli diede un colpetto allusivo sul fianco e lui dovette mordersi anche l'altro labbro.

La donna, senza salutare né permettere loro di aprir bocca, osservò la bambina. Poi la stampella. Ignorando il padre che porgeva la mano per presentarsi, fece scivolare lo sguardo sul pavimento incerato del corridoio, dove solo allora Camilla si accorse di aver lasciato, al passaggio con la gruccia, una striscia intermittente che ne sfregiava la lucida perfezione.

La donna, senza commentare, riportò l'attenzione su di

loro e finalmente allungò riluttante un braccio, le dita pendule, aspettandosi un baciamano che Giovanni non aveva messo in conto. Interdetta, si rassegnò a una presentazione meno galante, concedendo una sfuggente stretta di mano.

Giovanni aveva segni profondi sulla pelle, solchi in cui si annidava il nero lasciato prima dalla terra, poi dal lavoro in cucina e dalle fecce delle botti. Uno sporco antico, che non era sparito nemmeno quando aveva lasciato il lavoro in campagna per aprire l'osteria, ma solo il confronto con la pelle candida e compatta della signorina Ada Bo lo rese evidente a Camilla. Il braccio, forte e peloso, usciva da un polsino smangiato. Quello della direttrice era ornato di bordure di raso.

Il padre venne subito al sodo chiedendo quanto gli sarebbe costato far studiare sua figlia in quel collegio.

La donna ne fu sorpresa.

«Mi chiedete subito della spesa senza interessarvi ai programmi dell'insegnamento?»

L'uomo rispose senza esitazione.

«Sono certo che l'insegnamento che qui s'impartisce alle ragazze è ciò che di meglio si possa offrire.»

Ada Bo fece una faccia piccata e soddisfatta insieme.

«La bambina è autosufficiente?»

«Cioè... che cosa vuole dire?»

La donna si rivolse direttamente a Camilla.

«Sai fare i tuoi bisogni da sola? Ti sai lavare senza farti aiutare?»

«Certo! Ho undici anni!»

«Lo so che le altre bambine a undici anni lo sanno fare, ma tu...» E si fermò.

Il padre afferrò l'orlo del tavolino che stava tra loro e la direttrice, come a volerlo rovesciare: il marmo rosa vibrò sotto la forza delle sue mani.

«Mia figlia sa fare anche di più di quello che fanno le bambine della sua età. Legge, scrive, è brava in aritmetica e ha preso la licenza con tutti dieci. Quando ha iniziato la scuola io...»

Diede a quell'*io* la stessa potenza rabbiosa che aveva impresso al tavolino.

«...io le avevo già insegnato tutto. Sua madre l'ha allevata bene, sa anche rigovernare la casa e non so se le bambine che frequentano questo collegio sono in grado di farlo. Mia figlia sa fare tutto!»

«Davvero tutto?» la donna li guardò dalla cima della sua altezza e del suo ruolo.

Chissà che tempo fa lassù, pensò Camilla per farsi forza.

Con una carezza che la bambina cercò di scansare, si rivolse nuovamente a lei: «Fammi vedere una bella corsa fino là in fondo!»

Padre e figlia si voltarono verso il corridoio. A Camilla sembrò infinito, come fosse in salita. Insormontabile.

Tacquero arresi.

«Allora non è vero che sai fare proprio tutto.»

La bambina era avvezza a certe mortificazioni e non ci faceva più caso. Quello che la fece soffrire era vedere suo padre perdere la battaglia che aveva iniziato con tanto ardore, il suo patimento nel sentirsi impotente, incapace di difenderla.

Era stato chiaro fin dal primo sguardo che la direttrice non voleva una menomata nel suo collegio, il sogno della figlia che diventava maestra o dottoressa aveva cominciato a sbriciolarsi da subito.

Camilla ci teneva a studiare, ma pazienza, era abituata alle rinunce. Bruciava di più la delusione di lui, il suo orgoglio di padre mortificato.

«Si potrebbe... si potrebbe fare un'eccezione sulla ginnastica...» balbettò Giovanni.

Ada Bo faceva già dolcemente di no con il capo, sorridendo con malcelata soddisfazione: ora che li aveva umiliati poteva permettersi di essere gentile.

«Comunque le nostre rette sono molto alte e i posti pochi.»

Giovanni si congedò in fretta, rosso in faccia.

S'incamminarono lungo il corridoio che sembrava, ancora più di prima, coperto di ghiaccio, il respiro del padre appesantito dalla sconfitta e dal tabacco riverberava nel silenzio insieme allo strusciare della stampella.

«Stai attenta, piccola, con quell'arnese. Il pavimento è delicato!» disse alle loro spalle Ada Bo, la donna pertica.

Camilla si fermò. Si voltò. Prese fiato.

«Signora direttrice, posso chiedervi una cosa?»

«Signorina...»

«Signorina direttrice, vi posso chiedere una cosa?»

«Sì...»

«Io e mio papà avevamo una curiosità...»

Afferrò complice la mano del padre e la strinse.

«Volevamo sapere che tempo fa lassù!»

7

Nascere

Il chirurgo tedesco parlava nella sua lingua rivolgendosi agli studenti a uno a uno e tutti rispondevano con sguardo attento, fingendo di comprendere le sue parole.

Felice e Piero, arrivati in ritardo a causa dell'estemporanea visita al teatro anatomico, cercarono di confondersi con il codazzo di camici bianchi che, dietro al luminare, proprio in quel momento si spostava nella sala travaglio.

Felice non aveva mai visto nascere un bambino, ma solo i vitelli nella stalla: scivolavano fuori avvolti nel loro sacco viscido e sanguinolento e, dopo qualche momento d'immobilità in cui non si capiva se fossero vivi o morti, si alzavano in piedi come pupazzi di pezza, le gambe cedevoli e storte, l'andatura sbilenca.

Nella sala le partorienti urlavano, le suore ignoravano le invocazioni d'aiuto. Abbandonate, impaurite, anche le signore più timide si ribellavano con coloriti insulti rivolti alle sorelle, le quali se ne stavano chiuse nella saletta adiacente: attraverso i vetri smerigliati si intuivano i loro movimenti lenti e indifferenti. Talvolta si affacciavano per controllare distrattamente l'andamento del travaglio e prendersi la loro rivincita, ricordando alle donne che il dolore era il prezzo da pagare per aver goduto della compagnia dei loro mariti.

Gli studenti ridacchiavano.

Il chirurgo indicò la vulva di una partoriente in dilatazione, avvicinò una mano come per visitarla ma, prima di toccarla, la ritrasse. Fece segno di no: era un gesto che non andava fatto. L'assistente gli porse una bacinella d'acqua a cui aggiunse una soluzione di cui scrisse la formula su una piccola lavagna portatile, il medico immerse le mani nella bacinella, le strofinò a lungo e finalmente visitò la paziente, approvando con il capo e sorridendo in modo rassicurante.

La ragazza conosciuta al ballo avrebbe potuto avere figli? Il pensiero aggredì Felice creandogli un'inspiegabile inquietudine mentre un altro pensiero, altrettanto potente, si mescolava nella sua mente al precedente, facendogli battere forte il cuore.

Quella sala piena di dolore, ma anche di promesse, di futuro, di vita, sarebbe stato il suo posto nel mondo. Capì che cosa volesse diventare, un medico che aiutava le donne a far nascere i bambini. Il proprio lavoro, anzi, la propria missione, sarebbe stata la risposta alle grida di aiuto delle donne in sofferenza.

Il professore, una mano affettuosamente appoggiata alla coscia della partoriente, cominciò la spiegazione che l'assistente traduceva. Gli studenti si riunirono intorno al letto e a Felice sembrò di invadere uno spazio che non gli apparteneva, ma la donna non fece caso a lui né a nessuno, ansimava senza lamentarsi, le palpebre socchiuse.

«È stato scoperto che gli studenti che prima avevano sezionato i cadaveri e poi erano scesi in sala parto, causavano la morte delle puerpere in ospedale.» L'assistente cercava l'approvazione del luminare a ogni parola tradotta. «In Germania già da tempo il problema è stato risolto grazie a...»

La donna lanciò un grido. Tremante, i capelli appiccicati alle guance, spalancò con orrore gli occhi sugli studenti intorno al lettino, vedendo i loro camici tingersi improvvisamente di rosso vivo.

Il professore scattò, non si accorse di avere la fronte e i capelli macchiati del sangue che era schizzato ovunque, e nessuno ebbe il coraggio di dirglielo. Quando si avvicinò alla partoriente per tastarle il polso, lei urlò di spavento.

Intorno cominciò uno svolazzare preoccupato di suore. Arrivò l'ostetrica, che azzardò una diagnosi di rottura dell'utero. Il professore non comprese per via della lingua, ma le afferrò le mani e gliele cacciò nella bacinella con il disinfettante.

La partoriente, avvedutasi finalmente del fatto che tutta quella concitazione riguardava lei, fu presa dal terrore.

La caricarono su una barella cercando di tamponare il sangue che continuava a sgorgare, lasciando una scia sul percorso.

«Andatevene a casa! Salvatevi! Qui ci fanno morire!» ripeteva alle donne nei letti.

Si alzò un brusio preoccupato, quelle parole non facevano che rinfocolare la diffidenza nei confronti dell'ospedale che aveva accompagnato ognuna di quelle donne per tutta la gravidanza fino alla decisione, presa con scarsa convinzione, di non partorire in casa, sul tavolo della cucina, come si era sempre fatto.

Gli studenti, per la prima volta a contatto con la realtà del loro futuro mestiere, erano sgomenti.

«Certo con i cadaveri si lavora più tranquilli» cercò di sdrammatizzare Piero, ma nessuno rise.

Il codazzo seguì la barella fino alla sala operatoria, dove la donna fu intontita con l'etere e le fu praticato un cesareo.

I bambini erano due, maschio e femmina. Due rospetti insanguinati, accartocciati uno sull'altro. Il maschietto belava debolmente e la femmina sembrava non avere energia, respirava, ma emetteva solo piccoli grugniti come a esprimere la sua fatica di stare al mondo.

La partoriente era stata portata fuori dalla sala operatoria.

Venne il prete con l'olio santo e l'acqua del battesimo. Prima si occupò dei bambini, aprendo loro la via dello Spirito, e poi si avvicinò alla madre, compose sul petto un braccio che pendeva nudo fuori dal lenzuolo e la unse con il sacramento.

Gli studenti si unirono sottovoce alla preghiera.

«Anche mia mamma è morta di parto quando è nato mio fratello» disse Piero e per la prima volta Felice vide il suo volto ridanciano diventare serio. Il prete richiamò l'attenzione.

«È un'anima santa: si è sacrificata per i suoi figli.»

La donna sembrava avere ancora un grido strozzato in gola, in faccia la rabbia di chi non aveva intenzione di fare quella fine. A Felice non sembrò un'anima santa, ma un corpo inutilmente straziato.

L'assistente spiegò: «Hanno dovuto scegliere se salvare lei o i bambini».

«E chi ha deciso?» chiese Felice.

«Hanno chiamato il marito.»

«A lei non hanno chiesto?»

Nessuno gli diede retta.

8

I cani

L'episodio accaduto nel reparto di Ostetricia occupò i pensieri di Felice per i giorni successivi.

Non riusciva a darsi pace pensando all'assurdità della morte della partoriente: era entrata nell'ospedale piena di vita, per dare la vita, ma l'avevano lasciata morire.

Il suo volto, così pieno di rabbia ancor più che di dolore, gli chiedeva di dedicarsi con tutta l'anima alla missione di salvare le donne nelle sue condizioni e per fare questo doveva studiare e ancora studiare.

In una delle notti in cui si sforzava di stare sui libri pur essendo esausto, ma ancora rimuginava sull'ingiustizia del destino, persino della natura, che aveva fatto incontrare così impietosamente vita e morte in un povero corpo di donna, lo aggredì un ricordo lontano nel tempo: la volta in cui, bambino, aveva conosciuto quello stesso avvicendarsi di nascita e morte che ora lo tormentava.

Era una notte fredda, lui aveva forse sette, otto anni. La famiglia era scesa a dormire nella stalla per prendere un po' di calore dalle bestie, erano ancora poveri a quel tempo e non avevano altro modo di riscaldarsi.

Friciulin, la cagnetta di casa, era stata la prima ad accucciarsi, ben infilata nell'incavo tra la coscia e la mammella della mucca che dormiva sulla paglia. Era la migliore della tartufaia, sentiva il fungo anche a dieci metri di distanza, ma Felice si chiedeva perché suo padre dicesse che aveva un naso d'oro, se invece era nero e morbido come tutti i nasi di cane. Temendo di venire deriso per l'ingenuità della domanda, non aveva mai chiesto spiegazioni né a suo padre né a sua madre.

Prima di mettersi a dormire, il bambino si era avvicinato per farle una carezza e Friciulin aveva ringhiato.

«Fa così perché sta facendo i figli» aveva detto sbrigativa la madre «lasciala tranquilla.»

Si era sentito scoppiare di gioia, i cuccioli sarebbero stati un regalo che gli faceva la vita: era un bambino solo. I figli dei vicini erano o troppo piccoli o già grandicelli e non volevano giocare con lui, Friciulin era sempre in giro con suo padre, di cui era l'ombra, e i compagni di scuola vivevano lontani.

«Che bello! Quanti saranno?»

«Troppi» aveva risposto brusca Caterina.

«Ma nasceranno anche loro con il naso d'oro?»

«Dormi!» gli aveva ordinato il padre.

Nella penombra umida una mucca aveva alzato la coda: si era sentito un tonfo leggero sulla paglia e uno schizzo melmoso e puzzolente aveva colpito la manina di Felice.

Caterina aveva riso. Era stato bello. Anche a lei evidentemente i cuccioli in arrivo portavano gioia e allegria.

Con nel cuore la dolcezza per la nascita imminente e il sollievo per il sorriso di sua madre, raro a vedersi, si era addormentato.

Le prime voci che aveva sentito la mattina successiva erano state dure e nervose, una discussione tra i suoi genitori, fuori sull'aia.

Li aveva spiati attraverso la finestrella, scacciando qualche mosca superstite che, a dispetto dell'inverno, faceva festa sul davanzale odoroso di letame. Si parlavano con le bocche vicine per non farsi sentire dal figlio e l'aria calda che usciva a ogni parola si gelava in vapore che sfumava i profili.

«Almeno uno» aveva insistito suo padre.

«Ci sono più bestie che cristiani in questa casa!»

Caterina si era allontanata con un fagotto tra le mani.

Felice era corso a vedere Friciulin che dormiva da sola nella paglia della mangiatoia e non ringhiava più.

«Papà, sono nati i cuccioli?»

Piegandosi sulle ginocchia, Antonio aveva parlato al figlio, occhi negli occhi.

«Sono nati, ma avevano tutti il naso d'oro. Così la gazza se li è portati via e li alleva lei.»

Deluso, il bambino era rimasto appeso a un filo di speranza.

«Ma quando sono grandi ce li riporta?»

«Forse.»

Felice era uscito, la testa bassa, davanti un'ora di strada per arrivare a scuola.

Un presentimento lo aveva indotto a dirigersi verso il pozzo prima di prendere la strada per il paese. Tutto galleggiava in una nebbia così spessa che gravava anche sul respiro, sui passi che risultavano stanchi, più lenti del solito. O forse Felice non voleva arrivare a quel pozzo.

Lo straccio che sua madre aveva tenuto in mano poco prima, ora ricopriva un bacile nascosto dietro al tronco contorto del glicine piantato proprio lì, nonostante le proteste del padre che sosteneva che le radici avrebbero fatto danni.

La madre non c'era.

Felice aveva sollevato il panno e dentro poche dita d'acqua aveva potuto contare nove cuccioli annegati, le bocche spalancate, tragiche.

Aveva pianto chino sul secchio per un tempo indefinito, una disperazione che lo intontiva come in un brutto sogno. Aveva contato le proprie lacrime che cadevano nell'acqua, una pioggia rada, un gioco triste.

Caterina si era annunciata con uno schiaffo dietro la testa e un calcio nel sedere.

«Vai a scuola, che è tardi.»

Era scappato via, senza guardare sua madre in faccia.

Solo Friciulin aveva visto ciò che era accaduto dopo.

Caterina che, rimasta sola, prendeva i cuccioli a uno a uno, li avvolgeva in un telo bianco. Aveva scavato una piccola fossa nella vigna dietro casa, e li aveva sotterrati, adagiandoli con delicatezza sul fondo della buca. La cagnetta le si era avvicinata con inquietudine, come a chiedere una spiegazione, e la donna le aveva parlato quasi fosse una persona.

«Ne ho seppelliti cinque di figli appena nati, mi morivano a forza di gridare. So che cosa si prova» e mentre parlava si leccava le labbra in cui colava un pianto di cui non si rendeva nemmeno conto.

Aveva alzato gli occhi sulla strada per guardare allontanarsi l'unico figlio: lo amava con tutto l'amore che, ogni volta che un bambino le moriva, aveva dovuto buttare via. Era così avvezza a quello spreco di sentimento che ormai non sapeva più dimostrarlo neanche a chi, come Felice, era bisognoso di averlo.

«Lui ce l'ha fatta, non so come» aveva detto alla cagnetta che le si era accucciata vicino ai piedi, priva di risentimento.

9

In America c'è tutto

Davanti allo specchio, l'unico della casa, nella camera di sopra, Camilla considerava il proprio aspetto, pensando che il viso era gradevole, il seno delle dimensioni giuste e che la vita sottile faceva risaltare i bei fianchi morbidi.

A parte una gamba, non mi manca niente!, scherzava cinicamente tra sé. Ci rideva persino su, facendo espressioni buffe alla sua stessa immagine.

Di profilo, in modo che il lato destro del suo corpo, quello integro, coprisse completamente il sinistro, si guardava a lungo e pensava a come sarebbe stato il suo destino, se fosse stata intera.

«Senza quella disgrazia, chissà dove saresti adesso» diceva sempre sua madre. Non era capace di parlare con tatto, chiedendosi se le sue parole potessero ferire o indispettire. Diceva pane al pane e disgrazia alla disgrazia e usava con la figlia la stessa ruvida semplicità che dedicava alla propria persona quando, anche lei davanti allo specchio, si definiva precocemente invecchiata, grassa e baffuta. Per poi riderci su.

«Dove sarei? Sarei qui, ma potrei aiutarti in campagna e non solo in casa, rendermi più utile. Oppure quella spilungona della scuola di Torino mi avrebbe presa e adesso sarei maestra o anche di più.»

«Guardati, ben fatta come sei ti avrebbe già portata via qualche bel giovanotto.»

«Mamma! Che mi importa dei giovanotti!» Le buttava le braccia al collo. «Io voglio stare sempre con la mia mammina.»

Un po' scherzava, un po' no. Non riusciva a immaginare una vita lontana da sua madre.

Dei ragazzi del paese nessuno mai si era avvicinato a Camilla e i forestieri che la vedevano dietro al bancone del bar, quando andava ad aiutare suo padre, restavano colpiti dal suo sorriso, dagli occhi, ma scappavano appena venivano a sapere.

I più se la davano a gambe come se lei avesse potuto accalappiarli loro malgrado, ma c'era anche qualcuno che se la prendeva a male, rimproverandola di avergli fatto perdere tempo senza mettere subito in chiaro le cose.

Quelli che invece la compativano li detestava: la compassione le sembrava un sentimento inutile, falso, che serviva solo a mettersi a posto la coscienza.

«Una così bella ragazza, non si meritava proprio una sfortuna così!» dicevano.

Lei rispondeva con l'aria di non considerarli, senza alzare lo sguardo dal bicchiere che stava asciugando, dallo straccio imbevuto di aceto che passava sul bancone, per sgrassarlo.

«Se invece fossi brutta me la meriterei? Ragionate proprio con i piedi.»

Camilla non sapeva trattenersi dal dire ciò che pensava e non andava bene. Una come lei, più delle altre, avrebbe dovuto tenere la lingua a posto.

Il ragazzo che aveva conosciuto la domenica al ballo non si era comportato male, invece. Era fuggito via come tutti, questo sì, ed era sicura che non si sarebbe fatto rivedere, ma aveva detto uno «scusatemi» così carico di imbarazzo e rossore da farle tenerezza. Non l'aveva giudicata e lei non si era sentita in difetto. Specchiandosi negli occhi di chi le stava davanti non si era sentita come al solito, e cioè come se la faccia, i seni, i fianchi, tutto improvvisamente si staccasse e la abbandonasse, lasciando di lei solo un'enorme, rigida, informe gamba di legno.

Questo bastò a Camilla per pensare che ciò che provava per Felice era amore. E non le importava che fosse un amore senza speranza.

Appesa vicino allo specchio, in una cornice di legno che aveva costruito suo padre, lavorata con il coltellino, c'era l'immagine scattata dal fotografo di Torino.

Erano tornati al negozio pronti a dirgli il fatto suo, ma invece l'uomo era diventato stranamente premuroso e cordiale.

Aveva fatto appoggiare Camilla a una colonnina di marmo, con un braccio puntato sotto il mento, come se stesse inseguendo pensieri importanti mentre suo padre, dietro, lo sguardo su di lei, le posava una mano sulla spalla: li aveva immortalati e Camilla fissava quell'immagine ogni volta che era triste.

Dentro, c'era tutto quello che avrebbe desiderato. La colonna nascondeva la sua menomazione e la faceva sembrare una bambina come tutte le altre, che prometteva di diventare una donna come le altre.

Il gomito appoggiato e la mano a reggere il capo le davano l'aria di una persona istruita, come se quel giorno la signorina Bo, invece che umiliarla, l'avesse accolta nel suo educandato. Suo padre chiudeva il cerchio della felicità, lo sguardo e il gesto dicevano chiaramente che l'avrebbe sempre protetta e sostenuta.

Camilla guardò la foto a lungo: quel giorno Marinella, la sua amica, le aveva annunciato il proprio matrimonio e a lei era rimasto, suo malgrado, un senso di amarezza.

Era al pozzo a prendere l'acqua, cominciava a fare freddo e una nuvola era scesa ad avvolgere tutto il cortile di minute goccioline che appannavano qualsiasi cosa e penetravano attraverso i vestiti, fin nelle ossa.

Aveva visto arrivare l'amica dalla strada: sembrava che la nebbia si sciogliesse intorno a lei, spandeva luce. Era stata chiesta in sposa e le era piombata a casa, per dirglielo. Per Marinella il matrimonio era un'idea fissa e finalmente aveva trovato quello giusto; l'aveva incontrato al ballo, il giorno che lei aveva conosciuto Felice.

L'amarezza di Camilla non veniva dal fatto che l'amica si sposasse. Trovare un marito per lei non era mai stato un sogno, al massimo una possibilità, ma si era rassegnata presto e senza troppo dolore al fatto che mai nessuno l'avrebbe chiesta in moglie.

Quel giorno al ballo aveva sperato che il giovane tornasse indietro, le chiedesse un appuntamento, ma poi ci aveva messo una pietra sopra. Ora si accorgeva di non averlo dimenticato e, anzi, di aver camminato per strada immaginando che cosa gli avrebbe detto se si fossero incontrati per caso, di essere andata più spesso ad aiutare suo padre all'osteria sognando che lui passasse di là.

Camilla aveva abbracciato l'amica cercando di assorbire un po' della felicità che emanava, mentre raccontava che si sarebbero sposati subito dopo Natale. I genitori di lui, che stavano bene economicamente, avrebbero organizzato un pranzo proprio alla locanda di Giovanni.

«Fatti un bel vestito, Camilla, che lo troviamo anche a te un fidanzato.»

«Per carità, sto bene così!» aveva risposto allegra.

Suo padre salì in camera e la sorprese con la foto in mano, mentre mormorava: «Sto bene così».

«Che cos'hai detto?»

«Niente.»

Giovanni colse il turbamento della figlia e sicuramente in un'altra occasione avrebbe insistito per conoscerne il motivo, ma in quel momento la sua attenzione era tutta rivolta al figlio maggiore.

«Vieni giù, tuo fratello Luigi ci deve dire qualcosa di importante.»

Si riunirono come sempre nella sala delle poltrone, dove si entrava solo per le grandi occasioni.

I discorsi importanti si facevano lì, dove si stava seduti comodi e non si veniva distratti dal cibo. A tavola la famiglia doveva parlare solo di cose allegre, mai di notizie tristi o problemi.

Nessuno aveva idea di cosa avesse da dire di così importante Luigi. Si sarebbe sposato anche lui? Aveva ventun anni, poteva essere.

Impossibile che fossero problemi di salute. Ce lo si sarebbe potuto aspettare da Agostino, sempre pallido e con un eterno raffreddore, che in estate invece che guarire si faceva più violento: gli occhi gli lacrimavano in un pianto continuo, il respiro gli mancava e gli veniva la febbre. Febbre da fieno, la chiamavano. Una volta era svenuto a forza di starnuti.

Luigi era un toro, spaccava tronchi enormi che sotto i suoi colpi sembravano rametti, prendeva Camilla in braccio e faceva i gradini a due a due per portarla in camera la sera. Lei protestava, voleva fare da sola, ma poi cedeva perché le piaceva stare in braccio a suo fratello. Da chi avesse preso quella potenza fisica non si capiva, in famiglia era l'unico così grande e pieno di forza.

«Quello che non ho nel cervello ce l'ho nella braccia» diceva, ma poi si offendeva quando Agostino gli dava dello scemo.

«Tutta invidia, perché sei molle come una femmina.»

E bisticciavano.

Luigi non era scemo, era semplice. Agostino era complicato e inconcludente e i due erano sempre in lite. Solo su una cosa erano d'accordo, e cioè che Camilla fosse la figlia preferita, luce degli occhi del padre, carne della carne della madre, ma mentre Agostino era invidioso, a Luigi bastava ciò che aveva ed era contento per lei.

Sorrise, guardando ognuno negli occhi. Sorrise al padre, alla madre, alla sorella, al fratello. A nonna Rosa che ormai vedeva solo ombre, ma era ancora dritta e forte sulle gambe.

Lanciò uno sguardo anche al quadro della Madonna, sempre pronta a porgere la mano verso chi ne avesse bisogno.

Da tempo Camilla non necessitava della sua compagnia, dopo l'incidente le paure che ne avevano affollato l'immaginazione infantile erano scomparse, sostituite da un unico, concreto ricordo: il volto dell'uomo che l'aveva vista cadere nel fosso e che aveva detto al brumista di proseguire.

Le appariva di notte, accanto al letto, lo vedeva tra la gente e sussultava, per accorgersi poi di averlo scambiato per un ignaro sconosciuto. L'uomo del prima e del dopo.

«Io vado in America. C'è una nave che parte fra un mese» disse in un fiato Luigi.

Crollò il silenzio. Si sentivano solo i respiri.

Ernestina fu la prima a cedere e pianse. Camilla si alzò per abbracciarla, ma ci volle tempo e già l'aveva raggiunta Luigi.

«Mamma, non piangere.»

«Noi non siamo in miseria come tanti, perché te ne vuoi andare?»

Aveva ragione Ernestina: chi emigrava non era in cerca di avventura, ma fuggiva dall'indigenza. Si tuffava nell'ignoto con donne e bambini piccoli, pensando che qualsiasi difficoltà sarebbe stata meglio della povertà che pativa al proprio paese. Loro invece avevano terra, bestie e l'osteria.

«Qui non vedo un futuro.»

Giovanni si appoggiò allo schienale con lo sguardo in alto, come se le parole che voleva dire fossero scritte sul soffitto e dovesse ripassarle, per esserne più convinto.

«Se questa è la tua strada io sono felice per te, Luigi. Se fossi giovane farei lo stesso.»

Agostino starnutì e si soffiò il naso rumorosamente.

Chi mi prenderà in braccio fin su per le scale?, pensò Camilla.

La nonna scattò dalla poltrona.

«Allora, andiamo?»

«Dove, nonna?»

«In America!»

Quella sera Luigi accompagnò in camera sua sorella portandola tra le braccia, ma salì i gradini lentamente e nessuno dei due parlava.

La adagiò con delicatezza e le si sedette accanto. Di solito la buttava al volo sul pagliericcio, lei gridava, ridevano come matti.

Ci fu una volta in cui ci mise troppa forza e Camilla ricadde dall'altra parte del letto, in terra. Le aveva fatto giurare che non avrebbe detto niente ai genitori e l'aveva ricattata, minacciando di spifferare che si era fumata un sigaro che aveva trovato ancora acceso in un portacenere, all'osteria.

L'allegria tra i due tornò per il breve tempo del ricordo di quei momenti spensierati.

«Ci ho ragionato tanto prima di decidere, non volevo darvi un dispiacere. Specialmente a mamma.»

«Fai bene a partire anche se sì, ci dai un dispiacere. Già ci sei mancato tanto quando hai fatto il soldato. Ma almeno venivi in licenza, invece dall'America non torni più.»

«Ma sì che torno» rispose, anche se sembrava poco convinto.

Quello che avrebbe trovato in America era un mistero, ma qualcosa di buono ci doveva essere per forza se tanta gente partiva.

«Vogliono anche le donne?»

«Non quelle senza una gamba. E poi devono avere il marito.»

Camilla annuì rassegnata, troppe cose non aveva.

«Ci vorrebbe un miracolo» disse lui, fingendosi serio.

«Mica li fanno i miracoli per i casi come il mio. Possono farti camminare se non cammini, ma le gambe devi averle.»

«No, il miracolo era per il marito!»

«Scemo!»

«Dove lo trovi uno che ti sopporta?» scherzò.

Le si buttò addosso facendole il solletico. Sfogarono la pena nel riso.

Mentre ai genitori non era riuscito a raccontare nulla, a lei spiegò perché aveva deciso di partire. Non voleva occuparsi della campagna e nemmeno fare il lavoro di suo padre, tutto il giorno dietro al bancone a combattere con gli ubriachi.

«Non c'è altro da fare qui.»

Così aveva parlato con un tale, chiamato il Genovese, che cercava giovani o anche famiglie che volessero emigrare. Procurava il biglietto, le carte: si sarebbero dovuti far trovare tutti al porto nel giorno stabilito. Lì avrebbero fatto i controlli, che potevano durare anche molti giorni e, se tutto fosse stato a posto, li avrebbero fatti salire sulla nave.

Luigi vedeva un futuro luminoso, quello che gli era stato descritto dal Genovese e da un veneto che lo accompagnava, che raccontava di esser tornato per dire agli italiani che l'America li aspettava, che egli stesso era partito senza un soldo e ora portava regali per tutta la famiglia, anche ai cugini più lontani.

«Ti comprerò la bambola di biscuit, quella che hai visto in vetrina a Torino.»

«Cosa ne sai? Magari in America non ci sono le bambole.»

«In America c'è tutto.»

10

Siamo ricchi

Qualche anno dopo la brutta fine che avevano fatto i suoi figli, Friciulin era stata nuovamente ingravidata e questa volta qualche cucciolo glielo avevano lasciato, perché la cagnetta stava invecchiando e si doveva trovare un discendente che avesse lo stesso prezioso naso della madre.

Generazione dopo generazione – nel frattempo Friciulin era venuta a mancare e Felice era diventato un giovanotto – arrivò Spillo, che trovò un tartufo da un chilo e mezzo, il più grosso che si fosse mai visto.

Antonio, il padre di Felice, lo avvolse in una pezza, lo portò alla fiera per venderlo e così successe qualcosa di straordinario: diventarono ricchi.

Non fu quel singolo esemplare a portare opulenza alla famiglia, ma il fatto che quel fungo ipogeo – come lo definiva Felice riferendosi alle proprie nozioni scientifiche e spiegando che significava semplicemente che cresceva sottoterra, invece che sopra – finì dritto sulla tavola dei reali, che andavano matti per il tartufo ed erano soliti portarlo in dono alle corti straniere di Francia e Germania.

I nobili fecero cercare Antonio, lo invitarono a palazzo, lo nominarono fornitore ufficiale e addestratore dei loro cani. Spillo si sarebbe dovuto accoppiare con le femmine dell'allevamento reale per selezionare una razza dal fiuto eccezionale.

Tutto questo ad Antonio sembrò un premio sufficiente, dato che la tartufaia per lui era uno svago tra un viaggio e l'altro per il commercio del vino, del vermouth e dell'arquebuse.

Invece la proposta, che accettò senza neanche consultare la moglie, sicuro che sarebbe stata d'accordo, fu ancora più allettante.

I prati e boschi con il prezioso sottosuolo sarebbero rimasti nelle sue mani finché fossero stati in vita lui e sua moglie ma, in cambio di molto denaro subito, sarebbero diventati, alla loro morte, di proprietà dei Savoia.

A suo figlio non stava facendo un torto, presto sarebbe stato dottore, la terra non gli sarebbe servita, anzi, c'era il rischio che la lasciasse andare in malora, mentre molto di più gli sarebbero stati necessari i soldi – tanti e immediati – per vivere in città, esercitare la sua professione, sposarsi.

«Per quello c'è tempo» tagliò corto la madre, mentre brindavano loro tre soli alla fortuna capitata. Nelle cascine intorno erano sempre una decina intorno alla tavola, era ora di far crescere la famiglia.

«Perché aspettare?»

A Felice le parole uscirono di bocca senza che se ne accorgesse.

«Parli a qualcuna?»

«No, non agitarti mamma, non c'è nessuna ragazza. Ho detto così, tanto per dire.»

Suo padre gli diede di gomito: non vedeva l'ora di diventare nonno.

Le parole che avevano messo in agitazione Caterina non erano state dette tanto per dire, anche se Felice non mentiva, era convinto di aver parlato a caso.

Ma era una casualità apparente, che nascondeva un pensiero che occupava senza sosta la mente del ragazzo.

Da quando Camilla gli era ritornata alla mente, non ne era più uscita.

Nelle chiacchiere che si erano scambiati quell'unico giorno, gli aveva spiegato dove abitava, era una piccola frazione il cui nome era dedicato alla Madonna. Dato che la cascina era sperduta nella campagna, gli aveva anche specificato come ci si arrivava. Non era facile però ricordare se avesse detto che si doveva imboccare, al bivio, la strada di sinistra o quella di destra, se era prima o dopo il ponte di legno, e ogni volta che Felice cercava di concentrarsi per ricostruire le parole che aveva pronunciato la ragazza, qualcosa interrompeva il filo dei pensieri.

«Signor Barberis, vuole degnarmi di una risposta?»
«Ah sì, scusi, professore.»
«A cosa sta pensando?»
Felice, rendendosi improvvisamente conto di aver scelto il momento meno opportuno per pensare a Camilla, dato che si trovava davanti a una commissione d'esame, negò di essere distratto, ma chiese la cortesia di riascoltare la domanda.
«L'intuizione del professor Ignác Fülöp Semmelweis!»
La sapeva. Non poteva dimenticare la lezione del luminare tedesco: la febbre puerperale, la bacinella con acqua e disinfettante, i grotteschi nomi, putrescina e cadaverina, sostanze che gli studenti si portavano nelle mani dopo aver dissezionato i cadaveri e che causavano infezioni letali se venivano a contatto con la carne viva delle partorienti.
Felice espose l'argomento in modo così appassionato che il professore si rammaricò di non potergli dare un trenta con lode perché «lei pensa a tutt'altro. Si dimentichi l'amore mentre lavora».
Gli abbassò il voto, che gli servisse da lezione.

«Non è giusto, hai detto tutto alla perfezione, doveva darti almeno trenta!» protestò Piero, ma Felice era contento così. Nell'osservare il professore, si era accorto che aveva preso la penna dal taschino e scritto il ventotto sul libretto, tutto con la mancina.

Improvvisamente, grazie a quel gesto, la memoria si era illuminata.

«Dopo la piazza a sinistra». aveva detto Camilla quel giorno e aveva fatto anche il segno con il braccio: Felice, ora che aveva ricordato, aveva il gesto stampato negli occhi.

«Mi accompagni a cercarla?»

Si era confidato con l'amico la mattina in cui aveva capito che la ragazza gli occupava i pensieri con prepotenza, tanto da guidare le sue azioni senza che se ne rendesse conto fino in fondo. Aveva raccontato della disgrazia mostrando profonda empatia e si era apertamente sbilanciato sui propri sentimenti.

Piero non gli aveva dato importanza, sapendolo facile ai fuochi di paglia, sicuro che avrebbe presto dimenticato la poverina che lui, avendo in grande considerazione l'amico, riteneva del tutto inadatta.

Nel sentirne riparlare con ancora più trasporto a distanza di tempo, sbottò.

«Non sarò complice della tua rovina.»

Felice pensò che stesse scherzando, Piero era l'amico fedele su cui poteva sempre contare.

Si conoscevano da bambini e lo aveva seguito in tutto, perfino nella scelta della facoltà.

«Per me fare il dottore è da matti! Non hai orari, devi visitare chiunque, ricco, povero, sporco, pulito, ma se lo fai tu lo faccio anch'io. Vorrà dire che quelli che non si lavano li passo a te!» aveva detto al momento dell'iscrizione.

Quando a Felice veniva la smania di volersi divertire lo accompagnava alla casa d'appuntamenti, anche se Piero con le prostitute non ci provava gusto.

Gli aveva retto il gioco quando si era innamorato di una signora sposata di una famiglia in vista: stava tutta la sera a fare da palo, d'estate e d'inverno, per fischiare se arrivava il marito.

Questa volta no, non lo avrebbe assecondato, disse chiaro e tondo che non doveva andarsi a impelagare con una disgraziata. Fu evidente che non scherzava.

«Che cos'hai detto? Non ripeterlo mai più!»

«È così, Felice! Sei bello, istruito e adesso sei anche ricco, puoi puntare in alto e ti vai a innamorare di una mezza donna, una povera zoppa.»

Gli arrivò un pugno in faccia.

Piero glielo restituì.

Tra un naso sanguinante e un occhio blu, volarono gli insulti.

Piero infierì vomitando cattiverie su Camilla, dicendo che sarebbe stata la vergogna della famiglia Barberis e gli avrebbe dato figli storpi.

Meglio che facesse il raccoglitore di letame invece che il dottore, reagì Felice, il sangue agli occhi, se pensava che quella di Camilla fosse una tara che si potesse trasmettere alla prole. Era un pensiero che poteva avere la gente comune, ma non uno che studiava medicina.

Dimostrava di essere gretto, ignorante e inoltre era grasso, stupido e chissà, dato che gli stava sempre tra i piedi, chissà che non fosse anche un po' dell'altra parrocchia.

«Mi dai dell'invertito? A me che cerco solo di fare il tuo bene?»

«Lo sai tu qual è mio bene?»

Piero, in un ultimo tentativo di essere convincente, raccontò della donna che gli aveva parlato al ballo, che l'aveva avvertito, in paese lo dicevano tutti che quella disgraziata andava tenuta a distanza.

«Non ti permettere più di dire quella parola!» e giù un altro pugno.

Erano davanti all'università, le loro voci rimbombavano sotto i portici e la gente che li vedeva manifestava la propria preoccupazione, pensando che quelli sarebbero stati i dottori di domani.

Felice tornò a casa con la camicia strappata e il sangue che gli usciva copioso dal sopracciglio. S'infilò subito in camera perché in quei giorni erano ospiti, nella sua piccola casa di studente, i suoi genitori. Erano venuti in città per comprare un appartamento a Torino, in modo che Antonio potesse seguire meglio gli affari e, quando il figlio si fosse sposato – il più tardi possibile per la madre, al più presto per il padre – fosse già pronta la residenza coniugale. Loro, appagati, si sarebbero nuovamente ritirati in campagna.

Caterina piombò in camera mentre il figlio cercava di medicarsi.

«Non ti vergogni di tornare in questo stato?»

Il padre comparve alle sue spalle, conciliante.

«Son cose da ragazzi!»

Chiese se fosse stata una scazzottata per una donna.

«Sì, per una donna» confermò Felice.

«Lo vedi Caterina, i maschi sono così» disse con orgoglio.

«Per me sono fatti male!»

I genitori non erano mai d'accordo, ma lo furono qualche ora dopo, quando Antonio firmò il contratto per l'acquisto della casa. A venderla era una famiglia nobile finita in rovina per il vizio del gioco di un figlio scapestrato.

C'erano tappezzerie di seta, specchi e ori dappertutto e, anche se il loro appartamento occupava un solo piano del palazzotto nobiliare, i Barberis si sentirono in una reggia.

«Questa è la casa giusta per un dottore» disse Caterina. Dopo anni di musi lunghi, sorrise soddisfatta.

11

Non è mai un caso

Camilla pensava all'amore a modo suo. Per lei non era un alone caldo che avvolgeva il corpo e si diffondeva intorno, come invece era per Marinella.

Nemmeno somigliava al sentimento tra figli e genitori, tra padre e madre, tra nonna Rosa e i nipoti. L'amore familiare, facile e sicuro, che aveva conosciuto non era ripetibile e non le apparteneva se non come figlia.

Quello con sua madre, poi, era un amore speciale, e non era cambiato nelle sue manifestazioni, nemmeno quando Camilla era cresciuta.

Nelle sere d'inverno s'infilava con lei sotto le coperte per scaldarla, il letto era piccolo ed Ernestina grossa, e alla figlia sembrava di perdersi in un cuscino di pace, di poter tornare nella carne della madre; il respiro si faceva lento e profondo e sarebbe presto venuto un sonno felice. Resisteva, per godere a lungo di quella sensazione, ma gli occhi si chiudevano irrimediabilmente.

Quando era certa che dormisse, la mamma le spostava i capelli e la baciava sulla fronte. Baci e lacrime, perché quelli erano gli unici momenti in cui Ernestina si concedeva la debolezza di piangere per la menomazione di Camilla, che avrebbe preferito mille volte che fosse toccata a lei: ma poteva solo soffrire di notte e di giorno fare finta di niente.

Succedeva talvolta che una lacrima cadesse sul viso della

figlia addormentata, scivolando sulle guance, sul mento. Camilla si svegliava, ma rispettava il segreto della madre, stringendo le palpebre e simulando il respiro pesante del sonno. Nei sogni però quel pianto diventava il suo, vedeva Ernestina zoppicare, scopriva che aveva avuto la sua stessa disgrazia. E si disperava. Il sentimento che sapeva di sua madre, preferire il proprio dolore a quello dei suoi figli, a Camilla faceva paura, non avrebbe mai voluto mettere al mondo esseri per cui provare qualcosa di simile. Temeva di non avere quella stessa dote e, se mai le fosse spuntata fuori in futuro, la immaginava come una sventura.

L'amore come lo pensava Camilla, il solo che avesse conosciuto prima di incontrare Felice, era quello del libro. Due giovani che si volevano bene, ma qualcuno si metteva in mezzo per non farli sposare. Era un sentimento che girava a vuoto, tra problemi e difficoltà. L'amore era impossibile, per questo non lo inseguiva, come invece aveva fatto Marinella.

Però da quando aveva conosciuto Felice qualcosa era cambiato: aveva scoperto che l'amore succedeva anche se non lo cercavi, che diventava l'unico pensiero ed era sempre più difficile arrendersi al fatto che fosse irrealizzabile.

Una mattina si sentì addosso qualcosa di strano. Aprì gli occhi con un senso di urgenza che non riuscì ad attribuire ad altro che ai suoi doveri quotidiani. Da troppo tempo non entrava nella sala delle poltrone – dalla volta che Luigi aveva annunciato la sua partenza – e chissà che polvere, che odore di chiuso. Possibile che fosse il disordine casalingo la causa della sua ansia?

Rimase nel letto a rigirarsi finché, nella stanza dei genitori, le assi del pavimento scricchiolarono sotto i piedi di suo padre, mentre fuori un po' di violetto aveva cominciato a colorare il cielo dietro le colline.

Le sembrava di avere fretta, di essere in ritardo, anche

se non sapeva quale fosse il suo appuntamento e si sbrigò a scendere per mettere in tavola il latte caldo. Nel corpo avvertiva sempre più forte la sensazione che qualcosa dovesse accadere, sebbene la giornata promettesse di essere uguale alle tante altre mattinate invernali.

Sua madre e Luigi, appena alzati, parlavano dei lavori della giornata: lo spurgo dei fossi, spostare il letame, la legna da spaccare, la paga da dare ai braccianti che avevano potato la vigna. Il ragazzo cercava di rendersi utile il più possibile, prima di partire.

Giovanni salutò e uscì.

Agostino, che da un po' di tempo si era appassionato all'arte di intrecciare cestini e gerle, si preparava per andare in paese a comprare il vimini e la paglia.

Andati via tutti, Camilla cominciò a pulire. Il filo polveroso di una ragnatela pendeva dall'immagine della Madonna e, staccato il quadro dal muro, lo accarezzò con lo straccio. La mano della Vergine – da sempre le era sembrata abbandonata con dolce mollezza – vista da vicino sembrava invece protendersi con intenzione, come a indicare qualcosa.

La finestra, la porta di casa?

Guardò meglio, cambiando l'inclinazione del quadro, e la Santa Vergine insisté con il suo suggerimento: qualcosa, fuori, l'aspettava.

L'ansia che l'aveva accompagnata fin dal risveglio aumentò, doveva uscire.

Trovò con sé stessa un pretesto per andare in paese. Cosa avrebbe fatto, una volta là, non sapeva.

Berta camminava a lato della strada, avvolta nel suo scialle scuro, curva, infreddolita. Vecchia. Avrebbe dovuto offrirle di salire sul calessino, ma era più forte di lei, non riusciva a stare vicina a quella donna. Aveva imparato che la gentilezza non serviva a addolcire l'animo di chi le voleva male ed era inutile andare contro sé stessa per piacere alla gente.

Proseguì.

La strada era deserta, un cane uscì da una cascina, abbaiando.

Il cavallo andava da solo, le redini molli, lei a chiedersi che stava facendo, perché era uscita, che senso avesse quell'andare senza scopo.

Al bivio, incrociò l'omnibus.

Come ogni volta che vedeva quella carrozza scura, con i due cavalli davanti, non poté fare a meno di ripensare all'uomo del finestrino, la notte che aveva cambiato la sua vita. Chissà se negli anni aveva ripercorso quella strada, quante volte le era passato davanti a casa, sempre di fretta, protestando se il brumista rallentava. O forse non era capitato mai più da quelle parti. Solo quella sera era venuto a gettarle addosso il suo destino e si era dileguato. Per lui era stato un istante, per lei la vita.

Il veicolo era fermo sul ciglio della strada, al crocevia. Un passeggero stava scendendo. Calzati in scarpe eleganti, se ne scorgevano i piedi spuntare sotto la vettura, dall'altro lato del veicolo. Esitavano accanto al predellino, incerti sulla direzione da prendere. Due passi a destra, tre a sinistra. Se fossero stati i piedi di colui che ormai considerava il suo carnefice? Quando l'omnibus fosse ripartito se lo sarebbe ritrovato davanti.

Lei e lui, uno di fronte all'altro.

L'ansia di quella mattina voleva portarla a quell'incontro? Ci si era messa anche la Vergine, suggerendole di uscire. Era l'unica a conoscenza dei segreti che albergavano nel cuore di Camilla: proprio a lei chiedeva perdono per le cattiverie che era capace di immaginare.

Non erano solo parole taglienti quelle che teneva in serbo nel caso avesse rincontrato l'uomo del prima e del dopo. Avrebbe voluto avere con sé il suo falcetto affilato, l'attizzatoio, una pietra pesante. Fantasticava di ferire, conficcare, scagliare. Perfino di infierire. Tutti pensavano avesse dimenticato, era venuta su così allegra, nonostante la disgrazia, invece covava risentimento.

Non era possibile che proprio la Madonna le avesse indicato la via della vendetta.

L'omnibus ripartì.

Lo vide.

Solo. Intorno solo campagna solitaria. L'aria smarrita di chi è incerto sulla strada da imboccare.

Felice.

Era proprio lui. L'aveva pensato così tante volte, dopo quell'unico incontro.

I pensieri malvagi svanirono come se non ci fossero mai stati, il cuore si riempì di dolcezza.

Era arrivato al bivio e stava sbagliando strada. Andava a sinistra invece che a destra e se Camilla fosse arrivata qualche minuto dopo sarebbe sparito dietro la curva, nascosto dalla siepe, e non si sarebbero mai incontrati.

Le venne da ridere e subito dopo da piangere, di commozione, di gioia, era impossibile che tutto fosse accaduto per caso, qualcuno doveva sapere dell'arrivo di Felice e ringraziò la Santa Madre per averla spinta fuori casa quella mattina.

Lo chiamò, «Ehi!», come avessero un appuntamento e dovesse solo attirare la sua attenzione.

«Sali.»

Felice si guardò intorno, non si aspettava di incontrarla così facilmente, ma non fu troppo stupito, come se anch'egli fosse arrivato fin lì spinto da una qualche certezza. Esitò prima di salire: poteva essere disdicevole per una ragazza sola far salire un uomo sul suo calessino.

«Non devo rendere conto a nessuno, non preoccuparti.

Alla gente non va bene mai niente e tanto vale che faccia come mi pare!»

Lui rise: altre come lei non ne aveva incontrate.

«Ti porto in un posto.»

Era pronta, tante volte si era immaginata quell'incontro e aveva già tutto in testa.

Andarono in silenzio a lungo, pensando per quanto tempo l'altro era stato solo un desiderio, incapaci di convincersi di quella presenza reale.

Prese una strada che si inoltrava nei campi, le stoppie di granturco erano spuntoni gelati dalla brina e sulla terra nuda stagnavano drappi di nebbia azzurrina: quando si fosse dissolta sarebbe stata una bella giornata. Poi venne un bosco che ancora conservava un po' di fogliame.

Nel verde si intravedeva una casa che sembrava abbandonata. Il muro era venato di rami secchi, le persiane delle finestre penzolavano dai cardini. La ruota del mulino era arrugginita.

«Ci abitava mia nonna Rosa, una volta. Quando il nonno è morto è venuta da noi.»

Scesero dal calessino, Felice capì che non voleva essere aiutata. A una qualsiasi ragazza avrebbe offerto la mano, ma non a lei. Dalla casa uscì un uomo di età indefinibile, più vecchio che giovane.

«Ciao Sebastiano!»

L'altro fece un cenno con la testa, allungò il collo.

«Vive qua. Ogni tanto gli porto qualcosa di pulito da mettersi e mio papà lo fa mangiare all'osteria, quando va in paese a chiedere l'elemosina.»

L'uomo sorrise e sparì dietro il sacco che faceva da porta alla casa.

Era muto.

I due ragazzi rimasero soli, uno di fronte all'altro, muti anche loro.

Sebastiano uscì, sistemò due seggiole, la paglia sfilacciata, accanto al tavolo sotto il porticato. Era il suo modo di fare gli onori di casa. Felice lo ringraziò e l'altro rispose con un cenno di assenso. Appoggiò sul tavolo due bicchieri d'acqua su cui galleggiavano minuscoli granelli di polvere che brillavano, colpiti dai raggi di un sole bianco, invernale. Si mise a sedere su una panca, il tronco di un albero tagliato a metà che correva lungo il muro esterno della cascina, la testa appoggiata, gli occhi chiusi come se il sole potesse abbagliarlo.

La sua discrezione non servì a mettere a proprio agio i due giovani, che dopo tanta attesa sembravano non sapere che fare del sentimento che li aveva portati lì.

Felice rimaneva in ammirazione della ragazza, la quale mascherava l'emozione con chiacchiere vivaci.

Non parlò di sé, ma di Sebastiano, di quando ancora aveva l'uso della voce. Camilla era piccola e le raccontava storie. Descriveva grandi navi, battaglie, terre lontane. Era stato un garibaldino.

«All'inizio non capivo niente. Parlava un dialetto strano, tutto...»

Camilla gli fece il verso, inventando parole di sole consonanti e accompagnandole con smorfie spiritose.

Cresciuto senza sorrisi, Felice si sentiva confortato dalla sua allegria e dallo splendore della sua bocca.

«Era di un paese vicino a Novara, lassù parlano un po' come i tedeschi.»

Felice guardò velocemente verso Sebastiano, che non sembrava affatto interessato al discorso, come se non si parlasse di lui.

«Mi ha detto mille volte di quando ha visto Garibaldi da vicino.»

I due si erano trovati a poca distanza l'uno dall'altro in battaglia, l'eroe aveva detto al giovane soldato: «Bravo, sei coraggioso» e lui era stato zitto, le parole strozzate in gola per l'emozione. Sebastiano aveva un grosso rimpianto, era convinto che, se avesse avuto la prontezza di rispondere, la sua vita sarebbe stata diversa. Si tormentava pensando all'occasione perduta e fantasticava di ciò che sarebbe potuto accadere. Se Garibaldi avesse ricevuto da lui un ringraziamento, o qualche parola di ammirazione, forse gli avrebbe parlato ancora. Allora lui si sarebbe mostrato ancora più temerario, combattendo spalla a spalla con il suo capitano che, chissà, conquistato dal suo coraggio, ne avrebbe fatto il suo attendente. Invece era scappato via, vergognoso, confondendosi con gli altri soldati.

Finita la spedizione, di entrare nel regio esercito Sebastiano non aveva voluto saperne. Tornato a casa, non aveva trovato più nessuno, i suoi se li era portati via il colera. Aveva vagabondato per un po', vendendo di casa in casa fili, forcine, nastri. Poi si era stancato.

Nonna Rosa e il nonno gli avevano permesso di dormire nel fienile e a lui bastava.

«Com'è diventato muto?»

«Mio nonno Pinin l'ha trovato in terra giù al campo, sembrava morto. Ha avuto per tre giorni la febbre alta e quando si è svegliato non parlava più.»

«Ho visto che non ha perso l'udito. Ma se gli parli, è in grado di comprendere?»

Camilla guardò Sebastiano che rimaneva indifferente.

«Così così» disse con una smorfia dubbiosa.

A Felice sembrava impossibile che una persona che aveva affrontato la guerra, navigato tra le burrasche, che aveva sfidato la morte per un'ideale, potesse aver fatto quella fine. «La vita ti gira le spalle all'improvviso.»

La mano di Camilla scivolò sulla gonna fino al ginocchio.

Felice, pensando che era venuto il suo turno di dire qualcosa, ripassò mentalmente il proprio passato alla ricerca di qualche evento avventuroso da raccontare, ma non trovò nulla che valesse la pena di essere riferito. Tutto sembrava minuscolo in confronto all'energia e alla bellezza di lei.

Era certo di esserne innamorato.

«Camilla, c'è un discorso tra noi che va affrontato subito» esordì serio.

Ecco, pensò la ragazza. È finita.

Pensò che Felice stesse per dire ciò che tante volte aveva già sentito. Si era dimenticata di non essere normale e lui glielo avrebbe ricordato, mettendo in chiaro che tra loro non poteva esserci altro che amicizia.

«Io non vorrei che tu...»

Esitò, preoccupato di poter dire qualcosa che ferisse la sensibilità di Camilla.

«No, certo, non mi farò illusioni!» lo anticipò lei con irruenza.

«...non vorrei che tu avessi niente di meno e niente di più di quel che hai. Niente. Tu hai tutto per me e io mi incanto a ogni sguardo, senza desiderare altro.»

«E dunque?» Voleva essere sicura, dare il tempo alla sua paura di sciogliersi.

«Dunque non parliamo mai della tua gamba come di una disgrazia.»

Per un attimo Camilla sentì il sangue scorrere nelle vene del legno, il calore arrivare al piede. Si senti intera, come prima del dopo che aveva segnato la sua vita.

La notte sognò un funerale. I partecipanti erano vestiti di colori sgargianti e i loro volti erano allegri, l'incedere era più simile a un ballo che a un corteo funebre. Si avvicinò per capire chi fosse quella persona così poco amata, tanto da trasformarne le esequie in una sorta di carnevale: nella bara giaceva il cadavere dell'uomo del prima e del dopo.

12

Prove d'intelligenza

Il muro si ricoprì di foglie e il boschetto divenne fitto, si doveva aggirarlo per arrivare alla casa abbandonata dove il garibaldino attendeva i due ragazzi che, ormai da qualche mese, si davano sempre appuntamento lì.

I genitori lasciavano a Camilla una maggiore libertà di quella che avevano le fanciulle della sua età e lei, non volendo approfittarne, preferiva non rimanere sola con Felice. Nonna Rosa, pur non sapendo dell'amore segreto della nipote, la metteva in guardia: «La paglia vicino al fuoco brucia!» diceva, e la ragazza sentiva quanto facilmente l'incendio sarebbe potuto divampare.

Sebastiano fu testimone e guardiano del loro innamorarsi. Le sue giornate si riempirono delle parole semplici che i due si scambiavano: uno raccontava dei suoi studi, dei professori, l'altra parlava dei fratelli, di ciò che succedeva in casa.

Quando a casa Costa arrivò la prima lettera di Luigi dall'America, Camilla la sottrasse a Ernestina, che la teneva sotto il cuscino, e la portò a Felice, nascosta tra i seni.

«Leggila tu, è bella. Ad alta voce, per favore, così l'ascolta anche Sebastiano.»

Infilò la mano nella scollatura e la porse a Felice.

Nella carta si sentiva il calore del corpo e l'umidità del

sudore e il ragazzo fece fatica a provare interesse per il viaggio di Luigi, che era durato un mese, prima in treno e poi in nave.

Tra una frase e l'altra traeva respiri profondi per non far svanire l'odore di lei, pensava che gli sarebbe bastato baciare quei fogli per essere pago. Ma non poteva. Mai Camilla gli aveva concesso di sfiorarla, anche se con gli occhi se lo mangiava.

Gli piacevano così, sfacciate e al tempo stesso pudiche. Non poteva lamentarsene.

«Leggi bene, stai farfugliando» lo rimproverò scherzosa, intuendo che cosa gli passava per la testa.

Così Felice fu costretto ad appassionarsi ai racconti di Luigi.

Stipati sotto, nella stiva, gli emigranti si facevano forza l'un l'altro. Qualcuno moriva e veniva gettato fuori senza neanche una benedizione; quando c'era il mare grosso, molti uscivano a vomitare e un ragazzino se l'era portato via un'onda, ma la nave non si era fermata, anche se la madre gridava e chiedeva aiuto.

Nel viaggio erano nati tre bambini, erano stati momenti felici.

Luigi aveva conosciuto una ragazza che si chiamava come sua sorella.

Camilla, l'altra, viaggiava con il fratello maggiore, poi il giovane si era ammalato di difterite, era morto e l'avevano buttato a mare.

La ragazza piangeva non solo per il dolore, ma perché era sicura che, vedendola sola, l'avrebbero scambiata per una prostituta e non l'avrebbero fatta entrare in America.

Tornare al suo paese sarebbe stata una grave onta, un marchio di fallimento, e forse davvero sarebbe finita in un bordello.

Così Luigi l'aveva presa sotto la sua protezione, come una sorella, poi si erano affezionati e per essere sicuri che all'arrivo non li avrebbero separati si erano fatti sposare dal capitano.

«Mia mamma, a questo punto della lettera» interruppe Camilla «è scoppiata a piangere: "Sposato? Ce lo dice con una lettera?" Per lei mio fratello doveva far tornare indietro la nave, per fare l'annuncio ufficiale!»

Luigi raccontava ancora che all'arrivo in America li avevano stipati tutti su un'isola, dove erano stati visitati dai dottori e sia lui sia la moglie erano risultati in piena salute. La visita era continuata con la misurazione della testa, per verificare se fossero abbastanza intelligenti. Gli americani non si volevano mescolare a gente stupida, in particolare agli italiani, di cui avevano una pessima opinione.

«*Ci hanno fatto fare anche una specie di gioco. Si dovevano mettere insieme dei pezzi di legno per comporre una faccia, e chi non era capace e metteva il naso al posto della bocca o le orecchie invece degli occhi, veniva scartato e non poteva entrare. Io ho superato bene la prova, perché somigliava al gioco che aveva inventato papà, quando eravamo piccoli, anche se lui invece del viso di un uomo aveva costruito il muso di una mucca, vi ricordate?*»

Camilla tirò su con il naso, strinse gli occhi per impedire alle lacrime di tracimare.

Le tornarono in mente i momenti felici dell'infanzia, il padre che intagliava le forme nel legno, la curiosità dei figli di scoprire a che cosa servissero e Giovanni che giocava a mantenere il segreto. Infine la sorpresa di quei pezzi scomposti, occhi, naso, orecchie, persino le corna, di cui la bambina, a differenza dei fratelli, aveva visualizzato al volo la logica, ancora prima di toccarli. Suo padre era rimasto ammirato dalla sua intelligenza.

L'esame per essere accettati in America aveva un ultimo scoglio, le domande di cultura generale. Luigi aveva avuto paura, perché non conosceva una sola parola di inglese, ma in qualche modo ce l'aveva fatta ed era orgoglioso di aver superato la prova, anche se confessava di avere avuto bisogno che sua moglie gli facesse dei segni di suggerimento.

«*Non ditemi più che sono scemo, perché gli americani hanno detto che sono abbastanza intelligente per fare l'emigrante.*»

«Non gliel'abbiamo mai detto! Solo per scherzo!»

La lettera finiva spiegando che a scrivere era Camilla, la moglie, sotto dettatura, perché Luigi non era analfabeta, ma nei pochi anni in cui aveva frequentato la scuola, come confermò la sorella, era sempre dietro alla lavagna, con il cappello e le orecchie da asino. Nell'ultima pagina della lettera c'era il disegno di una faccia sorridente, fatta da lui.

Sebastiano allungò la mano per chiedere il permesso di vedere il volto disegnato da Luigi. Felice gli diede i fogli malvolentieri, come se davvero portassero impressa l'aura lasciata da Camilla.

L'uomo si rigirò la lettera tra le mani, sembrava volesse leggerla.

In quei mesi in cui non era più solo come era stato negli ultimi anni aveva ripreso vita e il suo pensiero si era, via via, risvegliato.

«Bisogna farlo visitare» disse Felice.

Propose di portarlo da un suo professore che era uno specialista di malattie della gola, a Torino. Si sarebbe dovuto sistemare un po', i dottori dell'università erano schizzinosi.

13

La lingua dei segni

Se l'abito della domenica di Giovanni fosse sparito per breve tempo, nessuno se ne sarebbe accorto. Il giorno dell'appuntamento con il professore di Torino, Camilla arrivò con il malloppo di vestiti che aveva sottratto dall'armadio nascondendolo sotto le lenzuola da portare alla lavandaia. Suo padre e Sebastiano avevano la stessa corporatura, anche se quest'ultimo era smagrito a causa dalla vita che aveva condotto e che conduceva. Mostrò il completo al vecchio garibaldino che fece di sì con la testa valutando i pantaloni, la giacca e il panciotto. Quando vide la camicia, però, l'allontanò contrariato.

Entrò in casa lasciando i due ragazzi soli.

Felice aveva da tempo in serbo un «ti voglio bene» che, nonostante fosse il momento giusto, non trovava il coraggio di pronunciare. Anche Camilla sembrava inseguire un pensiero che la intimidiva, ma fu lei la prima a trovare il coraggio di parlare, combattendo con la paura del rifiuto o della derisione.

«Mi faresti da maestro?» disse in fretta.

«Da maestro?»

«I libri di scuola, quelli che non ti servono più, me li impresti? Quando non capisco, mi aiuti. Voglio andare avanti negli studi.»

L'idea piacque molto a Felice che riuscì a sussurrarle, pieno di ammirazione: «Ti voglio bene, Camilla».

Sebastiano uscì di casa con indosso una camicia rossa. *La* camicia rossa.

Non si lasciò convincere a cambiarla da alcun argomento di buon senso.

Per il viaggio indossò la giacca ma, quando nella carrozza del treno se la levò, ebbe gli occhi addosso di tutti i passeggeri, specialmente di quelli più anziani.

Lo stesso accadde a Torino. La suora che preparava gli strumenti per la visita assunse un'aria preoccupata, dato lo spinoso rapporto tra il clero e l'eroe dei Due Mondi.

Gli studenti, che osservavano le visite per impratichirsi, nel vederlo scoppiarono a ridere: all'epoca di Garibaldi e dei suoi Mille non erano nemmeno nati, a malapena ne avevano sentito parlare dai genitori o dai nonni. Pensando che oltre che muto fosse anche sordo, derisero apertamente l'abbigliamento, il colore della camicia e il foulard al collo.

Sebastiano fece dietrofront, come per andarsene.

Felice lo rincorse nel corridoio, investendolo con un precipizio di parole: quella visita era per il suo bene, avevano fatto un viaggio e non potevano sprecare tutta quella fatica: che figura gli stava facendo fare con il dottore che era anche il suo professore? Ma niente.

Forse avrebbe potuto ricominciare a parlare!

«Ci racconterai le storie della guerra. La Sicilia! Eh? Non ci hai mai detto com'è la Sicilia. C'è il mare? Io non l'ho mai visto, me lo devi dire tu com'è.»

In risposta, lui alzò le spalle.

«Potrai cantare! Sì, potrai cantare, Sebastiano! *Si scopron le tombe, si levano i morti. Va' fuori d'Italia, va' fuori o stranier.* Te la ricordi?» Felice non si vergognò ad accennare il motivo e gli studenti, che si erano radunati sulla soglia dell'aula per curiosare, risero ancora.

Sebastiano reagiva come un mulo che non volesse saperne di muoversi. Evidentemente non gli importava di poter cantare l'inno dei garibaldini.

Il professore attendeva che il paziente si decidesse, mentre i lazzi tra gli studenti si stavano trasformando in baraonda.

Felice tentò un'ultima carta.

«Camilla sarà molto delusa dal tuo comportamento.»

Sebastiano corrugò la fronte, rifletté un attimo e non oppose più resistenza.

Il dottore sembrava non avere notato l'ostentazione della camicia rossa, ma mentre armeggiava nella gola, nel naso e nelle orecchie del povero Sebastiano, non parlò di laringe, faringe e corde vocali, ma delle malefatte di quello che, secondo lui, non era stato affatto un eroe, ma piuttosto un venditore di schiavi, traditore del popolo, blasfemo e senza dio.

Felice moriva d'imbarazzo.

«Non solo incurante delle leggi civili, di quelle religiose, che disprezzava apertamente, ma anche degli scrupoli naturali di qualsiasi uomo. Anita, la prima di tante mogli, era già sposata quando la portò con sé e, dopo di lei, collezionò donne come fossero farfalle.»

La suora approvava con lo sventolio delle ali del suo largo cappello.

Seguirono minuti di silenzio.

«Laringoscopio.»

Tintinnii metallici, scricchiolii.

«Pinze.»

«Luce.»

Insieme al chiarore potente, la lampada sparse odore di aglio e pesce andato a male. I ragazzi tossirono, si turarono il naso. Il professore li rimproverò, brusco.

«Non fate le signorine! Queste lampade ad acetilene sono un portento: puzzano un po', ma vi saranno utili.»

La visita era finita, il paziente aveva l'aria di un cane bastonato.

«Barberis, avevate ragione, è un problema di laringe, suo zio non...»

Felice si affrettò a dire che non era suo zio e il professore sembrò compiacersene.

«Chiunque sia, quest'uomo deve averne passate tante.»

Finalmente guardò Sebastiano con compassione. Spiegò che aveva avuto una grave infezione, gli organi fonetici erano completamente compromessi, sembravano bruciati.

«Le sue corde vocali sono come carta velina» ma, proseguì il professore, l'udito era buono e lo stato di apparente deficienza mentale era dovuto all'impossibilità di parlare e alla solitudine.

«Oltre che alle cattive frequentazioni avute in passato» ammiccò, ma ogni segno di risentimento era scomparso.

«Non parlerà mai più» disse piano a Felice «ma gli faccia studiare la lingua dei segni.»

Felice si scusò, ma non poteva insegnare qualcosa di cui non sapeva nulla: quel linguaggio per lui era arabo.

Il professore, porgendogli un manuale, affermò: «Anche l'arabo si può imparare».

La sera non c'era il treno per tornare e i due restarono a Torino. Felice si sentiva mortificato per aver promesso una guarigione impossibile, mentre Sebastiano non sembrava affatto deluso. Affezionato al silenzio, nel proprio mondo senza parole si sentiva sicuro. Andarono subito a coricarsi. Non avvezzo alle lenzuola, il garibaldino si sentì stretto in una camicia di forza e dovette alzarsi.

La casa stessa lo faceva sentire prigioniero. Abituato al suo arredamento povero, scarno, quelle stanze decorate, piene di mobili e quadri, lo soffocavano.

Uscì sul balcone a guardare la luce del lampione che illuminava debolmente la strada deserta.

Dimenticato sulla balaustra, trovò un mezzo sigaro: non fumava da vent'anni. Il gesto di accenderlo gli fece sentire che la sua vita ricominciava e provò gratitudine per quei due ragazzi che l'avevano rimesso al mondo.

La mattina riempirono due valigie di libri di latino, greco, storia antica, matematica. Felice ci infilò anche il manuale di lingua dei segni che il professore gli aveva regalato.

Ripresero il treno per Alba, Camilla li aspettava alla stazione.

14

Matta

L'estate regalò ai due innamorati giorni fantastici. Camilla era completamente libera, nessuno controllava le sue uscite. Sua madre era impegnata tutto il giorno con la campagna. Agostino non c'era: da alcuni anni, nei periodi in cui il suo raffreddore diventava così violento da troncargli il respiro, si trasferiva da una sorella di Ernestina che abitava in montagna. L'aria fine dell'alta quota gli giovava.

Nonna Rosa le era complice. Le raccomandava solo di «stare attenta», mostrando di aver capito che l'andare e venire della nipote non era dovuto, come lei dichiarava, alla necessità una volta di andare al mulino, l'altra a comprare il petrolio per la lampada. Camilla trovava mille scuse per incontrare il suo amore.

Lui, terminati gli esami, si era trasferito in campagna e dunque gli era agevole raggiungere la casa di Sebastiano, quasi tutti i giorni.

Poi l'estate finì.

Cominciò un periodo di pioggia continua. Si vendemmiò sotto l'acqua, le strade erano torrenti di fango, tutte le feste e le fiere furono annullate, compresa quella che Camilla aspettava più delle altre, perché segnava il primo anniversario dell'incontro con Felice.

Il maltempo rese più difficile per i due innamorati vedersi. Un giorno lei lo aspettava invano da Sebastiano, il giorno dopo Felice arrivava e lei era a casa, smaniante, ma non poteva uscire.

Si lasciavano messaggi scritti dandosi appuntamenti, foglietti che Sebastiano custodiva e consegnava con premura, ma non riuscivano a incontrarsi davvero. Per Felice gli impegni con l'università si erano fatti più pressanti e Camilla non riusciva a trovare una scusa per prendere il calessino e fingere di avere qualcosa da fare in paese.

«Dove vai con questa pioggia? Sei matta?» le avrebbe detto sua madre.

Era matta, ma non poteva dirlo.

Matta di Felice, e aveva poco da ripetersi che, se non l'avesse visto quel giorno, l'avrebbe rivisto il giorno seguente e non sarebbe cascato il mondo.

Cascato no, ma sparito sì, o meglio, sarebbe tornato come prima. Un mondo dove tutti i santi giorni doveva giocare alla settimana anche senza averne voglia: non cadere, piegati, alzati, attenta che ti ridono dietro anzi, ti ridono in faccia, sghignazzano forte, e tu non devi dare loro retta e andare avanti, non sbandare, alza la testa, niente lagne, se cadi tirati su.

Le strade, la campagna, il pavimento di casa, l'aia, i portici del paese, qualsiasi luogo frequentasse aveva la forma di quei quadrati messi in fila, il gioco che le aveva preannunciato suo padre, salta uno, salta due, salta tre, salta quattro, salta cinque, salta sei, salta sette e quando hai finito, avanti, si ricomincia.

Non perdere l'equilibrio era il senso della sua vita.

Felice non le aveva offerto un bastone, che se l'avesse fatto, con il carattere che aveva Camilla, gliel'avrebbe dato in testa, ma aveva spostato con eleganza la sedia, «prego, si accomodi», come si fa con le signorine che di gambe ne hanno due. L'aveva invitata a prendere posto in una vita normale.

Per questo le sembrava di impazzire quando non lo vedeva.

Fatti entrare in casa clandestinamente in mezzo alle federe e alle lenzuola ritirate dalla stiratrice, poi nascosti sotto il materasso, i libri di testo che il ragazzo le aveva dato la calmavano. Nessuno l'avrebbe rimproverata perché studiava, ma quei volumi avrebbero suscitato domande e curiosità, svelando la presenza di qualcuno nella sua vita, e non era ancora il momento.

Non vedeva l'ora di chiudersi in camera in compagnia dei libri.

Metteva la polenta sul fuoco senza mescolarla e a cena avrebbero protestato perché era piena di grumi. Spazzava di malavoglia e si doveva evitare di guardare sotto il tavolo o la credenza, perché lì la scopa non ci arrivava mai.

«Pulisci solo dove passa il prete» sarebbe stato il bonario rimprovero di sua madre, che usava sempre più spesso quel modo dire a proposito della scarsa dedizione al lavoro casalingo della figlia.

Trascurava tutto ciò che fino a qualche tempo prima aveva fatto con cura.

Non leggeva, divorava. Non studiava, diventava tutt'uno con i mondi che esplorava, che fosse letteratura, scienza o latino. I lapis si consumavano uno dopo l'altro a forza di segnare le frasi importanti.

Non si chiedeva se mai tutto quell'imparare l'avrebbe portata a qualcosa, per il momento le bastava sapere che stava impadronendosi delle parole che erano entrate in precedenza nella testa di Felice, voleva conoscerle tutte per avere la stessa materia, oltre che nel cuore, nel cervello.

In aula o in corsia, Felice era distratto. La pioggia gli annacquava l'attenzione, gli occhi sempre alla finestra per vedere se veniva giù più o meno fitta. Domani se le strade si aggiustano e l'omnibus parte, vado. Se no vado a piedi, a cavallo, come capita, pensava.

Poi c'era sempre qualcosa che si metteva di traverso: un professore gli chiedeva una relazione, una ricoverata partoriva in anticipo e lui non se la sentiva di allontanarsi. Stare lì era la sua missione, l'aveva capito quando aveva visto quella donna andarsene con in faccia lo stupore e la rabbia per quello che le stava accadendo.

I bambini erano la vita e non la morte, i medici non dovevano rassegnarsi al fatto che le due cose potessero venire insieme.

Passavano i giorni, le settimane e sempre più s'intristiva, non solo perché non riusciva a raggiungere Camilla, ma non aveva più un momento di tranquillità. La madre e il padre erano sempre a Torino, la nuova casa era un via vai di uomini d'affari e signore bene che facevano salotto. Malediceva il giorno in cui avevano comprato quell'appartamento e ancor di più si pentiva di avere lasciato la sua stanzetta di studente per trasferirsi con loro in quell'abitazione piena di pretese.

Caterina non si rendeva conto che quelli che credeva amici si divertivano alle sue spalle, bisbigliavano tra loro dicendo che dietro ai mobili veneziani si vedevano spuntare la zappa e il forcone. Più si sforzava di organizzare feste senza badare a spese, più la prendevano in giro.

Una sera in cui le signore erano particolarmente ciarliere e irritanti e sua madre lo aveva anche costretto a presenziare a una cena con un generale del regio esercito che aveva promesso di esonerarlo dal servizio militare, Felice uscì esasperato.

Camilla, da lontano, si sentiva agitata.

Lui camminava per le strade del centro.

Senza meta, o girando forse intorno a una destinazione

che non voleva ammettere? Un luogo che lo attraeva e lo disgustava al tempo stesso.

Riprese a piovere.

Camilla percepì un senso di vuoto, di assenza, non si sentiva pensata.

Lui stava salendo dei gradini che ricordavano bene i suoi passi. Provò a dirsi che stava cercando un riparo dalla pioggia. Che siccome era giù di morale voleva farsi raccontare una barzelletta da Sarina, la ragazza che secondo lui avrebbe dovuto partecipare agli spettacoli di varietà invece di vendere il suo corpo per niente.

I campanelli sulla porta tintinnarono, entrò. Lo avvolsero gli odori dolci e caldi di cui per quasi un anno non aveva sentito il bisogno, la penombra, i broccati, i corpi esposti, profumati, ornati di veli e pizzi maliziosi.

Aprì il borsellino fingendo di cercare i soldi che sapeva bene di avere portato con sé.

Dolorosa fu la mancanza dello sguardo complice di Piero, l'occhiata che erano soliti scambiarsi prima che uno dei due salisse in camera, il loro gioco di giovani maschi.

Piero non c'era, gli era divenuto nemico.

L'epoca dei giochi era finita.

15

Promessa

La ballerina girava su sé stessa instancabile, accompagnata da una melodia. Le scarpette rosa, il tutù candido. Felice richiuse il coperchio e il monotono spettacolo sprofondò nella scatola sonora in cui sua madre conservava bracciali, collier e orecchini che aveva accumulato visitando i più costosi artigiani orafi di Torino. Anelli.

Un cerchietto lucente, decorato da tre roselline scolpite nello stesso metallo, gli sembrò adatto come anello di fidanzamento. Lo prese.

Sul treno e poi nel percorso fatto in omnibus, affondava ogni tanto la mano nella tasca, infilava il dito nella preziosa circonferenza, accarezzava i piccoli fiori, per accertarsi che l'anello fosse ancora lì.

Dopo le giornate di pioggia che li avevano tenuti lontani, era finalmente riuscito a raggiungere Camilla, manifestando la propria intenzione di presentarsi a casa per chiedere la sua mano.

Lei, che aveva sempre pensato che volesse finire gli studi prima di sposarsi, ne rimase stupita, ma ne gioì. Decisero però di lasciar passare la cattiva stagione, che avrebbe nuovamente reso difficile il loro incontrarsi.

Fu infatti un inverno brutto, le strade piene di neve, le cascine isolate. Il treno non sempre viaggiava, la ferrovia era spesso interrotta. Per dirsi il loro amore spesso si erano dovuti affidare alle lettere e all'ardire del postino che, con le pelli ai piedi e la borsa in spalla, si arrampicava ogni settimana su per le colline per fare il suo lavoro. Quando la neve si era sciolta ed erano riusciti a tornare da Sebastiano, avevano programmato insieme il giorno e l'ora della visita di Felice.

Ernestina annusò il pericolo nel medesimo istante in cui vide il giovane comparire sulla porta e il volto di sua figlia illuminarsi. I resti del pranzo erano ancora sul tagliere, sbriciolati.

Anche se aveva previsto per la figlia una tranquilla vita da zitella, consona alla sua condizione fisica, in qualche modo si aspettava quel genere di visita.

L'aveva temuta da quando la bambina si era fatta signorina, si era preparata il discorso perfezionandolo ogni volta che lavava le sue pezze sporche di sangue o allacciava il corpetto sul seno della figlia che si faceva florido, sempre più attraente.

Vedendo poi, recentemente, lo sguardo della ragazza in certi momenti perso e in altri eccitato, il sorriso andare e venire dalle labbra senza un motivo evidente, aveva capito che il pericolo si stava avvicinando.

«No» sussurrò ancora prima che il ragazzo chiedesse il permesso di entrare in casa.

Lanciò uno sguardo ad Agostino, perché capisse che doveva lasciare la stanza, e al marito, che era rimasto imbambolato senza spiegarsi cosa stesse succedendo, chiese con un tono che non ammetteva repliche di scendere in cantina a prendere una bottiglia. E che non si preoccupasse se non trovava subito quella giusta: non c'era fretta di risalire.

Giovanni capì che anche lui doveva togliersi di torno e uscì senza replicare.

Ernestina era una moglie docile, non alzava mai la voce,

ma quando veniva presa da quella specie di frenesia sembrava che volesse riorganizzare il mondo da sola. In quei momenti, bisognava assecondarla.

Lo sapeva Giovanni e lo sapeva Camilla che, muta, dialogava a occhiate con Felice, cercando di comunicargli quanto anche per lei fosse inaspettato il comportamento della madre.

Anticipando il giovane che, oltre al proprio nome e cognome, non aveva avuto modo di dire altre parole, Ernestina attaccò: «Da giovani non si è smaliziati, si crede nella brava gente, ma invece la gente non è brava. Se può, ti fa del male. Hanno bisogno di sfogarsi su qualcuno, se la prendono con chi è più debole. Lei...» Ernestina indicò con lo sguardo la figlia «...lei ha imparato a difendersi, già da piccola aveva una lingua lunga! Nessuno la faceva star zitta, ma in certi casi la lingua non basta. Non è facile vivere quando tutti ti guardano male e noi, io e suo papà, l'abbiamo provato sulla nostra pelle».

I due ragazzi, parlando tra loro del matrimonio, avevano provato a immaginare quali sarebbero state le reazioni delle famiglie, ma tanta risolutezza in Ernestina non l'avevano neanche vagamente messa in conto.

«Vi devo avvisare: faranno di tutto per rendervi infelici. Diranno bugie, calunnie, voi non avete idea di quello che riusciranno a inventarsi. Quindi, se volete sapere se sono d'accordo con questo sposalizio, la mia risposta è no!»

Si lasciò cadere sullo schienale, come se per fare quel discorso avesse dovuto raccogliere tutte le sue forze e ne fosse uscita spossata.

Felice aveva ascoltato con la mano in tasca, tormentando l'anellino, spostando continuamente lo sguardo da Ernestina a Camilla, nel tentativo di studiare le reazioni della futura sposa e capire se fosse disposta ad assecondare la madre o meno.

La ragazza non aveva espressione e lui attese, insistendo a interrogarla con gli occhi.

Ci fu silenzio, solo mosche nella stanza, muggiti dalla stalla.

Spiazzata dal comportamento della madre, dalla cui bocca non era mai uscito un discorso così lungo, Camilla dovette pensarci un po' su prima di trovare un'idea per rivoltare a proprio favore la situazione.

«Mamma, questo signore è un dottore, è venuto per me.»

«Un dottore?»

«Sì.»

«Stai male?»

«Sì mamma, tanto male.»

Qualcosa di strano c'era nel comportamento della figlia, diceva cose gravi con la faccia di una che vuole prendere in giro. Ma Ernestina era troppo confusa per rendersene conto.

«Ma allora... io credevo... mi sono sbagliata... Che figura ho fatto!»

Ernestina avvampò per la vergogna. Le sembrò che il mondo, quello a cui aveva dato un ordine a forza, impiegando così tante energie, si fosse girato sottosopra. Le sarebbe piaciuto svenire, ma si sentiva più sveglia che mai.

Sua figlia, poi, le era sembrata in buona salute, nell'ultimo periodo. Non capiva che male misterioso potesse avere.

Le diede conforto sentire il vetro di due bottiglie sbattere tra loro. La presenza del marito, che le era stata poco prima d'ingombro, le tornò improvvisamente utile.

«Giovanni, questo è un dottore, è venuto a visitare nostra figlia.»

Anche a Giovanni sembrò che si stesse parlando di cose serie con troppa leggerezza, ma non ebbe il tempo di dare un senso alla sua intuizione.

«È malata? Sei malata, Camilla?»

Camilla disse che sì, da un po' di tempo sentiva il cuore che batteva forte nel petto e le girava la testa.

Felice capì che era venuto il suo momento.

«Signora Ernestina, non vi preoccupate, c'è una cura facile, che non fa male.»

Prese la mano di Camilla e le infilò l'anello.

Le chiese di diventare sua moglie e lei disse di sì.

Ernestina gridò: «Che furfanti, me l'avete fatta!»

«Volete dire a quest'ultima ruota del carro che sta succedendo?»

Giovanni provò a fare il burbero, cosa che non gli era mai riuscita nella vita.

Camilla allargò le braccia.

«Papà... vieni qui!»

Lui non si fece pregare e abbracciò la figlia.

Agostino, che aveva origliato dietro alla porta, annunciò la propria presenza con un colpetto di tosse.

Ernestina il suo dovere di madre l'aveva fatto. Da quel momento in poi, che se la vedessero loro.

Ricoprì l'ospite di mille cortesie, gli offrì biscotti fatti da lei, caffè, rosolio.

Mise da parte le cautele e fu libera di gioire, di ammirare la finezza dell'anello, di valutare quanto il futuro genero fosse un giovane dai modi gradevoli.

Si spostarono nella sala delle poltrone, quella degli eventi importanti, e stapparono le bottiglie.

Agostino si divertì a dire che il suo sogno di essere figlio unico si stava per avverare e Giovanni si lasciò prendere dalla commozione quando, parlando di dote e festeggiamenti, immaginò il giorno del matrimonio. Si vide vestito di tutto punto, mentre accompagnava la figlia all'altare.

In quella fuggevole fantasia, Camilla camminava senza stampella, fluida nel passo, come tante volte l'aveva vista nei sogni.

A volte sognava la figlia correre, saltare, ballare.

«Sei guarita! Sei normale» diceva. Lei gli mostrava i bei piedini, tutti e due, lui gridava di felicità. Si svegliava sempre con le guance bagnate dal pianto e riaprire gli occhi sul nuovo giorno era un pugno nello stomaco.

Quel pomeriggio il sogno di Giovanni diventò reale per tutti. Fecero festa, scherzarono insieme, a nessuno passò per la testa che alla sposa potesse mancare qualcosa per rendere felici le esistenze di suo marito e la propria.

Agostino prese la fisarmonica, suonò e cantò.

Scrissero tutti insieme una lettera a Luigi per annunciargli la bella notizia.

Dopo qualche bicchiere di vino, il futuro sposo pretese di presentarsi al cognato. «Piacere, sono Felice di nome e di fatto.» Lessero quelle parole a voce alta, risero molto e di cuore.

La musica dei festeggiamenti e le voci allegre si sentivano anche di fuori e Berta, da casa sua, sbirciava dai buchi della tenda alla finestra, chiedendosi che cosa fosse accaduto di tanto importante da giustificare tutto quel baccano.

16

Dirlo a tutti

Il matrimonio era stato rimandato più di una volta e Marinella si sforzava di credere alle scuse che adduceva il suo improbabile futuro marito. Camilla le aveva suggerito di mettere in chiaro le cose, che non c'era da fidarsi di uno che un giorno non sta più nella pelle per sposarsi e il giorno dopo va dal prete a spostare la data.

La trovò smagrita, nervosa. Aveva annunciato con entusiasmo le nozze dopo le feste natalizie, ma poi l'inverno era passato. Tra il promettere e il rimandare, ne era venuto un altro e poi la primavera.

La malignità del paese era stata pronta a soprannominarla «la sposa», per rimarcare il fatto che il matrimonio non avveniva mai.

Marinella non aveva mai smesso di avere freddo. Teneva sulle spalle uno scialletto nero sotto cui nascondeva le mani, ma a tratti le tirava fuori e si grattava come avesse la rogna.

«Chiedi al dottore» consigliò Camilla sull'uscio, ferma. Non era stata invitata a entrare.

«Mi ha detto che non ho niente. Tu ficchi sempre il naso nei fatti miei, ma pensa un po' a te che hai più bisogno degli altri di buoni consigli.»

Notò poi il rossore delle guance di Camilla, dovuto all'entusiasmo, ma che Marinella volle intendere diversamente.

«Sei tutta rossa in faccia, che ti è successo? Ti hanno presa a schiaffi?»

La battuta pronta, pungente, Camilla non l'aveva con le persone a cui voleva bene. Pensò che l'altalena di speranze e delusioni a cui il promesso sposo aveva sottoposto l'amica l'avesse incattivita e non ebbe cuore di parlarle di Felice, anche se era andata da lei apposta per annunciarle le proprie nozze.

Senza controbattere, riprese il calessino. Sarebbe tornata dopo qualche giorno, non voleva che venisse a sapere la notizia da altri.

Non erano molte le persone a cui comunicare la lieta novità, ma tra loro c'era Sebastiano.

Dietro la casa erano sparite le erbacce. La terra era stata zappata, dai solchi emergevano filari ben architettati per sfruttare il sole e approfittare dell'ombra quando serviva. Il vecchio stava gettando semi e alzò appena la testa per salutare la ragazza.

Senza dire nulla lei gli mostrò la mano con l'anello, l'uomo lasciò il suo lavoro e le fece segno di aspettare.

Restò ferma ad ascoltare i rumori del luogo. La casa era solitaria, non c'erano abbai, muggiti, chicchirichì, che erano il concerto quotidiano di casa sua. Non si sentivano voci di bambini, stridii di attrezzi, liti tra comari. Lì arrivava ben distinto il mormorio del fiume, che proprio sotto faceva delle cateratte. Poi il vento, che passava come una mano sulla parete della casa, a scompigliare l'edera che la ricopriva.

Sebastiano tornò con un ramo fiorito di corolle bianche.

«È bellissimo.»

Passarono del tempo insieme, Sebastiano sapeva tutto, sapeva più di tutti sul loro amore e non c'era bisogno di raccontare nulla.

Ogni tanto un pensiero assumeva la consistenza di una frase da lasciare cadere nel silenzio.

«Però al matrimonio non ti voglio vedere con la camicia rossa!»

Lui fece una faccia storta.

Camilla si era ripromessa di aiutarlo a imparare il linguaggio dei segni, ma ancora non aveva avuto modo di dedicarcisi.

«Dobbiamo metterci sotto con lo studio» simulò il gesto di parlare con le mani, ricevette in risposta una smorfia da scolaro svogliato.

Quel giorno sembrava tutto splendido, Camilla si sentiva appagata dal verde del prato, dall'azzurro forte del cielo, dalle nuvole che cambiavano forma.

«Sono felice, Sebastiano.»

Persino il cimitero, che visitò dopo essersi congedata dal garibaldino, le rivelò una sua bellezza. Apprezzò l'aria fresca, il sole sulla pietra, le erbe spontanee, le infiorescenze bianco latte e le violette da scoprire tra le foglie.

Posò il ramo di pruno sulla tomba. Qualche petalo si staccò e si poggiò sulla pietra grigia, addolcendola.

Nonna Rosa se n'era andata nell'inverno appena passato, prolungando un sonno notturno che era stato tranquillo come quello delle notti precedenti. La mattina si alzava di buon umore e, prima di mettersi al tombolo su cui aveva girato e incrociato fili fino all'ultimo giorno, accarezzava la testa dei nipoti seduti davanti alla zuppa di latte, dicendo a ognuno: «Buongiorno, mia gioia». Le mancava.

Giovanni era riuscito a farla seppellire vicino alla figlia che non c'era più, la primogenita, morta di parto insieme al suo bambino dopo una gravidanza di dieci mesi. Solo in vecchiaia Rosa sembrava aver superato quel dolore, grazie alla mano santa della dimenticanza. Non si era mai lamentata, ma la sofferenza si leggeva nei sospiri di quando taceva, concentrata sul cucito o davanti alla stufa a mescolare la minestra, assorta. Negli ultimi anni era tornata a essere briosa come Giovanni la ricordava prima della morte dell'amata figlia.

Camilla aveva avuto modo di capire perché, vedendola sempre di buon umore, anche dopo la disgrazia, suo padre le diceva che aveva preso il carattere di nonna Rosa.

Il loro destino comune era stato di doversi mostrare allegre. Se avessero versato una sola lacrima tutti sarebbero rimasti delusi, Giovanni specialmente.

Erano condannate al sorriso.

Poggiava i piedi sulla terra che accoglieva e custodiva la nonna, la zia mai conosciuta, il bambino che aveva respirato solo per qualche minuto. Lo stato di grazia di cui aveva goduto fino a quel momento svanì, come se dal luogo sconosciuto dove quelle persone dimoravano fosse venuto un suggerimento, un monito a non illudersi sulla felicità.

Sentì improvvisamente venir fuori tutto il dolore che buttava giù ogni mattina. La delusione tragica dei suoi risvegli dopo che aveva sognato di correre e saltare, le lacrime ingoiate quando la gente la guardava con sfacciataggine valutando quanto fosse inadeguato ogni suo passo. In fondo avevano ragione: anche senza cattiveria non si sapeva come guardare una che quando camminava sotto ai portici faceva il rumore della battola del mulino.

La rassegnazione le era stata insegnata silenziosamente, lasciando cadere tutti i discorsi che riguardavano mariti, spose, famiglia.

«Mamma, dov'è finito Titti?»

Il bambolotto che sua madre le aveva fatto con i ritagli di stoffa, paglia, ago e filo, vestendolo di fasce come un vero neonato, un giorno era sparito.

«Ormai sei grande.»

«Ma io lo volevo ancora.»

«Non lo so dov'è.»

Agostino sapeva la verità e gliel'aveva sussurrata una sera, a letto.

«Ha detto mamma che non ti devi affezionare perché non avrai mai bambini. Così l'ha scucito, l'ho visto io!»

Luigi gli aveva dato un calcio sotto le coperte, ma ormai il guaio era fatto. Camilla, pronta a nascondere le proprie ferite, aveva risposto serena: «Mamma ha ragione, io non voglio bambini».

Davanti alla tomba di nonna Rosa, per la prima volta Camilla pianse il suo Titti, morto scucito. In un altro momento avrebbe riso di quell'espressione o l'avrebbe detta con intenzione, per far sorridere suo padre.

L'amato Titti, diventato un cencio che forse anche lei stessa aveva usato per levare la polvere, senza riconoscervi l'unico figlio che avrebbe mai voluto; bruciato infine nel falò annuale sull'aia, quando era stato così logoro da non servire più a niente.

Era un segno.

Da lei non sarebbe mai nata altra vita.

Felice voleva una famiglia e, anche se era sicuro che i figli sarebbero stati sani, lei non lo era.

Come lei, molti altri.

Piero. Anche a Piero bisognava dirlo. Felice non poteva accettare che la sua amicizia con lui finisse malamente. Non aveva senso buttare alle ortiche una complicità tanto duratura, la condivisione di tante esperienze, per di più per una causa gioiosa come la nascita di un amore. Forse l'amico si era pentito del suo comportamento, ma non è facile ammettere di aver sbagliato o chiedere scusa, pensava Felice. Voleva dargli un'altra possibilità.

Sarebbe bastata una pacca sulla spalla e fare finta di niente, la notizia del matrimonio era l'occasione giusta per mettere una pietra sopra ai dissapori che li avevano allontanati.

«Ciao Piero, volevo dirti che mi sposo.»

L'altro lo guardò serio.

«Spero non con la zoppa.»

Quelle parole fecero crollare un castello di affetto che Felice aveva creduto solido.

Le scuse, i gesti amichevoli, le promesse di tornare ai vecchi tempi, tutto ciò che si era immaginato si rivelò impossibile.

Restò la faccia di Piero che lo guardava con astio, come se l'offeso fosse lui.

«Non meriti neanche il mio dispiacere» disse Felice. E finì lì.

17

Discorsi tra uomini

Nessuno, nella famiglia di Camilla, aveva fretta di parlare ai conoscenti delle nozze. Erano stati informati solo un muto e una morta.

Ma una sera, faceva già caldo e in casa non c'era abbastanza luce, Camilla e sua madre decisero di mettersi fuori per cucire le ultime cifre sul corredo che nonna Rosa, convinta che la ragazza si sarebbe sposata nonostante la sua disgrazia, aveva confezionato. Tutto era cucito e confezionato in coppia, come da regola, mancavano solo le rifiniture.

Berta uscì come un gufo dalla tana. Vide i ricami sul lenzuolo matrimoniale e, pur non sapendo leggere, intuì che fossero le iniziali di Camilla. Lo sguardo corse avido all'anulare sinistro della ragazza, su cui si fissò.

«Anche l'anello! Che lusso.»

«Sì, Berta, mia figlia si sposa. Sei la prima a saperlo!»

Camilla non alzò la testa dal suo lavoro.

«Felicitazioni! E chi è il fortunato?»

Già non stava più nella pelle. E presto si videro le conseguenze del suo operato.

Caterina, sostituito il cappello elegante con il più pratico fazzoletto recuperato in fondo all'armadio, stava aspettando suo marito seduta al tavolino del caffè di Alba e intanto scriveva una cartolina postale al generale del regio esercito, manifestandogli riconoscenza per avere esonerato per sempre suo figlio dall'obbligo di leva. Erano tornati in paese per qualche giorno, il marito per visitare la tartufaia e lei per nostalgia delle sue piante: voleva vederle fiorite. Il glicine, specialmente. Ne avrebbe raccolto i fiori, li avrebbe essiccati per farne sacchettini profumati da regalare alle amiche di Torino.

Vide entrare Antonio con la faccia pallida di chi ha avuto una brutta notizia.

Era con il socio a cui aveva delegato quasi completamente il commercio di vini e liquori, Michele, detto ironicamente Michelone per le sue proporzioni minute, quasi lillipuziane.

«Caterina, senti un po' che ha da raccontarci Michelone.»

Aveva, in contrasto con il suo aspetto, una voce profonda con cui finse di congratularsi per aver appreso, da una vecchia di un paese vicino, delle nozze imminenti del giovane Felice Barberis.

Non era possibile, che si informasse meglio. Figurarsi se suo figlio aveva deciso di sposarsi e non l'aveva detto in casa.

«Signora Barberis, mi sono informato meglio e le assicuro che quello che ho saputo non le piacerà.»

Raccontò ciò che in paese e nei dintorni sembrava ormai essere di dominio pubblico e che solo i genitori del ragazzo, stando quasi sempre a Torino, non avevano avuto modo di sapere.

Illustrò nei particolari la condizione sia fisica sia sociale della futura sposa e descrisse anche l'anello che era stato dato come pegno d'amore, in cui Caterina riconobbe quello che pensava di avere smarrito.

«Noi vediamo nostro figlio quasi tutti i giorni e non...» il resto della frase sprofondò nella consapevolezza di quanto fosse inutile continuare a parlare. Aveva cenato con loro, fatto colazione la mattina, era entrato e uscito di casa cento volte da quando aveva preso quella decisione scriteriata. E non aveva detto niente a sua madre e a suo padre.

Le aveva rubato l'anello, era arrivato a compiere l'infamia di rubare in casa, ma sicuramente era stata la ragazza a istigarlo, il figlio era sprovveduto, si era lasciato convincere.

Si aggrappò alla mano di suo marito per sentire qualcosa di vivo, perché dentro le stavano morendo i sogni, l'ambizione, le certezze.

Era stata capace di mettere al mondo solo quel figlio e per lui aveva vissuto, solo per lui.

Per vederlo laurearsi dottore, in una bella casa, signorile. Quando lui si fosse sposato sarebbe stata contenta di tornare in campagna, ché tutti quei salamelecchi alle famiglie importanti della città li stava facendo per lui; quegli orribili vasi da notte ornati di fiori e piume che si metteva in testa, li sopportava solo per non farlo sfigurare accanto ai suoi futuri colleghi, figli di dottori o di avvocati sposati a signore di famiglie dell'alta borghesia o addirittura nobili.

Era riuscita ad affacciarsi su quel pezzo di mondo dove non c'era puzza di stalla e si parlava mezzo francese: non avrebbe mollato. Lei e suo marito non sarebbero riusciti a entrare del tutto in quella vita di lusso, ma si stavano dando da fare per preparare al figlio una poltrona d'onore. Coloro che avevano riso di lei, di loro, di tutta la gente di campagna, avrebbero dovuto fargli la riverenza.

«Una mezza donna... e la vuole sposare...»

Antonio non aveva mai visto Caterina così sconvolta.

«Sono sicura che è lei che l'ha rimbecillito.»

Intrecciò le dita a quelle di sua moglie, per darle forza e solidarietà.

«Gli parlo io, vedrai che lo convinco.»

Aveva fiducia in suo figlio, era certo che fosse una sbandata, un momento di sentimentalismo che aveva a che fare con i suoi studi. Quante volte il ragazzo aveva affermato che chi vuole diventare dottore deve avere spirito di sacrificio, animo sensibile, voglia di aiutare gli altri? Più volte aveva detto che quella del medico è una missione per salvare i più deboli.

Evidentemente si era fatto prendere la mano, non aveva capito che una cosa è il lavoro e altro è la vita. Una povera disgraziata come la ragazza che gli avevano descritto va compatita, curata se possibile, non sposata!

Antonio era sicuro che si sarebbe risolto tutto con una bella chiacchierata tra uomini.

Lo aspettò camminando avanti e indietro davanti all'ospedale.

Felice capì subito che i genitori avevano saputo e l'istinto fu di fuggire, ma vide sul volto del padre un'aria benevola. Pensò che forse una possibilità ci sarebbe stata, se aveva provato anche lui qualche sentimento, prima di interessarsi solo a vini pregiati e tartufi, forse l'avrebbe capito.

«Anch'io da giovane mi ero perso dietro a una ragazza... com'era bella!» esordì il padre dopo i primi, inutili preamboli.

Era come se avesse aspettato per tutta la vita l'occasione per rievocare insieme a qualcuno una storia a cui spesso aveva ripensato in solitudine.

«Si chiamava Renata, non era di qui. Veniva dalla Sardegna.»

Si abbandonò al racconto che lasciava trapelare il rimpianto. Alzò lo sguardo verso la collina, dietro, dove immaginava il resto dell'Italia, il mare, quell'isola che non aveva mai visto, ma di cui si era fatto un'idea da sogno attraverso le parole della sua amante.

«Da Cagliari veniva.»

Attaccato al ricordo del suo amore segreto, non si decideva ad andare avanti.

«Deve essere una meraviglia da quelle parti.»

Il giovane che il genitore era stato sembrava in quel momento essere lì, accanto a loro, insieme alla bella Renata, tutti e tre a camminare lungo il Po e a rievocare i momenti perduti.

«Poi come andò a finire?» chiese il figlio per uscire dall'imbarazzo di un sentimentalismo che, per un uomo adulto, gli pareva eccessivo.

Antonio tornò bruscamente alla realtà.

«Mio padre non aveva tempo da perdere, aveva otto figli da mantenere, tutti più piccoli di me. Quando seppe che la volevo sposare mi chiuse in cantina a pane e acqua per un mese, finché non cambiai idea.»

«Una cosa orribile.»

«Aveva ragione e ora lo ringrazio così come tu ringrazierai me, un giorno, per averti impedito di rovinarti. Renata non era una donna da sposare, faceva *la vita*, l'avevo conosciuta in un...»

Non gli fece finire la frase, interrogandolo animosamente.

Forse suo padre pensava che non ci fosse differenza tra Camilla e la sua prostituta?

«La differenza c'è, eccome!» si inalberò Antonio. «Almeno la mia era tutta intera!»

Era suo padre, non poteva alzare le mani su di lui né insultarlo come aveva fatto con Piero.

Mollò un calcio a un albero, un pugno all'aria.

Fece per andarsene, ma Antonio lo trattenne: «Mi devi ascoltare!» urlò.

Un'arma ce l'aveva, ma era incerto se usarla perché sapeva che, prima di ferire il ragazzo, avrebbe infilzato sé stesso e sua moglie, dissanguandoli di ogni scopo.

Quello che per il vecchio Barberis era stato mettere a pane e acqua il figlio invaghito di una donna che era considerata senza appello una poco di buono, per Antonio era togliere a Felice il sostentamento che serviva per studiare, chiudergli la porta di casa, metterlo nelle condizioni di dover lavorare per vivere e lasciare l'università.

Il rischio era grande.

«Che vuoi ancora?» lo incalzò il figlio.

Il colpo partì, secco.

«Se la sposi non entrerai più in casa nostra, ti taglio i viveri, ti diseredo!»

Si lasciarono senza un saluto.

Quella notte padre e madre aspettarono inutilmente che il figlio tornasse, rigirandosi nel letto come fosse un campo di ortiche, nonostante Caterina avesse voluto, per quella stanza, un parato di seta dipinto con glicini in fiore.

«Fare il dottore è stata la sua passione, già da piccolo. Ti ricordi? Voleva salvare i cani, le galline. Se lascia gli studi ci muore.»

Antonio era disposto a mettere in discussione la drastica decisione.

Caterina si tirò su, la cuffia cadde sul cuscino.

«Meglio morto che sposato con quella.»

SECONDA PARTE

18

Il bacio

Felice partì da solo, non c'era nessuno a salutarlo alla stazione di Torino.

All'orario in cui avrebbe preso il treno, la sua futura sposa salì in camera, chiuse le imposte, si preparò per mettersi a letto anche se era giorno. Non si levò i vestiti, ma allentò le fibbie di cuoio e sganciò la gamba, che cadde con un suono secco, cupo.

Quel rumore le fece rabbia, molta.

Scese dal letto, riprese l'arto e giù: lo picchiò contro le assi del pavimento, tante e tante volte, gridando e insultandolo. Esaurite le forze, senza fiato l'abbandonò in terra. Quando tornò a coricarsi, però, la vista di quel pezzo di sé inerme e sgraziato, che giaceva indifferente, fu insopportabile.

Si tirò su, reggendosi al letto assestò un calcio con la gamba sana e l'arto posticcio volò contro il muro per poi ricadere, rollare un paio di volte sull'impiantito, restare immobile.

La calma spossata di chi ha atterrato un nemico prese allora il posto della collera.

Si rifugiò sotto le lenzuola, il cuscino schiacciato sulla testa: il sole che pretendeva di filtrare tra gli scuri, infilando lame che portavano caldo, accendevano i colori e si tiravano dietro i profumi buoni delle foglie, dei fiori, non aveva nulla a che fare con il gelo che aveva nel cuore. Cicale, api, maggiolini, che la smettessero di frinire e ronzare, lei pretendeva buio, silenzio e lontananza dalla vita.

Nient'altro che il suo fardello di ricordi e speranze, voleva.

La stazione di Torino, dove in quel momento Felice stava attendendo il treno, Camilla la conosceva, ne sapeva le colonne, le panchine, la pietra del pavé, le pensiline di ferro così ben lavorato da sembrare un ricamo. Le erano rimaste impresse, tanti anni prima, mentre si godeva la gioia dell'arrivo in città e dopo, rimuginando sull'offesa subita dalla signorina Bo.

Dal suo nascondiglio in fondo al pagliericcio aspirò l'odore acre dei treni, udì il fischio della locomotiva, il ritmo delle bielle, lo stridio dei freni. Il lenzuolo che le faceva da copertura sembrò gonfiarsi per lo spostamento d'aria al passaggio dei vagoni e sì, in quel momento a Torino pioveva, ne era certa. Su in alto, i vetri della cupola della stazione erano bagnati, ma Felice era al riparo, per fortuna. E lei era là, gli camminava accanto con la sua ombra. Una copia impalpabile di sé tutta fatta di pensiero, voglia, desiderio. Bella, chiara, intera.

Il giovane si voltò a guardarsi intorno, era triste e non capiva perché gli angoli della bocca salivano su e le labbra si scostavano a scoprire i denti. Stava sorridendo senza saperne il motivo. Improvvisamente non si sentì più l'ultimo dei poveracci e gli stava nascendo dentro la speranza in un futuro diverso. Lo vedeva, Camilla, dal suo lenzuolo, gli era vicino, a un passo.

Aveva deciso di dargli il bacio che lui le aveva tanto chiesto e che non gli aveva mai concesso.

La sua ombra salutò così l'amore che partiva, le bocche l'una sull'altra, la carezza sulla guancia, il braccio sulla spalla. Felice saliva sul treno pervaso di una gioia inspiegabile, di una forza che non conosceva.

La fantasia svanì per Camilla quando Agostino entrò in casa sbattendo la porta, gettò in terra senza garbo una grossa cesta di vimini ancora da rifinire e disse: «Sorella! Ho fame. Non c'è mai niente da mangiare in questa casa!»

Camilla si ritrovò nella sua stanza, la trama ruvida del lino sul viso.

«Vengo» rispose di malavoglia.

Scese dal letto e saltellò a recuperare la gamba, ne afferrò la cinghia per sistemarsela, come sempre, sotto al ginocchio. La sentì leggera.

L'arto non era più un unico pezzo: si era spaccato lungo una vena del legno, una delle due parti giaceva in terra accanto al muro mentre l'altra penzolava dal laccio che teneva tre le mani.

Una veloce ricognizione delle possibilità che aveva di rimediare all'accaduto ebbe come esito che non c'era nulla da fare.

Se fosse scesa giù senza che dalla gonna uscisse il solito puntello, suo fratello l'avrebbe notato.

«Ti sei persa un pezzo» l'avrebbe derisa e subito dopo si sarebbe sentito in diritto di rimproverarla.

«Non ti vergogni ad andare in giro così sbilenca?»

Da quando era partito Luigi, Agostino si sentiva l'uomo di casa. Suo padre, sempre al lavoro nel tentativo di recuperare la clientela che era andata via via diradandosi, non aveva tempo né testa per fargli capire chi comandava.

Nascose i due spezzoni nell'armadio e si ributtò sul letto.

«Non mi sento bene, Agostino.»

In un attimo il ragazzo arrivò su, in allarme, ma Camilla non pensò nemmeno per un attimo che fosse preoccupato per lei.

«Che cos'è quella faccia? Hai visto un fantasma?» gli chiese.

«Stai male?»
«Male sì, ma non darti pena, non sono moribonda.»
«Lo so» disse tra uno starnuto e l'altro. «Le bestie grame non muoiono mai.» Buttò lì una mezza risata, fingendo di scherzare.

Agostino, pensandola malata, era stato sopraffatto da un ricordo di abbandono e solitudine e aveva temuto che si ripetesse. Era passato il tempo, ma la paura di contare niente era rimasta. Tornò con la mente alla sera dell'incidente.
La sorella che era scomparsa da casa, sua madre che lo lasciava da Berta di notte, i giorni senza avere notizie dei genitori: aveva pensato che non li avrebbe più visti. Poi l'aria soffocante dell'ospedale, Ernestina che non si staccava mai da Camilla, giorno e notte, come se non avesse altri figli. Lui, il più piccolo, il più inutile. Dimenticato, considerato troppo sensibile, fragile e con quella malattia così insulsa. Starnuti: chi poteva davvero preoccuparsene?

«Crescendo cambierà» dicevano di lui, ma il bambino e poi il ragazzo che era diventato non compresero mai che cosa sarebbe dovuto cambiare. Debole per essere al pari del fratello maggiore, irrimediabilmente maschio per competere con la sorella.
Se almeno l'avessero preso per fare il soldato al servizio del regio esercito. Si sapeva che il servizio militare rendeva uomini. L'avevano invece riformato a causa dei suoi bronchi delicati e di un altro difetto a cui non aveva mai dato importanza e con un nome astruso, che a fatica il ragazzo riusciva a pronunciare. *Emeralopia*. La notte, non ci vedeva bene.
Richiuse la porta della camera e tornò giù a scaldare l'acqua per i suffumigi, ci mise le foglie di eucalipto, la lavanda. Gli aromi invasero la casa. Recuperato il fiato si mise fuori, sotto la pergola a rifinire una cesta, digiuno.

Quando la madre rientrò, era ancora fuori a intrecciare vimini.

«Hai mangiato, Agostino?»

«No, Camilla è di sopra, a letto, e non c'era niente in tavola.»

«A letto?»

Lei si precipitò in casa.

«Non agitarti, sta meglio di me!» le gridò dietro Agostino.

I ricordi non sbagliavano, il tempo non aveva cambiato nulla e la sorella aveva ancora il potere di travolgere tutti, la madre specialmente, con i propri problemi e stati d'animo.

Camilla prima raccontò alla madre di avere inciampato, poi che un capogiro le aveva fatto perdere l'equilibrio e la gamba si era sganciata, volando in fondo alle scale e spezzandosi.

Ernestina si fece il segno della croce e guardò in alto. Bisognava andare in chiesa e accendere una candela alla Madonna in segno di ringraziamento. La cosa avrebbe potuto essere molto più grave se non solo la gamba, ma lei stessa fosse rotolata giù.

E perché un capogiro? Tornando dalla chiesa sarebbero andate a cercare il dottore. Intanto era meglio che rimanesse a letto, le avrebbe portato la cena in camera.

Camilla aveva creduto che la bugia fosse un modo indolore per risolvere la situazione in attesa dell'arrivo di Giovanni. A lui che conosceva il legno, che le aveva modellato arti nuovi ogni volta che era cresciuta di un solo centimetro, non avrebbe potuto mentire. Era evidente che il legno era stato martoriato prima di spezzarsi. Gli avrebbe detto la verità, stringendo un patto di silenzio per il bene di Ernestina.

Figurarsi quanto si sarebbe preoccupata se avesse saputo. Avrebbe temuto che la figlia stesse impazzendo e altro che cero: avrebbe iniziato con le novene o magari l'avrebbe portata da qualche santona. Sarebbero ricominciate le benedizioni di don Lucio che, pur invecchiato, non aveva perso il vizio di usare l'acqua santa come panacea di ogni male.

Giovanni tornò che tutti dormivano, Ernestina lo informò dell'accaduto e la mattina presto entrò in camera. Prese la gamba cercando di non svegliare la figlia, ma lei lo aspettava per raccontagli tutto.

«Non so che cosa mi sia successo, in quel momento era come se avessi tutti davanti, i genitori di Felice, le facce della gente del paese che mi guardano come una bestia rara, Berta prima di tutti. Mi sono sentita addosso tutto il loro odio e me la sono presa con quel povero pezzo di legno. Ti chiedo scusa per come mi sono comportata.»

Omise, tra i volti che avevano scatenato la sua rabbia, l'uomo del prima e del dopo che da un po'era tornato a tormentare i suoi sogni.

Questa volta suo padre si sarebbe davvero arrabbiato e Camilla era pronta a essere sgridata e punita.

Invece.

«Ti ricordi la prima volta che mi sono seduto vicino a te, in ospedale, e ti ho spiegato l'operazione che ti avevano fatto?»

«Sì, papà.»

«È da quel giorno che mi aspetto un pianto, uno scatto di nervi. Non l'hai mai fatto. Finalmente, figlia mia!»

Non servirono altre parole. Le prese la mano, la avvolse nella sua, grande e robusta, in un gesto di affetto e protezione. Perso nei pensieri, impresse alle due mani unite uno strano movimento, uno scuotere avanti e indietro che a Camilla evocò la mossa che fanno i giocatori di dadi, quando li mescolano nella speranza di tirare il doppio sei e vincere. L'aveva vista tante volte, fatta dagli uomini seduti ai tavoli dell'osteria.

Con quel gesto, che per lui aveva un che di impotente, Giovanni voleva esprimere quanto fosse difficile spiegare tutto quello che provava. La figlia invece pensò che suo padre le stesse mostrando il segreto della giocata vincente, quella che le avrebbe fatto superare il brutto momento.

Promise di non riferire alla moglie della confessione di Camilla, della scena isterica e della rottura volontaria della protesi. Scese nella falegnameria che aveva trasferito dalla stalla alla cantina dove, accanto alle bottiglie, sotto la volta a botte di mattoni, aveva disposto tutta la sua attrezzatura. Sagomare nuove gambe e stampelle che seguissero la crescita della figlia richiedeva un lavoro da vero falegname e Giovanni si era organizzato.

Si mise subito al lavoro. Lasciò che fosse il giovane lavapiatti, assunto quando Luigi era partito, ad aprire la locanda.

Lontano dall'essere arrabbiato con la figlia, era addirittura contento di dover fare una gamba nuova.

Da un po' aveva in testa un meccanismo di perni e un modo particolare di resecare la caviglia che avrebbe permesso di sostituire l'antiestetico spuntone, quello che poggiava a terra, con un piede ben formato, levigato, che la ragazza avrebbe potuto calzare in una scarpa.

Lavorare il legno gli piaceva, anche se mai avrebbe pensato di dover trasformare la sua passione in una dolorosa necessità; ma mentre segava, piallava, scolpiva non pensava a nulla e si sentiva sereno. Cantava.

Agostino, sotto la pergola, intrecciava le sue ceste, aveva caldo e il canto di suo padre lo infastidiva. Di più, non sopportava tutto quel lavoro sempre e solo dedicato a sua sorella.

Entrò d'impeto nella falegnameria.

«Da un mese mi carico il vimini sulle spalle, ti ho chiesto di aggiustarmi la carriola, ma per me non hai mai tempo!»

«Abbassa la cresta figlio, hai ragione, ma senza la gamba tua sorella non...»

«Mia sorella! Mia sorella! Mia sorella!» urlò.

Prese un martello dalla rastrelliera e picchiò forte sul tavolaccio, una, due, tre volte.

Poi fu aggredito nuovamente dagli starnuti e finì lì.

19

Marinella

Il libro di geografia diventò il suo preferito. L'affascinavano le carte geografiche, conosceva la Francia e l'America così bene che poteva chiudere gli occhi e averle davanti; la sera, per addormentarsi e non farsi tormentare dalla nostalgia, immaginava che la stanza avesse per pavimento una grande carta geografica su cui poteva camminare.

In quelle passeggiate mentali che precedevano il sonno, era la Camilla di *prima*: due piedini perfetti e leggeri, silenziosi.

Fantasticava di scendere nel Sud della Francia. Felice le aveva detto che sarebbe andato lì. I suoi passi si fermavano al limite della terra e si sporgeva a guardare il grigio azzurrino del mare, le onde disegnate con ricciolini di spuma bianchi, un pesce dall'aria simpatica che nuotava.

Dove la costa si sfrangiava in linee disordinate, isolette, anse, c'era Aigues-Mortes, il paese dove Felice ormai doveva essere arrivato.

Le sere in cui non andava in Francia, Camilla visitava l'America. La cartina rappresentava quelle terre inscrivendole in un disco azzurro, che era una metà del globo terrestre; era mare tutto intorno e al centro si trovavano gli Stati Uniti, là dove c'era Luigi e dove lei e Felice avevano deciso di fuggire per cominciare una nuova vita.

Si vedeva allora sdraiata sul continente come fosse un prato, i gomiti puntati su un lago o su qualche catena montuosa, a guardare da vicino la città dove sarebbero andati a vivere. Riusciva a immaginare i palazzi alti e le strade piene di gente felice di cui Luigi aveva scritto. New York.

Camilla tornò repentinamente da uno dei suoi viaggi quando, a notte fonda, mentre stava per addormentarsi, sentì dei colpetti contro le persiane: qualcuno lanciava sassi per svegliarla. Il buon senso non riuscì a fermare la speranza che Felice fosse tornato e andò ad affacciarsi con il cuore in gola.

«Sono io» sussurrò la figura nascosta nell'ombra.

Le sembrò di riconoscere Marinella.

«Mi fai salire?»

Non si era sbagliata, era la sua amica.

Camilla indossò velocemente l'arto posticcio ed ebbe un momento di ingenuo compiacimento all'idea che qualcuno, al di fuori dei suoi familiari, entrando nell'intimità notturna della sua camera, potesse ammirare il bel piedino, con tutte le dita scolpite e persino la forma delle unghie, che suo padre, da vero artista, le aveva foggiato.

Quando la ragazza arrivò su, fu subito evidente che non era dell'umore adatto per accorgersi del suo nuovo piede. Era sconvolta.

«Che cosa è successo?»

L'ultima volta che si erano viste Marinella aveva la pelle d'oca, ora grondava di sudore; ma freddo e caldo erano segno di una eguale sofferenza.

«Non mi rispondi, Marinella? Che c'è?»

«Ho saputo del tuo matrimonio. Non mi hai detto niente.»

Camilla si giustificò brevemente: la mattina che era andata da lei, qualche tempo prima, voleva dirglielo e non ci era riuscita. Non l'aveva nemmeno fatta entrare in casa, le ricordò.

«Però non credo che tu sia venuta a quest'ora per farmi le felicitazioni» concluse.

Da fuori entrava un po' della luce delle notti estive, ma solo il bagliore della candela rivelò un occhio pesto e un labbro gonfio. Sul braccio aveva lividi. Sulle gambe.

Camilla si pentì di averla schernita con la propria ironia.

«Ho seguito i tuoi consigli: ho messo in chiaro le cose» disse l'altra, caustica.

Aveva affrontato di petto il futuro marito, non si poteva più aspettare, dovevano sposarsi immediatamente.

«Aspetto un bambino, gli ho detto.»

«Aspetti davvero?»

Camilla sperò che fosse una bugia inventata con astuzia femminile per costringere lo sposo a prendersi le sue responsabilità.

«Sì.»

Si era arrabbiato, aveva detto che non era suo, che lui aveva fatto attenzione.

«*Picia*, bagascia! Così mi ha detto.»

L'aveva picchiata e aveva rotto il fidanzamento.

Pianse. Camilla le asciugò le lacrime, attenta a non farle male là dove era stata colpita.

«Non piangere, in qualche modo si farà.»

«I miei mi hanno cacciata di casa.»

Singhiozzava forte.

«È notte...» le sussurrò Camilla con dolcezza.

Camilla pensava ai suoi che dormivano. Le porse il cuscino e l'altra ci sprofondò il viso a soffocare il pianto. Quando ne emerse, negli occhi aveva la tragedia.

«Ho paura.»

«Se ti servono soldi, qualcosa ho.»

«Una che abita vicino a me ci è rimasta. Ha sanguinato per tre giorni e poi è morta.»

«È pericoloso, sì.»
Stava ricominciando a piangere, tutta raggomitolata, il capo tra le ginocchia.
Rimasero a lungo così. All'improvviso si drizzò, tirandosi i capelli come per strapparseli, ma poi buttò la testa indietro, risoluta.
«Non voglio morire» disse, e sembrava rinata.

Ne parlarono per tutta la notte.
Marinella ricordava le botte una per una e la paura di soccombere sotto quei colpi, tanto il suo Remo era fuori di sé, ma ancora sperava che si pentisse, o che un giorno, vedendo il bambino, il suo cuore si sciogliesse.
«E tu te lo riprendi, uno così?»
«Non era la prima volta che mi alzava le mani.» Si chiuse nelle spalle.
«Appunto!»
«Gli uomini sono tutti così.»
Camilla si chiese se mai Felice sarebbe stato capace di tanto.
«No, non tutti.»
«Che ne sai tu? Sei ingenua.»
«Io sarò ingenua, ma la tua esperienza non ti è servita a molto.»
Si morse la lingua Camilla, non avrebbe dovuto infierire, ma l'amica le sembrava così stupida a volte. Ed essere definita ingenua la faceva imbestialire.
«Scusami, non volevo...» L'altra era presa dai suoi pensieri, non ci aveva fatto caso: era una barca nel pieno di una mareggiata, a tratti ritrovava la rotta e poi giù, scompariva inghiottita dalle onde.

Si beccavano continuamente, ma si cercavano sempre. Appena a una delle due capitava qualcosa di importante, se lo dovevano confidare. Non le univa una somiglianza, ma nemmeno l'essere differenti.

Cercavano una sorella.

L'una, che ne aveva già quattro maggiori di lei, desiderava qualcuno con cui sentirsi la più grande, e l'altra, avendo fratelli maschi, aveva bisogno di sorellanza.

Camilla aveva un anno in meno di Marinella, ma non il carattere giusto per fare la minore, e Marinella, tanto diversa, non riusciva a impersonare quella specie di specchio che Camilla immaginava fosse una sorella. Ma si volevano bene.

Da bambine avevano percorso insieme la strada per la scuola tutti i giorni e la cosa che veramente le aveva unite erano gli anni spensierati del *prima*.

Il gioco della settimana saltata con due piedi, le corse, i bagni al fiume e l'improvvisa calma da donnine, nascoste sotto la scala o nel fienile, a essere a turno la mamma o il papà del piccolo Titti, il bambolotto di pezza.

Nel *dopo* che aveva colpito Camilla, Marinella non aveva trovato spazio: né corse, né salti. E Titti era stato scucito.

Cresciute, si erano ritrovate nelle confidenze di ragazze, anche se era sempre Marinella a tenere banco con i suoi innamoramenti che duravano il tempo di raccontarli all'amica e poi si spegnevano. Grazie all'affetto incondizionato che hanno le sorelle, solidali anche nel disaccordo, non si erano lasciate più.

La mattina, senza aver dormito neppure un minuto, Camilla scese a preparare la colazione per tutti. Il trambusto che l'amica stava creando fece sì che il pensiero di Felice, che ormai da tempo occupava la mente di Camilla in ogni istante, quel giorno passasse in secondo piano, emergendo solo a tratti come una fitta da troncare il respiro.

Marinella rimase nascosta in camera, affidando il proprio destino all'amica.

«Venite di là un momento? Vi devo parlare di una cosa

importante» chiese ai familiari Camilla, e andò ad aprire le imposte della sala delle poltrone.

Agostino cercò di sottrarsi all'incontro: «Io non posso, il lavoro mi aspetta».

Se il giovane era astioso con la sorella, certo lei non lo trattava con dolcezza.

«Poi non lamentarti se nessuno ti considera.»

«Dieci minuti, poi me ne vado.»

La sala, chiusa da tempo, era fresca più delle altre stanze.

Mentre erano ancora sole, Camilla chiese consiglio alla Vergine, che sembrò approvare la decisione presa nella notte e su cui non sarebbe, in ogni caso, tornata indietro.

Quando furono riuniti, rivelò la presenza dell'amica in casa.

Agostino, con l'aria di avere scoperto chissà quale arcano, disse di aver sentito rumore davanti casa, ma la sua difficoltà a vedere quando la luce era scarsa gli aveva impedito di individuare l'intrusa. Così la definì, intrusa.

«Maledetta emeracobia» esclamò con rammarico.

«Emeralopia» lo corresse la sorella, puntuta.

Non fu che l'inizio del loro battibeccare.

Camilla spiegò la situazione in cui si trovava l'amica e non ci fu bisogno di aggiungere che se non l'avessero accolta loro sarebbe finita in mezzo alla strada, lei e il piccolo che sarebbe nato. Nessuno, in paese o fuori, avrebbe accolto una donna in quelle condizioni.

«Prendersi in casa una ragazza incinta non è una passeggiata. Chissà che diranno di noi...» si preoccupò Ernestina.

Agostino cominciò a dare colpetti nervosi sui braccioli.

«Provo a parlare io con i suoi» disse il padre.

«Non ne vogliono sapere. Si sono barricati in casa e l'hanno lasciata tre giorni fuori dalla porta. Lei li ha pregati, ha pianto. Poi è venuta da noi.»

Camilla continuò, cercando di convincerli. Conoscevano Marinella fin da bambina, non potevano abbandonarla. Ormai, agli occhi della gente erano una famiglia senza vergogna, uno scandalo in più li avrebbe lasciati indifferenti.

Alla fine suo padre acconsentì.

«Mi hai convinto, Camilla, non possiamo abbandonare una donna in quelle condizioni.»

Camilla fu grata all'uomo che era suo padre. Sembrava arrendevole, ma invece aveva più fegato di chiunque altro, perché aveva il coraggio di avere dei sentimenti e per rispettarli era pronto ad andare contro tutti. Al tempo stesso ammirò sua madre, sempre pronta a sentire le ragioni del suo uomo e a fidarsi di lui.

Lei non era così, nessuno le faceva cambiare idea. Forse non sarebbe mai riuscita a essere una buona moglie.

«Guarda caso, a metterci nei guai è sempre mia sorella» sbottò Agostino che, dando un colpo alla poltrona, si alzò. Andando via rovesciò una sedia con un calcio, gesto che non riuscì a far sembrare accidentale.

«Io non vivo sotto lo stesso tetto con una poco di buono. Se questa è la vostra decisione, tenetevi Marinella, datele pure il mio letto, da stanotte dormo sotto il portico.»

Uscì sbattendo la porta.

I genitori rimasero senza parole, Camilla cercò di sminuire.

«L'ha presa bene, no? Nemmeno uno starnuto!»

Marinella, quando seppe, prese la borsetta e voleva andare via.

«Dove vai?»

«Non lo so, mi butto nel Tanaro!»

«Una così bella borsetta si rovinerà.»

Metterla in burla era l'unico modo, pensò Camilla.

Giovanni ricavò dalla carta blu del burro dei medicamenti che le applicò sui lividi.

Ernestina scaldò il latte, spalmò il pane e lo cosparse di zucchero.

«Vieni qua, devi mangiare per due.»

Divorò la colazione e ne chiese ancora.

Di ammazzarsi non ne parlò più.

20

Felice

Aveva dovuto opporsi a sé stesso, affondando le mani nelle tasche, per non picchiare suo padre. La vergogna per aver avuto quell'impulso nei confronti di chi lo aveva messo al mondo non lo abbandonò per giorni.

La bocca piegata dalla tristezza si era storta in un ghigno, per la rabbia che gli era salita più tardi, quando le insistenze e le minacce dei suoi genitori si erano fatte più pressanti. Sua madre a buttarsi in terra e implorarlo di non sposarsi, che quella gli avrebbe dato figli senza gambe e senza braccia, suo padre a battere i pugni sul tavolo: «Finché mangi il nostro pane devi fare quello che diciamo noi!»

Il volto contratto, gli occhi affossati dopo notti insonni, si era presentato da Camilla, che non lo aveva mai visto così.

Non era andato da lei per dirle addio, ma per giurarle che il loro amore sarebbe stato per sempre e a tutti i costi. Mai e poi mai avrebbe accondisceso alla pretesa dei suoi di impedire un matrimonio che non approvavano e il loro ricatto l'avrebbe fatto ridere, se quella maschera non fosse stata così rigida da non consentirgli alcuna espressione.

Non aveva più messo piede né in facoltà né in ospedale,

non voleva rischiare che un professore, un compagno o, peggio, un proprio rincrescimento potessero convincerlo a tornare sulla decisione che aveva preso, di lasciare l'università.

Aveva sentito dire che molti ragazzi partivano dalle campagne della sua regione perché in Francia c'erano lavori stagionali con cui si guadagnava bene. Con due mesi alle saline un uomo intascava abbastanza per vestire dignitosamente e dare da mangiare per tutto l'anno alla famiglia. Dopo le saline c'era chi si spostava per la vendemmia e tornava a casa con un bel gruzzolo.

A lui non sarebbe servito molto, giusto il prezzo del biglietto della nave per andare in America con Camilla, sposarla e cominciare là una nuova vita.

Non si sarebbe potuto rassegnare a fare la formica in un ufficio e a racimolare mollichine per campare. Era un lavoro apparentemente più adatto a lui, ma mai avrebbe potuto adattarsi a un mediocre quotidiano.

Così aveva deciso: smettere gli studi, partire come emigrante stagionale, cinque o sei mesi di lavoro intenso e poi via, in America.

Era giovane e aveva l'energia di un leone, il fisico forte quanto il cervello, tutto gli sembrava a portata di mano e si sentiva il primo uomo che avrebbe attraversato l'oceano per scoprire una nuova terra, diversa dalla sua.

Una rinuncia? No. Una sfida. Un'avventura.

«E l'università? I tuoi sogni, la tua missione?» era stata la replica della sua fidanzata, ma lui argomentò con convinzione. Non capiva? Non c'era modo di amarsi se non lontano dal loro Paese retrogrado e beghino. L'America era un altro mondo, là c'erano opportunità per tutti.

«L'amore va bene finché porta cosa buone, ma se ti rovina la vita va messo da parte» si sforzò di rispondere a Camilla. Non ci credeva nemmeno lei, ma le sembrò la cosa giusta da dire in quel momento.

«La mia vita non è rovinata se sto con te per sempre.»

Lei avrebbe voluto buttarsi nelle sua braccia, baciarlo, ma andando contro il proprio cuore gli passò invece un dito sulla guancia, poi se lo portò alle labbra, fingendo di assaggiare.

«Mi è venuta la nausea, talmente sei sdolcinato.»

Voleva rendersi antipatica per dissuaderlo.

«Non mi inganni. Tornerei indietro solo se scoprissi che non mi ami più. È così?»

Amava profondamente Felice e desiderava averlo accanto a sé ogni istante, ma si sentì egoista. Se gli avesse detto di non provare più niente per lui, sarebbe tornato sulle sue decisioni, ma non ci riuscì.

«L'amore non ha mai reso la vita facile a nessuno, ma io non voglio una vita facile, la voglio felice.»

Era ormai sicuro che Camilla fosse sul punto di convincersi.

«Felice di nome e di fatto?»

Il ricordo del giorno del fidanzamento e della lettera a Luigi fu un attimo di sollievo in un momento doloroso.

Si abbracciarono con un'intensità disperata, tanto da provarne un male fisico.

Felice appoggiò le labbra su quelle di lei, ma Camilla voltò il capo di lato.

«Neanche un bacio, ora che me ne vado?»

«Avrò troppe cose da ricordare con dolore quando sarai lontano, una in più mi sarebbe insopportabile.»

Il bacio negato rimase sospeso nell'aria e Felice partì di malumore. Inspiegabilmente, però, aveva sentito i tratti del volto sciogliersi mentre saliva sul treno. Qualcosa lo aveva confortato e aveva fatto nascere il sorriso spontaneo che non lo aveva abbandonato per tutto il viaggio. Non poteva sapere che quel conforto veniva da Camilla e dalla sua capacità di pensare a lui con tanta intensità da stargli vicino, baciarlo, dargli tutto il suo amore.

La speranza era ritornata, si erano rinverditi i progetti e il fantasticare su quell'America che era una promessa. Si vedeva già con sua moglie accanto e un figlio per mano, immersi in quel mondo febbrile, proiettati nel futuro.

Il presente era invece un treno che viaggiava da un po' di ore e, di lì a poco, sarebbe arrivato al mare. Felice lo aveva sempre solo immaginato, letto nei romanzi o nelle poesie. Addirittura, pareva impossibile, spesso lo sognava, senza averlo mai visto. D'altra parte, quante cose inspiegabili gli apparivano in sogno? Case, strade, persone mai incontrate se non, forse, in un'altra vita. L'idea che quella che viveva non fosse l'unica a sua disposizione lo aveva sempre affascinato, così come gli piaceva pensare che si potesse comunicare con il pensiero. Pur non riuscendo a spiegarsi come fosse possibile, a volte gli sembrava che con Camilla accadesse. Chissà, forse era proprio l'amore a fare il miracolo.

Quando comparve in lontananza un triangolo azzurro più intenso del cielo, tra due colline verdi, pensò che il mare dei sogni era più bello. Un altro pezzo della maschera che gli aveva irrigidito l'espressione si allentò comunque, il sorriso si fece deciso e sempre più il giovane si convinse che il suo progetto era la cosa giusta per sé e per Camilla.

Pensò a lei, chiuse gli occhi e provò a immaginare di averla accanto, seduta al posto della vecchia con il gozzo da tacchino e l'espressione ebete, ma le fantasie si scontrarono con la sua deformazione professionale.

«Cretinismo da mancanza di iodio, disfunzione della ghiandola tiroidea tipica delle valli del Cuneese e della Provenza» fu la diagnosi formulata in silenzio, che si sbrigò a cancellare dai pensieri: non avrebbe più dovuto, in futuro, catalogare le persone come potenziali pazienti. Non sarebbe mai stato medico e doveva convincersene fin nel profondo della sua mente.

Sceso dal treno si sentì stordito. Anche se aveva studiato all'università – cosa che per Camilla era sinonimo di indiscutibile intelligenza – era rimasto un uomo di campagna, non aveva mai viaggiato, mai visto gente diversa: si sentì uno stupido quando, dopo essere andato un po' avanti e indietro per scale e corridoi, dovette chiedere informazioni a un viaggiatore per trovare la via d'uscita dalla stazione.

Fuori si meravigliò per una luce più bianca, una rifrazione sconosciuta che sembrava rendere meno netti i contorni: il mare, anche se nascosto dai palazzi, faceva da specchio al sole con un effetto mai visto. L'aria aveva un odore che Felice non seppe se definire buono o cattivo. Un misto di umido, forse di sporcizia, ma anche di pietanze appetitose, pane, erbe aromatiche. Le strade strette sembravano essere molto più popolose che a Torino e i tratti di chi vi andava e veniva avevano identità che lo stupivano. Gli venivano incontro nasi con narici come froge o a becco d'aquila, gote scavate o zigomi piatti, barbe lunghe come pastrani, bocche secche o rigonfie e coloriti pallidi, scuri, gialli. Diversità che gli davano la sensazione di essere vissuto fino a quel momento in un paese di gente senza volto.

Non fu facile orientarsi, più di una volta dovette chiedere aiuto a un passante per districarsi e ci mise un po' a capire che i carruggi non erano altro che un modo diverso di chiamare le strade, finché non ebbe davanti il mare e gli spiegarono che non gli restava che costeggiarlo. Prima o poi sarebbe arrivato a destinazione. La nave che da Genova portava i lavoratori alle saline sarebbe partita la mattina successiva, all'alba.

Al porto trovò una locanda dove scoprì che il buon dio non aveva creato solo sardine in scatola e baccalà sotto sale, ma anche calamari, gamberi e cozze, che l'abilità umana aveva immerso in un liquido squisito che gli sbrodolò sulla camicia mentre si perdeva a guardare il via vai delle barche che uscivano per la pesca: era bello, tutto. Provò qualcosa che somigliava all'entusiasmo, mentre la maschera della tristezza si era sciolta del tutto.

La pecca, in quell'armonia, era che Camilla era lontana e sola a combattere con l'astio di chi l'accusava di essere la causa di tutti i mali, mentre lui si lasciava sedurre dalla gioia semplice di uno sciacquio, dal rosso di un tramonto che invece che sparire dietro le colline si diluiva nell'acqua, addirittura lasciandogli la sensazione che tutto stesse accadendo proprio per lui.

Ordinò del vino.

Un tipo che dall'aspetto sembrava avere sui trent'anni, seduto su una bitta, lo osservava da un po'. Per due o tre volte Felice aveva distolto lo sguardo, ma quando gli arrivò sul tavolo la brocca, chiese un secondo bicchiere e alzò il proprio alla volta dell'uomo, invitandolo al suo tavolo.

«Mi chiamo Jacopo» si presentò. «Scommetto che stai aspettando la nave di domani, per le saline di Aigues-Mortes.»

L'uomo l'aveva visto aggirarsi spaesato per il porto, chiedere del punto esatto in cui avrebbe attraccato la nave. Lo aveva osservato mentre studiava le carte che gli avevano consegnato, documenti tipici di chi partiva emigrante.

«Vado anch'io là.»

«Brindiamo allora alla nostra conoscenza.»

L'altro toccò il bicchiere.

Felice era divertito dall'atteggiamento così poco riservato dell'altro e dal suo modo di pronunciare la parole, con aspirazioni tipiche del dialetto toscano.

«Alla tua ultima sera.»

Non capì subito che cosa volesse dire con quelle parole, ebbe anche un attimo di inquietudine. Suonavano come una minaccia.

«Tu pensi che alle saline si faccia questa vita qua?»

Indicò il vino, il piatto, il mare lì davanti, che stava diventando blu scuro, ma brillava di lampare.

«No, certo, si lavora.»

«Fammi vedere le mani.»

Felice le mostrò, da una parte e dall'altra. Erano bianche, lisce. Le unghie pulite.

«Non resisterai più di una settimana.»

Lui andava ogni anno a fare lo stagionale e sapeva che era un lavoro senza tregua.

Jacopo era alto e forte, aveva mani enormi che sfregò tra loro con un rumore secco, come di carta vetrata.

Mostrò i calli.

«Devi farti questi, se no non ce la fai.»

«Mi impegnerò.»

L'iniziale simpatia si sarebbe trasformata in fastidio se l'altro avesse insistito su quel tono.

«Lo dico per te. Si vede che non sei nato per il lavoro duro e anch'io come te non ci ero tagliato, ma poi ho dovuto imparare.»

Disse di essere un cantante lirico, aggiungendo, senza remore, fallito.

«Perché ho un brutto carattere.»

Aveva litigato con tutti i direttori di teatri e gli impresari non lo volevano più, ma a casa aveva moglie e tre figli e in qualche modo doveva guadagnare.

«Però ho il do di petto.»

Fece sentire la voce, una nota che si generò non solo nelle corde vocali, ma vibrò da tutto il corpo.

«Quando fa freddo capita che qualche tenore si ammali, sono costretti a chiamarmi e io sono pronto per sostituirlo. Lavoro in estate per essere libero in inverno, quando ci sono più spettacoli. E più malanni» aggiunse.

Felice provò a immaginare il suo interlocutore in abiti da Radamès.

«Ci sono stato all'opera.» Parlò con un entusiasmo che egli stesso sentì ingenuo, ma l'altro non ci fece caso. «Bravo» disse compiaciuto «nelle opere c'è tutta la vita.»

Dopo varie preghiere di sua madre, l'aveva accompagnata a vedere l'*Aida*, al Teatro Regio. Da quando era diventata ricca aveva scoperto la lirica, per cui provava un'autentica passione. Addirittura aveva perfezionato la sua alfabetizzazione da terza elementare per poter leggere i libretti delle opere e scoprire che storie si celassero dietro alle meravigliose voci delle soprano, per cui cadeva in deliquio. Nell'intimità della sua camera, seduta davanti alla toeletta, provava a imitarle e appena qualcuno entrava in casa si zittiva, ma una volta Felice l'aveva sorpresa.

Fu stupito nello scoprire quella segreta ambizione e turbato dalla dolcezza dell'interpretazione, anche se la voce era debole, calante.

Poteva essere la stessa persona che lo aveva per tutta la vita guardato con durezza, parca di abbracci e prodiga di rimproveri, quella che, riflessa nello specchio con una mano sul cuore, cantava *amami quanto io t'amo*?

In quel luogo dove tutto era nuovo, di fronte a quel mare, il risentimento che provava per sua madre e per suo padre perdeva di consistenza, come se non importasse più.

E chissà se davvero Jacopo aveva qualche volta vestito il costume del comandante egiziano innamorato di Aida o se era un simpatico bugiardo. Sincerità, menzogna: anche questo aveva poca importanza nell'atmosfera trasognata di quella serata estiva. Al secondo bicchiere di vino, Felice sentì il bisogno di aprirsi con lo sconosciuto. L'estraneità gli garantiva che non avrebbe mai potuto usare le sue confidenze per fargli del male e aveva tanto bisogno di sfogarsi con qualcuno che non lo giudicasse.

Di solito non era un chiacchierone, ma tutto stava cambiando e non era più certo di nulla. Forse in lui si nascondeva una comare che non aveva mai avuto il coraggio di farsi avanti.

Raccontò dei suoi, di Camilla, del loro amore contrastato e infine del motivo per cui era partito.

«Uhm» fece l'altro. «Una bella storia.»

«Bella non direi.»

«Gli amori impossibili sono quelli che fanno sognare. Gli altri sono solo fastidi, noia e matrimonio.»

21

Aigues-Mortes

La nave era un catorcio. Gli italiani che partivano per lavorare avevano dormito appoggiati alle loro sacche buttate in terra sulla banchina, in attesa. Appena i marinai erano scesi per agganciare le passerelle, si erano precipitati a bordo.

I più villani, fattisi strada a gomitate e spallate, si erano accaparrati i posti migliori sopra coperta, nonostante i marinai cercassero di cacciare tutti nella stiva.

Felice sarebbe finito certamente ad ammassarsi sotto, ultimo degli ultimi, se Jacopo non avesse deciso di diventare suo amico e protettore.

Così, mentre lo stavano già spintonando giù per la scaletta, si sentì afferrare per la vita, trascinare via e, mentre Jacopo gli faceva strada scalciando tra la folla che bestemmiava, Felice si ritrovò collocato su una panchina di prua, nell'aria carezzevole dell'alba azzurrina.

Era un posto privilegiato, dietro a casse piene di pesche e albicocche che la nave portava in Francia insieme ai passeggeri.

Jacopo gli si sedette accanto occupando il resto del sedile.

«Non mollare mai il posto, nemmeno se devi pisciare.»

Estrasse dalla sua sacca una bottiglia vuota.

«Si fa qui.»

Felice rise.

L'ottimismo del giorno prima non era venuto meno. Nonostante fosse circondato da una calca sgarbata e maldisposta, si sentiva bene.

Pensava che quei giorni, per quanto duri, sarebbero passati. Chiudeva gli occhi e, invece che sulla rotta che da Genova andava a Marsiglia e proseguiva poi per le saline, immaginava di essere in mezzo all'oceano, alla volta degli Stati Uniti con la sua sposa accanto.

All'arrivo, lui e Camilla avrebbero superato brillantemente tutte le prove di cui Luigi aveva raccontato nella sua lettera e risposto con proprietà alle domande di cultura generale. Sentì il vanto dell'avere studiato e di aver scelto una moglie che non era digiuna di conoscenza. Se poi lei avesse avuto bisogno di qualche suggerimento, lui l'avrebbe supportata e l'America sarebbe stata orgogliosa di accogliere due persone come loro. Si sarebbero trovati a proprio agio in mezzo a gente che pensava solo a costruire un mondo nuovo, e Camilla gli avrebbe dato figli e felicità. Per lei aveva scelto di rinunciare ai suoi ideali di futuro salvatore di vite in veste di dottore.

«Salvatore di vite» ripeté a fior di labbra, per sentire quanto la frase suonasse presuntuosa ed enfatica. La nave lo portava verso un domani diverso e la sua visione della vita stava cambiando. Certo, sul momento lasciare l'università e la sua carriera era stato un sacrificio, un pezzo di sé che scompariva. Un'amputazione, come quella che aveva subìto Camilla.

Fu impressionato da quel pensiero: che assurdità mettere sullo stesso piano la propria rinuncia e ciò che aveva passato lei ritrovandosi ancora bambina ad affrontare una mutilazione tanto importante. Con che leggerezza si era permesso di fare il paragone.

Doveva essere quell'aria profumata di pesca mista al sapore salmastro che emanava dal legno della panca ad averlo ubriacato e portato a sragionare.

Non potevano esserci analogie tra le due perdite e, anzi,

a lui era venuto anche qualcosa di buono in mano. Non si vergognava a confessare che si sentiva alleggerito.

Studiare, studiare sempre, con l'incubo incessante che qualsiasi distrazione, risata, piacere fosse tempo rubato allo studio: che vita era stata fino ad allora? Adesso aveva davanti del tempo da vivere senza riserve, bello o brutto che fosse.

Lei, invece, era stata vittima della disgrazia senza nessun compenso e aveva saputo reagire venendo su piena di capacità.

Quanto era innamorato di quella ragazza! Non solo del suo viso, del corpo così come era, ma della sua forza d'animo, del coraggio, della curiosità rimasta intatta nonostante il dolore per cui era passata.

Camilla era un'eroina. La sua eroina sorridente. Non avrebbe rinunciato a lei mai, non avrebbe accettato nessun prezzo.

La mente di Felice smise di vagare quando vide Jacopo orinare nella bottiglia e dopo, senza alzarsi dalla panca, allungare un braccio per svuotarla fuori bordo. Qualcuno, da dietro, lo insultò.

«Prendi anche questa, Maremma maiala!» sbottò lui, scolando nell'aria, in modo provocatorio, finanche l'ultima goccia.

Felice rise. Per quanto all'università avesse sentito goliardate e parolacce a non finire, quell'espressione gli mancava.

«Maremma maiala» ripeté, ripromettendosi di usare il colorito insulto alla prima occasione.

L'altro estrasse dalla sacca una seconda bottiglia, uguale alla prima, la allungò a Felice e gli disse di bere, ma lui rifiutò con gentilezza.

Jacopo scoppiò in una risata sguaiata.

«Guarda che non ci ho pisciato.» Felice aveva già portato la bottiglia alla bocca quando l'altro, fingendo di ricordare: «Ieri forse, poco poco».

Mangiarono pane e toma che veniva dal Piemonte, Jacopo simulò uno svenimento di piacere, affermando di non avere mangiato mai un formaggio così delicato.

Piero. Il suo amico Piero aveva gli stessi atteggiamenti.

Ecco perché aveva accettato con naturalezza la compagnia di quello sconosciuto che però, a differenza del vecchio amico, buono solo a fare il buffone, si presentava come una solida roccia a cui appoggiarsi.

Il rollio della nave e la stanchezza pesavano sugli occhi e senza avvedersene Felice si addormentò, finché la sirena del ferrovecchio su cui navigavano emise suoni profondi e insistenti: erano passate ore.

«Ben svegliato» lo salutò Jacopo. «Stiamo entrando nel porto di Marsiglia, in genere s'imbarcano dei francesi diretti ad Aigues-Mortes. Gentaglia, *trimards*.»

Trimards era una specie di insulto, ma gli stessi compatrioti li chiamavano così. Erano vagabondi, senza casa e svogliati sul lavoro, sempre in fuga dalla polizia, talvolta persino avanzi di galera.

I francesi stessi non li vedevano di buon occhio ma, spiegò Jacopo, in particolare ne avevano una pessima opinione gli abitanti di Aigues-Mortes, che erano molto gelosi della loro città, tanto che tutti quelli che non risiedevano dentro le mura, anche se non *trimards*, erano malvisti.

«E noi dove risiederemo?»

«Fuori, ovviamente.»

Felice deglutì. Ringraziò Dio che gli aveva fatto incontrare quell'uomo che sapeva tutto di un mondo a lui sconosciuto e che lasciava sperare di sapersela cavare bene nelle difficoltà.

Salirono a bordo una ventina di uomini per nulla differenti nell'aspetto da tutti gli altri. Vestiti con camicie sbiadite, pantaloni lisi, cercavano di farsi spazio sul ponte, dove nessuno si scostava per farli passare. Emanavano odore acre di sudore. Felice abbassò il capo per aspirare con discrezione l'aria che emanava dalla propria pelle: era già diventato uno di loro.

Ricordò fuggevolmente il profumo di pulito che aveva sentito affondando il viso nella spalla e nei capelli di Camilla nel loro ultimo disperato abbraccio.

Qualcuno nel gruppo di francesi alzò la voce, sbraitando per la calca che non permetteva loro di prendere posto. Gli rispose un piemontese in dialetto, urlandogli di andare giù, sottocoperta, che ci sarebbe stato posto per lui insieme ai topi. Sghignazzò, cercando l'approvazione dei compagni che gli erano accanto e trovando immediato riscontro.

«Sì, andate giù, insieme ai *rat*!»

Il francese comprese le parole che gli erano state rivolte e gli animi si infiammarono all'istante.

Presero a spintonarsi. Volò qualche pugno, un naso sanguinava.

Felice guardò d'istinto Jacopo, che si era calcato un cappellaccio sulla fronte, restando indifferente a ciò che accadeva intorno.

«Sai quante ne vedrai di scene così?» disse continuando a restare nascosto dal cappello.

I *trimards* scandivano: «*Ours! Ours!*» Chiamavano *orsi* gli italiani.

«Bastardi francesi!» rispondevano gli italiani.

Un marinaio minacciò i litiganti con un bastone e tornò una calma provvisoria, fatta di occhiatacce e insulti a mezza bocca.

«Perché ci chiamano *orsi*?»

«Perché ci odiano.»

Diede un colpo sulla visiera e fece volare via il cappello, per riprenderlo abilmente con la mano.

«E noi odiamo loro.»

Aigues-Mortes, a giudicare dal nome, prometteva di essere un acquitrino melmoso e grigio e si presentò invece agli occhi degli emigranti con una visione da favola, torri rosse e una cinta di mura medioevali che raddoppiavano la loro bellezza nell'acqua piatta del mare in cui si specchiavano.

A Felice sembrò di capire perché i suoi abitanti ne erano così orgogliosi e gelosi. Jacopo si assunse nuovamente il compito di riportarlo alla dura realtà.

«Se sei geloso e orgoglioso di una donna e qualcuno te la tocca, cosa fai?» chiese Jacopo.

«Non so...»

«Ecco, mentre ci pensi te l'hanno già soffiata. Devi menare, subito.»

Felice assentì, poco convinto.

«Loro menano duro. Stai pronto. Ai loro occhi siamo gli invasori, ricordalo.»

22

La salina

Sceso dalla nave, Felice, sentendo il suo nome al megafono, si unì con circospezione alla fila di lavoratori che, sulla banchina, aspettavano di essere chiamati e assegnati alle varie squadre. Sperò che venisse presto anche il turno di Jacopo, così da non perdersi di vista.

Consegnò gli incartamenti, gli chiesero le generalità, firmò il contratto e via, avanti un altro.

Mentre ancora stava raccattando il suo fagotto per caricarlo sul carretto che li avrebbe condotti alle abitazioni, sentì l'uomo con il megafono urlare: «Jacopo Diotallevi!»

Si scambiarono un gesto di vittoria, entrambi condividevano la speranza di non essere separati.

Jacopo si avvicinò alla scrivania con il documento in mano e il caporale italiano, che era rimasto fino ad allora chino sul registro, alzò la testa e gli fece un cenno di saluto: si conoscevano.

Disse nome, cognome, luogo di nascita. Arrivato a «figlio di», Jacopo non rispose.

«Lavoro qui tutti gli anni, ancora non hai imparato che sono figlio di tua sorella?»

L'altro allungò la gamba e gli mollò un calcio attraverso al tavolo: «Diotallevi, non fare lo spiritoso con me» disse brutale, ma gli scappava da ridere.

Scrisse «N.N.» sul registro e gli indicò il gruppo a cui era assegnato, lo stesso di Felice.

Il carro li condusse alle saline passando tra larghe vasche piene di mare, circoscritte da argini bassi su cui stazionavano uccelli bianchi, con le ali striate di rosso vivo, o rosate come l'acqua da cui emergevano le zampe lunghe e sottili, talvolta due, talvolta una sola. Il lungo collo piegato sul corpo per il riposo o immerso a pescare. Erano fenicotteri.

Felice li aveva visti fino a quel momento solo intessuti sugli arazzi che rivestivano le pareti di qualche palazzina nobiliare che aveva timidamente frequentato, e mai avrebbe sognato d'incontrarli. Gli erano sembrate creature fantastiche, al limite del reale.

Incrociandone un gruppo prossimo al sentiero, il conducente del carro batté le mani e li fece volare, destando esclamazioni di meraviglia non solo in Felice, ma anche negli altri viaggiatori sul carretto, italiani del Nord, uomini di campagna o di montagna che in vita loro avevano visto solo quaglie e gallinacci.

Jacopo fu il solo a restare indifferente e a sfottere «Oooohh! Oooohh!» facendo il verso ai compagni di viaggio.

«Ovvìa, che cos'è questo stupore? Sono uccelli: volano! Se vi avessero detto *buongiorno*, capirei» e sparì contrariato sotto il cappello. Non tutti compresero la battuta, ma chi la capì, rise.

I fenicotteri erano venti, trenta, presero il volo senza fretta, riempiendo il cielo con le grandi ali.

Come di fronte alle acque del porto di Genova, con il tramonto e la notte punteggiata di lampare, insieme alla meraviglia che provava, Felice sentì di compiere un'ingiustizia, come se il suo animo, pur non potendo fare a meno di bearsi di tante novità, stesse tradendo il sentimento d'amore che provava per Camilla.

Avrebbe dovuto avere solo nostalgia e tristezza per la lontananza e invece no, tutto quello che gli stava accadendo era vita e, anzi, provò un sottile senso di spreco all'idea di averla conosciuta solo ora.

La carta dei libri in mezzo alla quale era cresciuto, sempre uguale di volume in volume, giallognola, imbrattata di inchiostro nero, era la vera acqua morta in cui aveva sguazzato troppo a lungo. E le aule cupe, e il teatro anatomico, i cadaveri e le corsie d'ospedale non erano forse la morte di ogni fantasia?

Ora, su quel carro che lo portava non sapeva dove, era affamato, stanco e accaldato, ma erano fastidi che valevano il senso di libertà che quella nuova vita gli stava riservando.

«Tutto rosa. Acqua, uccelli. Sai perché?» domandò Jacopo.

«Sono sicuro che tu lo sai» rispose Felice con il sorriso pronto sulle labbra: si aspettava un'altra battuta.

«È un'alga. L'acqua diventa rosa, gli uccelli la mangiano e diventano rosa e ti sembra di essere in un posto bello! Ma non credere.»

«A chi non devo credere?» Felice non capiva se Jacopo stesse scherzando.

«Non c'è niente di bello ad Aigues-Mortes» concluse l'altro, serio.

Il carro li scaricò al villaggio di baracche e il caposquadra spiegò che il grosso degli operai sarebbe arrivato il mese successivo e solo allora sarebbe cominciato il lavoro da salinari.

«La crosta adesso è sottile, si deve aspettare che sia almeno di sei centimetri.»

C'erano però da rinforzare gli argini delle vasche, da rimettere a posto le baracche che erano rimaste disabitate dalla stagione precedente, da posizionare le passerelle di legno su cui avrebbero camminato le carriole con il loro carico di sale, quando fosse stato il momento.

«Si lavora dalle sei alle sei, con un'ora di riposo. In paese si va una volta ogni quindici giorni. La paga è di cinque franchi a testa e il vitto vi costa un franco e sessanta. La paglia per dormire è gratis. Trenta centesimi al litro per il vino. Domande?»

Nessuno ebbe niente da chiedere, erano tutti spaesati e muti.

Si fece avanti Jacopo.

«Loro sono qui per la prima volta, gliela racconti come vuoi, ma io so che il vino tu lo paghi diciassette centesimi! Come possiamo dartene trenta, con la paga che prendiamo?»

L'altro fece una smorfia derisoria.

«Non sei obbligato a berlo.»

Jacopo tirò un lungo respiro e si diede un pugno nel palmo della mano. Sputò in terra, vicino ai piedi del caposquadra, e andò via.

Nei giorni successivi i due si evitarono. Il caposquadra lasciava che Jacopo lo sostituisse nella direzione degli operai che non avevano esperienza. Gli faceva comodo uno che si dava da fare al posto suo e aveva capito che, diversamente, sarebbe stato uno scontro continuo. Negli anni precedenti aveva avuto modo di saggiare il carattere di quell'uomo instancabile, ma orgoglioso e testardo.

Il lavoro fu avviato subito con un ritmo intenso, ma tutto sommato armonioso. Nella squadra erano una trentina, tutti italiani, piemontesi e toscani.

Il sole picchiava e l'estate sembrava aver raggiunto il suo culmine con molto anticipo – di questo si lamentavano i lavoratori – ma Felice affrontava tutto con la curiosità del novizio.

Come gli altri operai, si lasciava guidare da Jacopo che

indicava dove piantare i paletti di legno per rinforzare gli argini, come inchiodare le assi per chiudere i buchi delle capanne e in che modo sovrapporre le tegole dei tetti che si erano scoperchiati.

La poca acqua dolce arrivava a dorso di mulo e non c'era modo di lavarsi, né di pulire gli abiti. La sete non si spegneva mai.

Ma il vero tormento fu il mistral, vento dell'oceano, che sollevava il sale delle vasche da cui il mare stava evaporando e sferzava, graffiava, pungeva la carne; durante il sonno, a contatto con la paglia dei giacigli, la pelle sembrava prendere fuoco.

La sera, finito il lavoro, non c'era altro da fare che sedersi davanti alle baracche a bere, finché c'era qualche riflesso di luna: se non faceva troppo caldo, si accendeva un piccolo fuoco per fare luce.

Tra gli operai, i più parlavano della terra che non rendeva e che non riusciva a sfamare i figli: chi ne aveva cinque, chi otto, e continuavano a nascere. Chi, giovane e ancora scapolo pensava di sposarsi, veniva vivamente sconsigliato.

«Perché mettere al mondo figli per fargli patire la fame? Maledetta campagna!»

Felice, anche se la sua famiglia non era mai stata indigente, aveva respirato l'aria della povertà che veniva dalla sua terra e sapeva che la mancanza di pioggia, l'eccesso di sole o le incursioni di filossera sulla vite significavano raccolti mancati, piante morte, povertà: nelle discussioni comuni poteva ogni tanto dire la sua, fingendo di avere problemi simili agli altri. Non aveva detto a nessuno di essere stato studente e quasi dottore, per non aumentare la distanza dai suoi compagni di lavoro.

Jacopo gli reggeva il gioco, ma gli faceva domande a trabocchetto per prenderlo in giro. Gli chiedeva davanti a tutti quando fosse il periodo buono per spargere il verderame o quanto tempo dovessero stagionare le tome, ma per fortuna c'era sempre qualcuno che rispondeva prima di lui.

C'erano, tra loro, anche degli spazzacamini che venivano dalla Savoia e che d'estate restavano disoccupati.

In particolare con loro, Felice faticava a trovare argomenti di conversazione, anche se vagamente lo affascinava l'idea di un mestiere itinerante. Quando cercava di comunicare questa sua fascinazione agli interessati, parlando di libertà, di indipendenza, di novità, lo guardavano assenti commentando: «Per lavorare devi andare per forza in giro, i camini da pulire mica te li portano a casa».

Ammutoliva di fronte a tanto senso pratico.

Quando tutti dormivano nei loro ricoveri, usciva fuori a godersi la solitudine, fissando lo spessore profondo della cupola del cielo. Si lasciava trasportare dal pensiero che quello stesso abisso di nero e luce, girando girando, sarebbe entrato anche negli occhi di Camilla, affacciata alla finestra in una notte insonne. Quella condivisione, seppur frutto della sua fantasia, gliela faceva sentire vicina e lo confortava. Scriveva in testa le parole che avrebbe voluto dire alla sua amata e che avrebbe messo su carta all'alba, le ripeteva come una poesia a memoria per non dimenticarle, in attesa di un po' di luce.

Le prime due settimane furono dure, ma finirono e venne dunque il giorno di andare in paese.

Jacopo cantò romanze durante il tragitto, sciorinò tutte le varietà del do di petto di cui era capace: «Senza quelle non sei un vero tenore».

Arrivati, passarono la volta d'ogiva della porta di torre di Costanza, la più alta, la più imponente di Aigues-Mortes. Felice accarezzò le scalfitture profonde della pietra, segni delle battaglie che quei bastioni avevano subìto nei secoli, e gli sembrò di toccare la storia.

Vale più di cento libri, pensò.

Attraverso le numerose porte d'accesso alla cittadina, i lavoratori di tutte le squadre si stavano riversando in paese per la prima volta da quando erano giunti alle saline e a Felice parve di riconoscere, mescolati agli italiani, qualcuno degli uomini saliti a Marsiglia, quelli che Jacopo aveva chiamato vagabondi e che tutti, sulla nave, avevano trattato in modo ostile. Se ne andavano per conto loro, apparentemente inoffensivi.

Gli abitanti, nel vedere gente estranea spargersi per le vie, guardavano di sbieco, i negozianti avvicinavano la merce alle botteghe in modo da controllarla meglio, le donne afferravano la mano dei bambini più piccoli, gli uomini tenevano d'occhio le mogli e le figlie, mentre bande di marmocchi di otto o dieci anni scorrazzavano cantilenando: «*Pimos*, *Pimos*». Li chiamavano piemontesi, ed era un insulto.

Erano mocciosi buffi, marroni per lo sporco e per il sole: stranamente Jacopo non se ne ebbe a male. «Mi devo sentir dare del piemontese quando sono gloriosamente toscano!» commentò ridendo.

«Che hai contro i piemontesi?» continuò per gioco Felice.

«Troppo calmi! Non avete vigore!» e gesticolava per spiegarsi meglio.

«Avete la nebbia nella testa!»

Felice non poteva negare, ma non voleva dargli soddisfazione.

«In Piemonte ci sono le ragazze più belle d'Italia.»

«Ehhh! Non hai visto mai le fiorentine allora.»

Scherzavano, anche per non dare peso a ciò che succedeva intorno.

Si respirava diffidenza e inquietudine nei confronti dei salinari, così che gli operai francesi, quelli appunto che Felice aveva riconosciuto, cercavano di distinguersi dagli italiani ostentando la propria lingua e parlando forte, anche se non sembravano ottenere grandi risultati.

«Straccioni sono e straccioni rimangono anche per i loro compatrioti» osservò Jacopo, constatando che i *trimards* venivano tenuti a distanza quanto gli italiani.

Felice non voleva farsi contagiare dalla tensione che circolava, dato che il suo scopo unico, quel giorno, era andare all'ufficio postale per spedire la sua prima lettera a Camilla, pervasa di parole d'amore. Jacopo lo convinse che fosse meglio levarsi prima di dosso sale e sporcizia, che li avevano ridotti a due baccalà. Puliti e con abiti decenti sarebbero stati trattati meglio dalla popolazione, nonché dal personale dell'ufficio postale.

23

Zuavi

Entrarono nei bagni pubblici.

I francesi che erano in attesa del turno per accedere alle vasche andarono subito via nervosi, masticando tra i denti parole che Felice comprese: «*Babis*». Con una piccola differenza di pronuncia, i *babi* erano i rospi anche in Piemonte.

«Gentili, no? Ci hanno lasciato il posto.» L'ironia di Felice si scontrò con il volto teso di Jacopo, che non commentò.

Con la defezione dei francesi la sala si era svuotata quasi del tutto.

Due cannelle elargivano acqua dall'alto e qualcuno, dietro a una tenda, se ne stava servendo, mentre dalla vasca centrale, una piscina, emergevano, il naso a pelo d'acqua, le teste di due uomini con capelli lunghi e barba. Avevano gli occhi chiusi, sembravano addormentati.

La pietra scura e tetra delle pareti scolava umidità e in alto, vicino alle finestre, si formavano striature verdi e giallognole come muschio o alghe. A Felice tornò il ricordo del tavolo delle dissezioni nella sala di anatomia, con le sue scanalature da cui sgocciolavano i liquidi dei corpi senza vita.

I due amici poggiarono i loro abiti sulla pietra del lavatoio, dove già erano ammonticchiati camicie e voluminosi pantaloni che avevano qualcosa di soldatesco. Si sciacquarono a turno sotto le cannelle e si immersero nella vasca, grande, con sedili subacquei che erano evidentemente liberi.

Lo sciacquio dei loro movimenti risvegliò i due bagnanti che spalancarono gli occhi e, come in allarme, si drizzarono emergendo di tutta la testa: le barbe e i capelli zuppi si incollarono ai volti, alle spalle e al petto, dando loro un aspetto primitivo.

Immobili, presero a fissare i due: Felice e Jacopo avevano parlato tra loro, rivelando la loro nazionalità.

Quegli sguardi resero la vasca immediatamente inospitale, come fosse riempita di acido o di acqua bollente.

«Andiamocene» suggerì Jacopo.

Non fecero in tempo.

I due balzarono nell'acqua come coccodrilli su una preda, li agguantarono, uno contro uno. Li trascinarono con la testa sott'acqua, gridando con spiccata pronuncia francese: «Italiani! Maledetti!»

Li tennero giù per lunghi istanti. Quando capirono che sarebbero annegati, li tirarono su, a prendere aria, senza mollarli.

«Italiani, tirate fuori il coltello!» e sghignazzarono, poi li ricacciarono sotto.

«Solo questo sapete fare!» urlarono.

Le due vittime si dibattevano con la forza della disperazione, ma quelli erano robusti e carichi di odio, li tenevano saldamente per la nuca, strappando loro i capelli con un dolore che si confondeva con l'asfissia, la disperazione, la paura.

Così, fuori e dentro l'acqua, passò un tempo infinito. Felice vedeva la schiena dell'energumeno che lottava con Jacopo e poi il buio della vasca; la bocca spalancata dell'amico che, stravolto, prendeva aria e nuovamente l'acqua gli invadeva gli occhi, la bocca. I polmoni sembravano scoppiare.

Le grida di Jacopo, le sue, quelle degli aggressori si confondevano tra loro.

Italiani, coltello, ammazzati erano le parole che si mescolavano al vorticare dell'acqua in un'unica voce feroce.

L'aguzzino di Felice, non contento di annegarlo, gli si gettò sopra, affondandolo con il suo peso e finendo sott'acqua anch'egli. Ormai il giovane non capiva più quale fosse il sopra e il sotto e, anche se l'altro dopo un po' mollò la presa, Felice non riuscì a riemergere.

Un braccio lo salvò, restituendogli il senso dello spazio: impossibile capire chi fosse il salvatore, forse lo stesso aggressore, non pago del proprio divertimento.

Alla tragica confusione si aggiunse una nuova voce, un altro individuo brandiva un bastone e correva intorno alla vasca.

Sono morto, pensò Felice, certo che il nuovo arrivato fosse venuto a dare man forte ai due assalitori e un ultimo fulmineo pensiero andò a Camilla: immersa nella sua vita quotidiana, ignara. Vide il suo sorriso spegnersi e poi più niente. Il suo aguzzino gli fu di nuovo addosso.

L'uomo che era sopraggiunto, invece che esserne complice, prese a dar bastonate ai due francesi, intimando loro: «*Laissez-les, laissez-lez! Cessez! Cessez!*»

Riuscì a colpirli con forza e, repentinamente come era iniziato, l'assalto finì.

I due coccodrilli, sazi o impauriti, scivolarono fuori dalla vasca, corsero a recupere il loro fagotto e si dileguarono.

Felice e Jacopo rimasero boccheggianti, consapevoli e sconvolti al pensiero che ancora pochi secondi di quel trattamento sarebbero bastati per mandarli all'altro mondo.

Il salvatore era l'addetto alle pulizie e guardiano dei bagni, un francese che li aiutò ad uscire dalla vasca, fornì loro teli per asciugarsi e li condusse in una stanzetta dietro alle latrine, che si rivelò essere la sua casa, affidandoli a una giovane.

Nonostante la giornata fosse caldissima, i due erano bianchi in faccia e tremavano: la donna servì loro del vino caldo e aromatizzato.

Era la moglie, diede loro degli abiti del marito, corti per Jacopo e larghi per Felice, ma sapevano di pulito.

Quando si furono ripresi, li nutrì con una pappa dolciastra che tremolava nel piatto. Tutto avvenne in silenzio. Loro erano troppo spossati per parlare e lei non sapeva un solo vocabolo di italiano.

Alla fine del turno il guardiano tornò, si chiamava Gerard e la moglie Martine. Gerard parlava un po' di italiano che aveva imparato a Marsiglia, dove aveva vissuto prima di sposarsi. Si informò su come stessero, da dove venissero. La donna interruppe la conversazione rivolgendosi al marito e i due discussero per un po' in francese. Lei sembrava insistere su qualcosa che Gerard non voleva fare, ma alla fine l'accontentò.

«Mia moglie vuole che vi dica che non tutti i francesi sono come quei due, che noi siamo diversi, siamo amici degli italiani, amici vostri.»

Felice ringraziò la donna con un sorriso. Jacopo era chiuso in un silenzio abissale, come non fosse presente.

«Mia moglie vuole che vi dica chi sono gli uomini che vi hanno aggredito.»

Riferì allora che i due erano soldati dell'esercito francese, appartenenti al corpo degli zuavi.

Ogni tanto Martine interveniva, a precisare qualcosa che il marito avrebbe dovuto dire. La giovane sapeva che, alcuni anni prima, due zuavi erano stati uccisi a coltellate da due italiani durante una rissa in un'osteria, ad Arles, dove viveva il fratello, che glielo aveva raccontato. Da allora era nata la convinzione che gli italiani portassero in tasca il coltello e che lo brandissero alla minima occasione: gli zuavi avevano giurato vendetta.

Martine voleva mettere in guardia i due, in modo che sapessero riconoscere immediatamente uno zuavo, poiché poteva ricapitare di incontrarne in paese, e prese a dare indicazioni cercando di spiegarsi, gesticolando con le braccia intorno alle gambe del marito.

«Hanno una divisa con pantaloni larghissimi fin sotto al ginocchio...» spiegò lui.

La donna si toccò la testa. «...e in capo portano un turbante, con un fiocco» aggiunse il marito.

Infine Gerard riferì che, se avessero avuto bisogno di qualcosa, la loro famiglia sarebbe stata a disposizione. Loro erano bravi cristiani, disse, e davanti a Dio non c'erano italiani e francesi. Gli uomini erano tutti uguali.

24

Novità

«Hai sentito? *La sposa* è andata a stare dalla zoppa.»

«Il posto giusto per far nascere il suo bastardo.»

«Non dire così, i bambini non hanno colpa.»

La gente parlava liberamente davanti a Sebastiano, convinta che non capisse niente. D'altra parte lui non faceva nulla per far pensare il contrario, anzi, il suo guscio di silenzio era per lui un posto privilegiato.

In paese sentì due uomini e una donna scambiarsi quelle parole che lo fecero indignare per il disprezzo e la cattiveria con cui furono pronunciate. Anche lui non aveva avuto un padre, ma *bastardo* non si era mai sentito perché la famiglia di sua madre lo aveva accolto come fosse figlio di tutti, gli avevano dato nome e affetto. Essere bastardi o non esserlo non era una questione di nascita, ma solo di amore.

Non sapeva chi fosse *la sposa*, mentre aveva capito perfettamente a chi si riferissero parlando della zoppa e non si sarebbero dovuti permettere di parlare così.

In quell'occasione si rammaricò del suo mutismo e rimpianse il coraggio della gioventù, perché quei due avrebbero ben meritato due pugni in faccia.

Camilla, dopo la partenza di Felice, non si era fatta più vedere – prima era stata troppo triste, poi l'arrivo dell'amica l'aveva impegnata – ma Sebastiano, avendo fede nell'amicizia che li univa, volle andare a fondo della notizia avuta dal teatrino a cui aveva assistito in paese.

Passò dall'osteria, sperando di trovare la ragazza. Giovanni, come sempre, gli mise davanti un bicchiere di vino, ma da mangiare non ne faceva più, la gente sembrava non essere più contenta della sua cucina e doveva buttare via la roba tutti i giorni. Aveva licenziato il garzone, spento la stufa ed era giù di morale.

«Tu stai bene invece. Mi fa piacere.»

Giovanni non sapeva che il merito del cambiamento era di sua figlia, che insieme al fidanzato lo aveva salvato dall'inedia. Sebastiano avrebbe voluto dirglielo, ma come poteva mai spiegarsi?

Detestava esprimersi a gesti e solo con i due ragazzi aveva azzardato qualche sì, un no con il capo, un sorriso, ma in paese aveva lasciato che tutti non solo lo credessero sordo, ma anche stupido.

«Se avesse qualcosa nella zucca, si farebbe capire con le mani, con la faccia, invece sembra una statua» diceva la gente.

Meglio una statua che un pagliaccio, pensava lui.

Avrebbe potuto domandare al padre notizie di Camilla mimandone la sagoma e indicando il bancone dove l'aveva vista al lavoro, ma si sarebbe sentito ridicolo.

Non potendo chiedere, decise di andare a verificare di persona.

Per andare alla cascina Costa, dove era stato molti anni prima, quando vendeva fettucce e fili, cercò di sistemarsi meglio che poteva. Per Sebastiano, il meglio era la camicia: quella rossa. Non che fosse ancora infervorato dagli ideali giovanili, ormai l'Italia s'era fatta anche se non era andata esattamente come il suo eroe si era prefissato. Quell'abbigliamento lo toglieva dall'anonimato in cui aveva trascorso la sua esistenza, lo riportava indietro nel tempo facendolo sentire qualcuno. Era un gioco con sé stesso, che metteva in atto quando provava disagio. Non lo faceva certo per gli occhi della gente che, anzi, vedendolo così conciato lo considerava ancora più stonato.

Percorse la strada pensando a come spiegare il motivo per cui era andato fin là: avrebbe finto di voler studiare il libro con il linguaggio dei segni e la ragazza sarebbe stata sicuramente contenta.

Quando attraversò il cortile, la sua presenza non passò inosservata alle comari, a Berta, ad Agostino, ai braccianti che andavano e venivano portando cassette di ciliegie e cesti di fragole. Ma un povero scemo, come tutti lo consideravano, non poteva arrecare grandi danni alla reputazione di una giovane che non solo aveva l'ardire di sembrare normale quando non lo era, ma aveva persino rovinato la vita e la carriera di un figlio di buona famiglia, irretendolo fino a pretendere di farsi sposare. Per completare l'opera ora aveva accolto in casa una donna disonorata che portava nel ventre il frutto del peccato.

Camilla fu contenta di vederlo, e non ci fu bisogno di alcuna giustificazione per la visita. La ragazza si scusò per averlo trascurato, ma le cose successe le avevano fatto dimenticare tutto: lo mise al corrente della dolorosa vicenda di Marinella.

«Non potevo negarle il mio aiuto, anche se non è facile. Mio fratello non dorme più a casa e qui vicino non mi saluta più nessuno.»

Era grata ai suoi genitori per averla appoggiata in quella follia. Sì, si rendeva conto che l'amica in quelle condizioni dentro casa era la goccia che aveva fatto traboccare il vaso del discredito, ma loro erano persone che sapevano provare affetto e pietà, non erano aridi e ottusi come chi li condannava. Quella ragazza non aveva colpe, se non quella di avere avuto fiducia nell'uomo che amava: se solo fosse riuscita a spiegarlo a quella gente là fuori, a suo fratello... ma tutti erano chiusi nelle loro idee.

«Chissà cosa ne direbbe Felice. È così lontano!»

Parlare con Sebastiano era come pensare ad alta voce e per questo le parole fluivano fuori con meno riserve.

«Penso a lui ogni sera, ma mi sembra che si sia perso chissà dove. Avrei bisogno di sapere dove si trova... com'è la casa dove sta, la gente che ha intorno... Chissà se sente la mia mancanza o se mi ha dimenticata.»

Lui ascoltava.

Da fuori arrivò Marinella. Gravida di quattro mesi, era andata a informarsi per il parto, per non pesare sulla famiglia dell'amica anche in quella circostanza.

Non aveva denaro per pagare la levatrice e, anche se Camilla gli aveva offerto aiuto, pensava che accettarlo avrebbe reso la sua condizione ancora più umiliante.

L'ospedale di Alba aveva un reparto per le partorienti povere, dono di una nobildonna, e contava di essere accolta lì.

Entrando, spinse la porta con impeto. Dopo qualche passo, fece volare le ciabatte che aveva ai piedi: la pelle delle caviglie era così tesa e gonfia che sembrava spaccarsi. Era stravolta.

Come se Sebastiano non ci fosse, si rivolse a Camilla, imprecando contro il mondo intero.

«La mia vita è finita! La mia vita è finita!»

L'uomo, imbarazzato, si appartò, fingendo di essere incuriosito dal quadro appeso al muro, il temporale incombente e la donna con i bambini in mezzo al campo di grano.

Marinella, in ospedale non l'avrebbero presa. Povera lo era, dato che i suoi genitori non volevano più saperne di lei, ma accettavano solo donne sposate e con il permesso scritto del marito. Però avrebbero accolto il bambino dopo la nascita.

Una suora le aveva fatto anche visitare l'istituto dove sarebbe cresciuto con le nutrici dell'ospizio. C'erano, in quel momento, sette o otto piccoli che giocavano in un cortile chiuso: puliti, ordinati. Ma quando lei e la suora si erano avvicinati, i bimbi avevano lasciato i giochi e si erano attaccati alle loro gambe, sembravano bestioline affamate, voraci di carezze, era impossibile staccarseli e la suora li sgridò con durezza per farli allontanare.

«Non voglio che mio figlio faccia questa fine.» Si alzava ansimante per l'ansia che la divorava, camminava nervosa, tornava a sedersi. Ad alzarsi.

«Non fare così, fa male al bambino!»

«Magari morisse!» E subito: «Dio, cos'ho detto? Cos'ho detto? Scusami, piccolino». Si passava le mani sulla pancia: «Perdona la mamma, è pazza».

Camilla con delicatezza la costrinse a sedersi.

Sebastiano toccò leggermente il quadro per raddrizzarlo e il chiodo emise un lieve rumore. Marinella improvvisamente si accorse della sua presenza, davvero lo vedeva solo in quel momento e lo sguardo buono di lui incrociò gli occhi sconvolti di lei.

«Che vergogna, che vergogna!» disse. Raccattò le ciabatte e scappò su per la scala.

«Marinella!»

Non ci fu verso di farla tornare.

Camilla si sentiva impotente e rabbiosa. La sua era una rabbia più forte della nostalgia per Felice, del dispiacere per la sua assenza, della preoccupazione per non sapere nulla di lui.

Rabbia per ciò che Marinella era costretta a subire, per l'ingiusta vergogna che aveva provato di fronte a un estraneo che aveva assistito alla sua disperazione.

Rabbia per quella stupida gamba di legno che le impediva di inseguire l'amica su per le scale e abbracciarla, consolarla, dirle di stare giù con loro, non c'è niente di cui vergognarsi.

Dio, sarebbe uscita in cortile, si sarebbe messa a gridare a chi era lì fuori a sbirciare e anche a chi non c'era, ma era comunque presente con giudizi e condanne, che ognuno pensasse a sé, che provassero a cercare dentro il proprio cuore un po' di pietà, se ne erano capaci.

Che se qualcuno aveva colpa non era certo Marinella, non erano suo padre e sua madre e lei stessa, che la aiutavano.

La colpa era di chi aveva abbandonato una ragazza innamorata, lei e il suo bambino, e l'aveva picchiata, umiliata. Non poteva essere sicuro che il figlio fosse suo? Comodo nascondersi dietro questa scusa, con il solo scopo di lavarsene le mani. Che bassezza, che malafede! Ah, se Camilla avesse avuto a portata di mano quel delinquente, per una volta avrebbe potuto usare la stampella con soddisfazione! Sulla testa gliel'avrebbe data, mille volte, finché non avesse cambiato idea.

Mentre inseguiva i suoi pensieri – che a volte diventavano parole, poi sprofondavano nuovamente nella sua testa, poi riemergevano con un pugno stretto, un sospiro profondo – Sebastiano si sentiva trasparente. Ma ci era abituato, lo era stato sempre, negli ultimi anni. Tranne quei brevi, preziosi spazi in cui i due innamorati lo avevano trattato con umanità.

«Scusami Sebastiano, sei capitato in un momento di confusione, non ti ho offerto nemmeno un bicchiere.»

Lui piegò leggermente il capo verso la spalla: non importava.

Sentì il bisogno di giustificare la sua visita, avrebbe tolto entrambi dall'imbarazzo. Fece con le mani qualche segno dell'alfabeto muto. Non ne conosceva abbastanza da comporre una qualsiasi parola, ma gli bastò fare una A, una C, le sole lettere dell'alfabeto che conosceva.

«Il libro dei segni, certo, sei venuto per questo!»

Lo pregò di andare lui stesso in camera sua al piano di sopra a prenderlo.

«Se vado io, con questa gamba, mentre aspetti, i ragni ti fanno le ragnatele intorno.»

Sebastiano sorrise.

Salì su con il cuore che batteva forte. Se avesse sbagliato porta? Aveva paura di violare l'intimità di Marinella, di ferirla ancora con la propria presenza.

Camminò piano, prese velocemente il libro dallo scaffale. Gli parve di sentire nell'altra stanza un pianto soffocato.

Scappò via, saltando i gradini a due a due, come un giovanotto.

25

Posta

Prese ad andare da lei due volte la settimana. Sebastiano era un bravo studente e, mentre lui imparava, Camilla scopriva segreti. Dalle sue mani che ripetevano i disegni del libro a quelle di Sebastiano che ne imitava i gesti e, pian piano, cominciava a esprimersi autonomamente, non erano solo parole quelle che prendevano forma, ma anni di pensiero taciuto.

Vedere e comprendere le prime parole del garibaldino fu come avere scavato nella terra e aver trovato un tesoro nascosto. Non oro o diamanti, ma semplici oggetti quotidiani, preziosi e indispensabili.

Sebastiano smise di sentirsi ridicolo e si convinse a usare anche le espressioni del volto e a stirare o arrotondare le labbra per simulare le vocali.

Disse prima *felicità*, poi *grazie*.

Quando riuscì poi a legare tre vocaboli, disse *tuo amore Felice*.

Espressioni dell'animo silenziose eppure forti, che furono fonte di fiducia e speranza per la ragazza.

Quando studiavano, Sebastiano preferiva che fossero soli, ma il problema non si poneva quasi mai, perché Ernestina era sempre in campagna: senza l'aiuto di Luigi c'era da fare dalla mattina alla sera, nonostante i braccianti.

Marinella si nascondeva, la pancia cresceva e la sua vergogna aumentava.

Se la sua presenza a casa Costa aveva creato un iniziale scalpore e le chiacchiere dalla cascina erano arrivate velocemente in paese, diventando argomento di discussione, dopo un po' nessuno ne parlava più e Marinella era sparita.

Non usciva mai, restava chiusa in camera tutto il giorno. «Non prende mai un filo di sole. Nascerà smorto 'sto bambino» diceva preoccupata Ernestina.

Solo di notte si affacciava sul balconcino nel retro della cascina, quello che dava sulla vigna.

Il ricordo di Remo, che dentro di sé chiamava ancora «il mio Remo» la tormentava.

Se si fosse pentito, ma non avesse il coraggio di andare a cercarla? Magari non sapeva dove trovarla. Certo, in paese non era un segreto il fatto che era stata accolta dalla famiglia Costa, ma la gente è strana, allo stesso modo sa chiacchierare e far silenzi di tomba, scegliendo a casaccio il proprio comportamento.

C'erano state le botte, quelle parole così cattive, e Camilla le aveva raccomandato di non riprendersi uno così, anche se fosse tornato. Ma forse con il tempo sarebbe cambiato, lei lo avrebbe cambiato. Questi pensieri le giravano in testa come mulinelli in fondo a certi torrenti che sembrano calmi, ma se ti tuffi ti tirano sotto.

Giorno e notte si immergeva in quell'acqua malfida e rischiava di annegarci.

Camilla, dopo cena, quando tutto era sistemato in cucina, la raggiungeva sul balconcino per un po' di tempo, ma non avevano il coraggio di confidarsi.

Marinella aveva pudore a mostrarsi ancora innamorata e l'altra temeva di turbare l'apparente tranquillità dell'amica mettendola al corrente delle proprie ansie.

«A che cosa pensi?»

«A niente.»

«Come stai?»
«Abbastanza bene, grazie.»

Preferiva così ritirarsi anche lei in camera a cercare Felice sulla carta geografica, nelle pagine sottolineate dei libri, nelle note a margine che decifrava e trascriveva su un quaderno, una dietro l'altra, un racconto sconclusionato e coerente al tempo stesso. Dubbi, considerazioni, riferimenti nati dall'intelligenza dell'amato ne costituivano la trama. Era certa che quando l'avrebbe letto lui stesso si sarebbe stupito della propria profondità di pensiero.

Ogni volta che arrivava il postino nel cortile, Camilla scostava la tendina della finestra per vedere se avesse qualcosa per lei, ma il ragazzo, che arrivava gridando «Posta!», ormai da troppo tempo passava davanti alla sua porta senza fermarsi.

Finalmente una mattina fece tappa proprio lì. Chiamò lei, ma non solo.

Prima del suo disse il nome di Berta, che corse fuori piena di stupore.

«Sicuro che è per me?»

«Alberta Rissone?»

«Sono io!» rispose, cercando di mettere sull'attenti la schiena che stava cominciando a incurvarsi.

«Allora è per voi.»

La donna si rigirò la busta tra le mani, la tenne con delicatezza come fosse viva, un cucciolo o un fiore in boccio. Era così emozionata che quando Camilla uscì gliela mostrò con un sorriso, poi la fece sparire nella tasca del grembiule, pentita di aver condiviso quell'oggetto prezioso.

Gelosa del mistero che celava, scomparve dentro casa.

La ragazza, incurante del travaglio della vicina, allungò la mano verso il postino, certa che finalmente portasse notizie di Felice.

«Mi mettete da parte anche questi?» chiese il ragazzo consegnandole la corrispondenza.

Si faceva regalare i francobolli stranieri, li adocchiava e ogni volta che in una casa arrivava una lettera dall'estero ripeteva la sua richiesta.

«Ne arrivano dall'Argentina, dal Brasile, ma anche dal Belgio e dalla Francia. Li incollo tutti su un quaderno. Ogni tanto li guardo e sogno di girare il mondo» disse.

Camilla acconsentì distrattamente, già si era vista con la lettera in mano, mentre leggeva chiusa in camera o lontano da casa, in un luogo solitario, magari sotto il noce.

La delusione nel vedere una missiva di Luigi fu forte.

Aveva scritto al fratello ancora prima che Felice partisse per la Francia.

Lo aveva fatto travolta dall'onda d'entusiasmo con cui il suo fidanzato era riuscito a contagiarla, comunicando a Luigi tutta la gioia che provava al pensiero di partire, di fare quel lungo viaggio sull'oceano e vedere New York, così come il fratello stesso l'aveva descritta. Sembrava stesse parlando di una lunga e avventurosa vacanza e non del viaggio dei due emigranti in cerca di fortuna che sarebbero stati.

Sui libri aveva cercato immagini della città e ne era rimasta affascinata, un mondo straordinario. In quella lettera aveva scritto che sarebbe stata contenta anche di rivedere il suo fratellone, così lo chiamava, di conoscere Camilla la cognata, ma soprattutto era certa che sarebbe cominciata per lei e suo marito una vita meravigliosa. Là nessuno li conosceva e la gente sarebbe stata così indaffarata da non occuparsi di lei e della sua gamba di legno. Si sarebbe sentita una donna normale.

Gli chiedeva informazioni su dove avrebbero potuto abitare e su quale occupazione avrebbe potuto essere adatta per Felice che sì, era forte e capace anche di fare lavori pesanti, ma che con la sua intelligenza e cultura avrebbe forse potuto trovare qualcosa di meglio. E anche lei avrebbe potuto darsi da fare, un lavoro che si facesse da seduti sarebbe stato perfetto. Se poi avessero trovato un bottega, avrebbero potuto gestirla insieme, lei e suo marito.

Camilla, mentre chiudeva la busta, aveva sentito il bisogno di metterci dentro qualcosa che le appartenesse. Si era ricordata della sua abitudine di fare appassire i petali di fiori tra le pagine di un libro. Era il libro che le aveva comprato suo papà a Torino, il primo della sua vita. Non aveva mai saputo come andasse a finire, se gli innamorati fossero riusciti a sposarsi, ma ogni anno metteva fiori a seccare tra un foglio e l'altro.

Rose, violette, fiordalisi. Anche i papaveri che erano i più delicati, bastava un niente e si sfaldavano. Ormai le pagine erano un giardino: i petali erano diventati sottili, quasi trasparenti, ma profumavano ancora. Ne aveva presi di rossi, gialli e azzurri e li aveva infilati nella busta. Finalmente le pagine avevano il colore e il profumo adatti al suo entusiasmo.

Quando il postino le mise tra le mani la risposta di Luigi, le sembrò un oggetto grigio, scuro. Forse aveva preso umidità e si era sporcata nel viaggio.

Invece che lacerare la busta per la frenesia di leggere, come faceva di solito, la affrontò diffidente, infilando un coltello nella piega e risecando il bordo con precisione. Restò a osservarla per un po' senza aprirla, quasi volesse punirla per non essere la lettera che aspettava.

Estrasse infine l'unico foglio tenendolo con due dita e lesse.

Come sempre per mano della moglie, Luigi diceva che stava bene, che entrambi avevano un lavoro. Lei scriveva e leggeva le lettere per gli emigranti analfabeti, cosa che le consentiva di rimanere a casa, e lui era manovale al porto. Il lavoro era pesante, ma ben pagato.

Veniva poi la parte ferale della lettera.

Cominciava con: «Scusami sorellina, ma devo essere sincero».

Le sconsigliava di intraprendere il viaggio, gli italiani in America avevano vita difficile.

«Ci accusano di essere delinquenti, stupratori addirittura. Dicono che puzziamo, che siamo bassi e scuri e a loro non piace. Anch'io, che sono alto come loro, anche di più, mi sento un nanetto quando mi guardano.»

Camilla sentì il sangue ribollire. Come si permettevano di pensare tali ingiurie di gente che andava là per lavorare, di disprezzare intere famiglie che avevano sofferto per il lungo viaggio e affrontato l'ignoto piene di speranza, lasciando case e affetti, per sfuggire la miseria? E com'erano poi, questi americani? Erano forse più belli di suo fratello, che era un fiore di ragazzo, alto, robusto e aveva anche gli occhi azzurri? Continuò a leggere, offesa, ma per nulla disposta a rinunciare al suo progetto di partire.

Per essere ancora più convincente, Luigi elencava tutti i tentativi che avevano fatto per trovare una casa, dopo che dalla prima erano stati sfrattati senza motivo. Agli italiani affittavano solo appartamenti fatiscenti, per poi dire che erano persone sporche e incivili. Era necessario avere un grande coraggio per resistere.

«Ma perché, io non avrei coraggio, fratello mio?» disse Camilla ad alta voce, nel mezzo della lettura.

«Ne hai da vendere.»

Marinella era scesa silenziosamente in cucina. In un altro momento sarebbe stata una bella sorpresa, mentre ora Camilla era tutta compresa nei suoi stati d'animo, prima lo sconforto per la lettera mancata di Felice, ora il disappunto: ce l'aveva con gli americani che promettevano sogni per poi disilluderli e un po' era arrabbiata con suo fratello, che dimostrava di non avere fiducia in lei e nella sua capacità di affrontare le difficoltà.

L'amica si sedette accanto alla finestra, nascosta dalla

tenda. Si riempì il grembiule di patate, prese il coltello, in silenzio.

«È Luigi? Che cosa dice?»

«Tutto bene.»

«Una pagina di "tutto bene"? Non mi dici mai niente di te.»

Aveva ragione. L'amica si era confidata, aveva dimostrato di avere fiducia in lei chiedendole aiuto in un momento tragico della sua vita, mentre lei niente, sempre zitta, riservata.

«Forse pensi che sono scema.»

«No.»

«Sì, invece. Sono sempre stata meno intelligente di te. Anche a scuola ero un'asina, mi dovevi suggerire tutto, ti ricordi? Però certe cose le capisco.»

Costretta ad abbandonare il grumo di pensieri in cui avrebbe voluto restare chiusa, Camilla si rese conto che da sempre aveva desiderato di potersi confidare, ma era abituata a cavarsela da sé.

Sua madre la capiva con gli sguardi, ma le cose dette con chiarezza la gettavano in uno stato di preoccupazione tale da dover poi consolare lei, anziché trovare conforto. Suo padre, sempre troppo stanco, c'era nei momenti importanti, ma era un uomo, si distraeva. Per ora, poi, i genitori non dovevano sapere i suoi programmi.

Sentendosi accolta, parlò a lungo del progetto di partire per l'America, di Felice, dei propri sentimenti per lui.

«Ti ricordi quando dicevo che non mi interessava sposarmi, che non mi sarei mai innamorata? Invece l'amore è arrivato senza cercarlo.»

Le lesse poi la lettera di Luigi, pregando però di non farne parola con i genitori.

Dopo si sentì sollevata. Tutta quella vita covata in segreto e finalmente condivisa con qualcuno si era fatta più leggera.

Era bello avere un'amica.

L'altra smise di sentirsi inutile e si rallegrò nel vedere che Camilla, via via che si sfogava, diventava sempre meno accigliata e lentamente si illuminava parlando di quanto Felice fosse innamorato, sensibile, colto, intelligente, deciso a tutto pur di averla.

Marinella non poté fare a meno di fare il confronto con colui che fino a poche ore prima era ancora «il mio Remo».

Felice le apparve un gigante, l'altro un meschino.

Da quel giorno Remo sparì dalla sua mente e la giovane dormì sonni sereni.

26

In vino veritas

Non disse ai suoi di Luigi. Era la prima missiva in cui esprimeva disagio e un certo pentimento per essere partito, ma chissà, forse si era inventato tutto per far desistere la sorella dal suo progetto. E se anche fosse stato vero che gli italiani emigranti venivano ingiuriati e disprezzati non importava, a lei gli insulti non facevano né caldo né freddo, ci era abituata.

La cattiveria americana non doveva essere poi così diversa da quella del suo paese.

La gente è uguale dappertutto, pensava, e non c'era ragione di cambiare i suoi piani.

Ernestina e Giovanni ancora non sapevano nulla e non era il caso di farli preoccupare anzitempo.

Passata l'estate, dopo la vendemmia, li avrebbe informati.

Nel frattempo Marinella avrebbe partorito, i genitori si sarebbero affezionati subito al bambino e non avrebbero voluto lasciarli andare via.

Dove sarebbe potuta andare una donna sola con un figlio? Nessuno le avrebbe dato una casa né un lavoro. A casa sua lo spazio c'era e l'amica sarebbe stata in sua assenza un aiuto e una consolazione per i genitori. Il piccolo avrebbe portato allegria.

Che fine avrebbe fatto Agostino, solo lui lo sapeva. Era diventato abilissimo, muoveva veloce le dita intorno ai rami sottili e lucidi, il legno obbediva docile alla sua volontà, piegandosi nella giusta direzione.

Inventava nuove forme e impieghi originali per ciò che, inizialmente, era stato utile solo per gerle e cestini e si era costruito addirittura un letto. Nel silenzio della notte estiva si udiva il lamento delle fibre del vimini che sfregavano tra loro, sotto il peso dei movimenti del sonno.

Applicando ruote ai canestri più grandi, che rendeva sempre più accoglienti e belli, produceva culle per i bambini che nascevano nei dintorni e le vendeva a prezzi bassi. Erano tante le mamme che le richiedevano, contente di concedersi il lusso di non far dormire il neonato nel cassetto aperto del comò, e Luigi aveva messo su un vero e proprio commercio.

In casa, da quando Marinella era stata accolta, non entrava più, viveva tra le sue ceste, sotto il portico. Per mangiare si arrangiava con qualcosa che gli portava sua madre e talvolta lo invitava Berta a dividere con lei quel che aveva, le verdure dell'orto, le uova fresche.

«L'ho sempre detto che tu eri il migliore in quella famiglia!» lo adulava.

Per ringraziarla il ragazzo aveva intrecciato un piccolo sgabello per appoggiare i piedi e lei se ne vantava quando sedeva davanti casa la sera a lavorare al tombolo con le amiche, mettendolo in bella mostra.

Finché faceva caldo il portico andava bene, ne aveva ricavato un angolo ospitale, ma con la nebbia e la neve sarebbe diventato impossibile vivere lì: in qualche modo, si sarebbe dovuto venire a patti.

Quel figlio là fuori era un cruccio per i genitori, e lo era anche per Camilla.

Aveva provato a parlargli.

«Hai giocato con lei, quando eravamo bambini. Andavi matto per Marinella!»

Sembrava non averne memoria.

«Fratello mio, non è una fatica stare con il dito alzato a

dire questo è giusto, questo è sbagliato? Devi stare sempre attento a non sbagliare tu per primo, per essere meglio degli altri. Non è più semplice cercare di capire le persone?»

«Ma io ho capito bene la tua amica: le piaceva il batacchio e se l'è preso.» Gli uscì una risata sguaiata, compiaciuta.

Camilla aveva un piede finto, un piede vero e una stampella. Calcolò l'equilibrio, liberò l'arto buono e assestò un colpo a una pila di ceste che caracollarono a terra, spargendosi per l'aia.

«Sei una vigliacca!» urlò il fratello, rincorrendo le sue creazioni che rotolavano tra polvere e cacche di gallina. «Non venire mai più a rivolgermi la parola.»

Nei giorni successivi lo videro armeggiare con legno e chiodi. Costruì un recinto intorno al portico. Per quanto l'intenzione fosse bambinesca e meschina, non si poteva negare che il ragazzo fosse davvero dotato di grande capacità e fantasia. Il suo confine con il mondo risultò solido e aggraziato.

Sua madre lo guardava lavorare con le lacrime agli occhi.

«Vieni a casa!» insisteva Ernestina. «Mi piange il cuore a vederti lì fuori.»

«L'aria fresca mi fa bene, non starnutisco più.»

Camilla, che li osservava dalla finestra, si rese conto solo in quel momento che le raffiche di starnuti che riempivano da sempre le giornate di suo fratello non si erano più sentite.

Giovanni tornò come al solito tardi. Camilla era ancora sveglia, ormai i suoi viaggi in giro per le carte geografiche – che immaginasse l'America o si avventurasse nel Sud della Francia, tra l'Occitania e la Camargue a cercare le coste sfrangiate dove erano le saline – non le aggiungevano altro che inquietudine.

Ora che aveva deciso, niente poteva distoglierla dal suo disegno di emigrare e sperava che Felice non avesse cambiato idea.

Era un tormento non sapere dove e come pensarlo, non avere la descrizione della casa in cui viveva, dei gesti che faceva. Gli aveva chiesto, alla partenza, di raccontare in una lettera ogni particolare della vita che conduceva, perché lei potesse nutrire l'immaginazione, unica fonte di serenità.

I ricordi, gliel'aveva detto, l'avrebbero fatta soffrire e il futuro era avvolto nell'incertezza. Per placare l'ansia dell'assenza aveva bisogno di presente, seppure vissuto in lontananza.

Ma Felice taceva.

Il padre gironzolò per la cucina, si versò da bere, poi salì e bussò alla camera della figlia. Camilla non se l'aspettava, non a quell'ora.

Entrato, non aveva la sua faccia di sempre.

«Ti devo parlare.»

«A me, da sola?»

Non rispose e prese la seggiola.

Di solito, quando si fermava a chiacchierare con lei, si appoggiava sul bordo del letto. Invece quella sera si sedette a distanza.

Restò in silenzio a guardarsi i piedi, le mani intrecciate davanti, tra le ginocchia. Poi si decise, come se le parole, prima di uscire, gli fossero andate su e giù per la gola più e più volte, un bolo che non poteva più ingoiare.

«Sono lo zimbello del paese e la causa sei tu.»

Una freccia al cuore avrebbe fatto meno male. «Non ne fai una giusta e io e tua madre scemi, che ti diamo retta.»

Suo padre non l'aveva mai rimproverata con tanta asprezza.

«Non capisco...»

«Te lo spiego» disse sarcastico.

Da quando si era saputo che faceva vivere fuori casa il

figlio per accogliere al posto suo *la sposa* gravida, le critiche e la manifesta disapprovazione non si erano fatte aspettare. Quella mattina gli avevano sversato un mucchio di letame davanti alla porta dell'osteria, aveva dovuto pulire tutto il giorno per togliere non solo tutto quel materiale, ma anche la puzza di cui si erano intrisi il pavimento e tutto il locale.

«Guarda!» mostrò le mani, aveva ancora lo sporco sotto le unghie.

E nessuno, quel giorno, era entrato a bere o a prendere un caffè.

«Ti abbiamo accontentata e questo è il bel risultato.»

«Mi spiace papà, non volevo...»

Non la lasciò parlare.

«È tutta la vita che non volevi!» disse alzando il tono.

La mano sulla spalla, lo sguardo su di me, la fotografia, non ricordi papà? Questo pensava Camilla, ma non parlò. Sentiva solo le tempie che pulsavano, il respiro corto, e non aveva la forza di controbattere.

Tutto vacillava, stava per venire giù l'impalcatura che l'aveva tenuta in equilibrio da sempre.

«Ogni cosa che è successa, da sempre, è perché hai voluto fare di testa tua.»

Il tempo tornò indietro di dodici anni, una bambina saltava felice nelle pozzanghere, una carrozza la investiva, la bambina cadeva, un uomo gridava: «La strada è libera».

Dunque, la colpa era sua. Se non fosse uscita quella notte, niente sarebbe successo. Questo pensava suo padre.

L'animo di Camilla chiedeva pietà, sperava non dicesse più nulla, che non infierisse, perché aveva raggiunto il massimo di ciò che poteva sopportare. Aveva il buio dentro.

Sentì passi di piedi nudi sulle assi del ballatoio. Entrò sua madre in camicia da notte. I capelli sciolti, lunghi, scarmigliati.

Andò dritta verso il marito, lo annusò.

«Hai bevuto, di nuovo.»
Lo prese per mano.
«Vieni a letto.»
«Sto parlando con mia figlia.»
«Le parli domani, ora non sai quello che dici.»
Lo fece alzare dalla sedia, lui si lasciò condurre verso la porta.
Ernestina, cogliendo lo stato d'animo di Camilla, lasciò per un momento la mano del marito che restò in piedi, fermo, come se da solo non sapesse dove andare.
La madre si avvicinò a Camilla, fece una smorfia affettuosa e, senza sapere quale fosse la questione, le diede il suo appoggio. E una carezza.
«Dormi» le disse.

Giovanni passò una notte agitata, russava forte e si rigirava facendo cigolare il paglericcio. Ernestina non chiuse occhio. Camilla sprofondò in un sonno che somigliava a quello che le avevano provocato artificialmente durante l'operazione.
Si svegliò tardi, lo stomaco stretto e un'aria di desolazione intorno: avere perso la complicità di suo padre era un dramma.
Quando scese, la porta della sala delle poltrone era aperta, l'aspettavano.
Ernestina sembrava aver indossato di nuovo la veste di riorganizzatrice del mondo: in piedi, fingendo di pulire la stanza, sembrava con ogni suo gesto dire a suo marito: «Zitto, parlo io».
Infatti lui se ne stava seduto, sobrio e silenzioso.
Prima che sua madre parlasse, Camilla ebbe solo il tempo di interrogare con lo sguardo la Madonna. La mano pendula dal trono non solo sembrava essersi pentita di avere, tempo prima, indicato a Camilla la porta di uscita, ma anche il solito gesto di disponibilità e apertura si era rattrappito, come in un freddo abbandono.

«Allora» cominciò «intanto tuo padre si scusa per come ti ha parlato.»

Camilla e Giovanni si guardarono negli occhi: lui fece sì con la testa, ma le parole della notte prima avevano alzato tra loro uno steccato del tutto simile a quello costruito da Agostino, davanti al porticato.

«Ma...» continuò Ernestina alzando il dito e tenendolo così, ritto, mentre raggiungeva la poltrona.

«Ma qualcosa di giusto l'ha detto!»

Avrebbero riso, una volta. E si sarebbero dati di gomito loro due, ironizzando complici sulla concessione fatta dalla grande ordinatrice, nel riconoscere al marito il contentino del *qualcosa di giusto.*

Cercò lo sguardo del padre per cercare un segno che l'autorizzasse a sorridere, ma non lo trovò.

Il tono di Ernestina si fece meno severo.

«Tuo padre e io siamo d'accordo sul fatto che per noi è troppo. Non possiamo sopportare che tuo fratello viva fuori casa.»

La figlia fece per ribattere, ma il padre la prevenne: «Non m'importa che abbia torto o ragione: questa è casa sua e qui deve stare».

Ernestina lanciò un'occhiata al marito, a controllare che non parlasse troppo.

Nel silenzio che accompagnò quello sguardo, Camilla immaginò di provare a prendere a tutti i costi la mano della Santa Vergine, ma ebbe la sensazione che avrebbe potuto tirarla via, infastidita.

«Camilla» riprese la madre «noi vogliamo bene a Marinella, ma soprattutto vogliamo bene a te. Ti abbiamo sempre lasciata libera, ti abbiamo assecondata in tutti i tuoi desideri, ma non possiamo fare questa ingiustizia a nostro figlio.»

C'era poco da discutere, i genitori erano solidali e, soprattutto, non si poteva dare loro torto. Decisero che Marinella sarebbe potuta rimanere in casa fino al parto, ma poi avrebbe dovuto trovare una sistemazione per sé e il bambino.

Gliel'avrebbero spiegato loro, se lei non se la fosse sentita, ma Camilla preferì occuparsene personalmente.

«Datemi solo un po' di tempo» chiese.

«Quanto?»

«Facciamo passare l'estate.»

Le fu accordato, seppur con qualche brontolio da parte di Giovanni.

Si sentì sciocca per aver pensato che Marinella e il bambino sarebbero stati addirittura una consolazione per i suoi.

Forse il loro comportamento, oltre che con l'affetto per Agostino, aveva a che fare con la stanchezza. Non era facile essere da sempre e per sempre malvisti, oggetto di critiche e disapprovazione. Chissà quanti erano, tra quelli che ancora frequentavano la locanda, a fare battute indecenti sulla poco di buono che Giovanni si teneva in casa e sul piccolo bastardo che sarebbe nato.

Camilla comprendeva il disagio dei suoi genitori e si rammaricava della leggerezza che aveva dimostrato nel valutare i loro sentimenti. Avrebbe potuto cercare di farsi perdonare, promettere che avrebbe trovato una soluzione a tutto, anche se non riusciva a immaginarne alcuna, ma non sarebbe servito a non farla sentire come se il terreno franasse sotto di lei.

Era il non detto, o meglio, ciò che era stato detto a causa del vino, rimasto sospeso nell'aria della camera da letto, che ronzava nella testa di Camilla dalla sera prima, più rumoroso di tutte le mosche che quell'estate così calda era stata capace di generare.

Suo padre l'aveva accusata di essere la causa di tutti i loro guai.

Le aveva rinfacciato di voler fare di testa sua, comportamento che lui stesso le aveva insegnato e che l'aveva da sempre reso fiero: non c'era ubriachezza che potesse inventare dal nulla le pesanti parole che aveva usato e non valevano le scuse a cui era stato costretto per tranquillizzare Camilla.

Qualcosa, che non era venuto a galla, era successo.

Il senso di protezione che la fotografia aveva fissato nel tempo si era trasformato in rimprovero. Giovanni le aveva tolto la mano dalla spalla.

Camilla avrebbe dovuto scoprire perché.

27

Peppo

Berta, seduta in cucina, aveva aperto la busta piano piano, per non rovinarla.

Spolverato il tavolo, lavate le mani, aveva disteso ben aperto, lisciandolo, un foglio giallino, leggero, scritto con inchiostro nero.

Di più non poteva sapere. Berta non sapeva leggere.

Smaniava. Avrebbe voluto evitare di informare chiunque del contenuto della lettera, ben sapendo che il vizio di divulgare i fatti degli altri non era una prerogativa solo sua, anzi, una folta schiera di suoi simili era pronta, bocche e orecchie ben aperte, a far circolare notizie arricchite di particolari e commenti.

Alla fine si decise. Raccolse due peperoni nell'orto, li mise sul fuoco, ci schiacciò dentro due acciughe cotte nell'aglio e invitò Agostino.

Mentre il ragazzo si ingozzava – gli aveva tagliato anche una bella fetta di formaggio – Berta fremeva, non vedeva l'ora che finisse per farsi decifrare la missiva.

Finalmente fu il momento di mettergliela sotto gli occhi.

«Mi è arrivata questa.»

Cercò di assumere un tono piatto, distratto.

«Le dai un'occhiata, per favore?»

Agostino la prese, lasciando sul foglio una ditata di unto.

«Cara cugina» cominciò.

Convinta di essere sola al mondo, ormai dimenticata dai parenti, Berta ebbe un fremito e si dimenticò di ostentare distacco.

«Chi è che scrive?»

«Tuo cugino Giuseppe, detto Peppo.» Berta non ricordava nessuno con quel nome, ma disse: «Ah, sì, Peppo».

La lettera, breve, continuava dicendo che sarebbe capitato dalle parti di Alba entro l'estate, avrebbe avuto bisogno di essere ospitato per un breve periodo e sperava che lei fosse disponibile a offrirgli un paglericcio per qualche notte.

«Avremo così modo di ricordare insieme i bei tempi della nostra infanzia.»

Venivano i saluti e la firma con la gambetta della «o» di Peppo che si prolungava in un ricciolino.

Agostino riconsegnò il foglio, per nulla incuriosito da ciò che aveva letto, ma ugualmente, mentre usciva già preso da pensieri suoi, Berta si portò il dito sulla bocca. L'altro alzò le spalle a dimostrazione del proprio disinteresse.

«Peppo, Peppo, Peppo.» Berta cominciò a tormentarsi. Il rossino che le metteva i rospi negli zoccoli? No, quello si chiamava Enrico, maledetto! Allora quell'altro che la chiamava nasona? Era Ugo. E il tipaccio più grande, che si era tirato giù i pantaloni e le aveva detto: «Guarda che bello»? Lei non aveva visto niente di bello ed era scappata. Quella visione l'aveva fatta sentire sporca per tanto tempo, per giorni non era uscita di casa. Chissà se per colpa sua non si era mai sposata. Si chiamava Eraldo, ne era certa.

«Peppo, Peppo.» Come poteva ricordare? Erano passati quarant'anni. Cresciuti tutti insieme, fratelli e cugini in una grande cascina in mezzo alle risaie, su nel vercellese.

Chiunque fosse, Peppo mentiva, non erano stati bei tempi, almeno non per lei.

Quando il tifo si era portato via suo padre e sua madre a distanza di pochi giorni l'uno dall'altra, non aveva più voluto saperne di riso da mondare, sanguisughe e zanzare. Era scappata di casa e quel paese vicino ad Alba l'aveva accolta ormai da anni. Era stata prima una bracciante, ma piano piano si era conquistata il suo pezzo di terra, la vigna, la stalla, due stanze nella cascina. Stava bene.

Chi era questo Peppo che voleva rivisitare con lei il passato?

Lo temeva, ma al tempo stesso la curiosità la divorava, così da quel momento, e nei giorni successivi, ogni volta che sentiva dei passi nell'aia, le sudavano le mani per l'emozione, sperando di vedere finalmente in faccia il misterioso Peppo.

Qualche giorno dopo bussarono ai vetri della finestra di sotto e Marinella, intenta a cucire una cuffietta per il piccolo, scostò leggermente la tenda.

«C'è uno» disse.

Ernestina andò alla porta.

Un uomo non più giovane, ancora bello, capelli e barba bianchissimi, le sorrise, già pronto ad abbracciarla: «La cugina Berta?»

A Ernestina dispiacque non essere la destinataria di quell'abbraccio: indicò all'uomo la porta giusta, che era stata lasciata aperta a metà.

«È là.»

L'uomo ringraziò con un inchino, presentandosi.

«Giuseppe, ma mi chiamano Peppo. Sono il cugino di Alberta. Cugino alla lontana» ci tenne a specificare.

Berta non c'era.

«Permesso?»

Entrò, le avrebbe fatto una sorpresa.

Notò la lettera che aveva spedito, esposta ben in vista sulla madia. Era un buon segno: se non era stata stracciata, sarebbe stato ben accolto.

La donna tornò dopo due ore e lo trovò addormentato sulla sedia, il capo sul tavolo. Non poteva che essere il cugino Peppo.

Si avvicinò in punta i piedi e andò a sedersi dall'altra parte del tavolo, in attesa che si svegliasse, cercando di insinuarsi con lo sguardo tra le braccia conserte dell'uomo che facevano da cuscino, per rubare qualche particolare del suo volto, ma ne vedeva solo la fronte, l'attaccatura dei capelli folti e canuti, le orecchie. Il respiro pesante del sonno aveva un ritmo piacevole, era una presenza rilassante che rompeva il vuoto a cui era abituata.

Silenziosamente prese il lavoro all'uncinetto per bordare l'ennesima tovaglia che sarebbe finita nel baule: tutto quel corredo, mai utilizzato, che fine avrebbe fatto alla sua morte?

Mentre contava i punti per cominciare a calarli, l'uncinetto si sganciò dal filo e cadde a terra tintinnando.

Peppo alzò la testa, la vide.

Subito si sporse per abbracciarla attraverso il tavolo, che quasi glielo rovesciava addosso: «Cugina!»

Sovrastata, si lasciò afferrare dalla sua foga.

Dopo l'affettuosa stretta a cui la donna si sottopose con difficoltà, tutta la schiena e il collo che scricchiolavano, lui girò intorno al tavolo e le si parò davanti per farsi guardare.

«Ti ricordi di me?»

Che bel viso aveva! Due occhi pieni di luce, un sorriso con tanti denti, due bei baffi. Un po' di pancia, che nell'uomo non guasta. Si sentì orgogliosa di essere parente di uno così.

«Gli occhi non invecchiano» si disse e ci costruì intorno un volto bambino, scavando nella memoria, ma niente.

Quante cose aveva dimenticato, quanto della sua vita passata non esisteva più.

Non voleva deludere Peppo, né arrendersi all'evidenza che la sua mente dimostrava di fare acqua.

«Sì, mi ricordo» disse debolmente.

«Bene, allora festeggiamo.»

«Festeggiamo, sì, sì.»

Berta fece per andare in cantina a prendere una bottiglia, Peppo la fermò: sarebbero andati in paese.

«Vai a farti bella, cugina.»

Aveva solo un pezzo di specchio, appeso in alto, che le serviva per vedersi mentre fissava con le forcine le trecce sopra la testa. Non le scioglieva tutti i giorni, ma una volta ogni sette, e si ricordò con disappunto che la settimana era scaduta quella mattina; si guardò la testa, i capelli che svolazzavano da tutte la parti. Era un mostro, altro che farsi bella. Staccò lo specchio dal muro, lo avvicinò al volto, sentì di essere un naso e basta. Ma che le importava mai di piacere a un cugino di cui nemmeno ricordava l'esistenza?

Sotto i portici la voce di Peppo risuonava potente, mentre ricordava i giochi dell'infanzia, la fionda che lui aveva costruito, l'albero su cui si arrampicavano. A Berta sembrava che tutti li ascoltassero e, incontrando sguardi di stupore – mai era successo di vederla passeggiare con un uomo – si preoccupava di ripetere a ognuno: «Mio cugino», «È mio cugino», «È arrivato mio cugino».

Cercava di camminare un passo indietro, ma lui si fermava ad aspettarla. Allora provava ad affrettare il passo e la raggiungeva con una sola falcata.

Quando la prese sottobraccio dovette dirgli: «No Peppo, così è troppo».

«Ma siamo parenti!»

Continuò il resto della passeggiata rigida come un bastone, il braccio le faceva male tanto si sforzava di tenerlo scostato, a creare distanza tra loro.

Mai e poi mai qualcuno aveva trovato da ridire su di lei, il suo comportamento era stato sempre impeccabile e ora, a causa di Peppo, si trovava esposta alle critiche come tutti i poveri mortali che fino a quel momento erano caduti sotto la scure dei suoi giudizi.

Quando entrarono all'osteria di Giovanni, Berta ebbe la sgradevole sorpresa di trovare dietro al bancone l'ultima persona a cui avrebbe voluto mostrare che, tutto sommato, la compagnia di Peppo le metteva allegria: Camilla.

Aveva voluto aiutare suo padre fin dalla mattina.

Da quando Felice era partito non si era più fatta vedere in paese e, sbrigate le faccende, aveva passato le giornate a studiare.

Marinella si dava da fare, la gravidanza non le impediva di spazzare e cucinare, così il tempo a disposizione per lo studio era addirittura aumentato, ma dopo la discussione con i genitori non riusciva più a concentrarsi. Aveva deciso di trascorrere qualche ora con suo padre, per cercare di capire cosa fosse accaduto tra di loro.

Giovanni restava indifferente a qualsiasi tentativo della figlia di penetrarne i pensieri. Lei gli chiedeva se fosse preoccupato per il calo dei clienti dell'osteria, ma lui minimizzava, in fondo il lavoro stava riprendendo e forse l'anno successivo avrebbero ricominciato a cucinare.

Allora si informava su come si sentisse e lui diceva che, compatibilmente con la vecchiaia che avanzava, le forze non gli mancavano.

Camilla aveva timore di parlare esplicitamente delle parole dette quella notte, il cui strascico doloroso non si era disperso ma, anzi, continuava a tormentarla.

Suo padre ostentava serenità, ma beveva tanto. Cominciava con il bianco la mattina e andava avanti con il bottiglione, un goccetto alla volta, fino a sera. Era un oste abituato all'alcol e il vino sembrava non fargli alcun effetto.

Camilla si chiedeva quanto potesse averne ingoiato, quella sera, per arrivare a dire cose che non pensava. A meno che, nonostante avesse in qualche modo ritrattato, non fosse quella la vera opinione che aveva di lei.

Non appena i due cugini si furono seduti, Berta disse: «È mio parente» a una Camilla la cui mente era occupata da tutt'altro.

Ricordò però tra sé una frase che aveva studiato pochi giorni prima sul libro di latino: «*Excusatio non petita...*»

Berta si giustificava senza che le fosse stato chiesto niente. Stava sperimentando il disagio di sentirsi osservata e Camilla ne ricavò una certa soddisfazione.

La donna aveva perso la sua solita aria cupa, si lasciò convincere anche a bere un bicchiere, mai nessuno l'aveva vista così socievole.

Mentre Peppo raccontava a Giovanni da dove veniva, perché era venuto, Camilla osservava suo padre: sembrava sereno. Poi, appena si rivolgeva a lei, un'ombra gli passava sul viso, la voce suonava piatta, sbrigativa e, al tempo stesso, dura. Ma la ragazza era così confusa da non capire più se le sue sensazioni fossero reali.

Intanto il vino scaldava il sangue addormentato che scorreva nelle vene di Berta, la donna fu improvvisamente contenta del vento caldo che si era alzato e soffiava dentro polvere e curiosità, pronta a trasformarsi in critica. Nessuno meglio di lei sapeva che voci sarebbero circolate.

«Guarda 'sta vecchia», «Se quello è suo cugino io sono sua maestà re Umberto I».

Qualsiasi cosa avessero detto, per la prima volta si sentiva al centro dell'attenzione per qualcosa che riguardava proprio lei e non le faccende altrui di cui amava occuparsi.

E le piaceva.

Peppo tornò a sedersi al tavolo, le chiese di brindare, lei lo insultò scherzosamente dicendo che era una cosa da ubriaconi, ma quando lui avvicinò il bicchiere lasciò che il vetro tintinnasse, sprigionando allegria.

«Quanti anni sono che non ci vediamo?» chiese lui.

«Eh, tanti.»

«Trenta?» azzardò. «L'ultima volta potevamo avere dieci, dodici anni.»

Berta abbassò lo sguardo. «Non si dice l'età di una signora» commentò, svelando un'inaspettata vanità.

Peppo confessò di essere stato in paese mesi prima per certi lavori, gli stessi per cui era venuto ora, e gli era parso di averla vista mentre camminava sotto i portici, proprio da quelle parti, ma non aveva osato avvicinarsi.

«Sì, è possibile» confermò lei.

Poi ci pensò. «Per quali lavori?»

Schioccò le labbra, con amarezza.

«Non so se ti ricordi che da bambino disegnavo bene.»

Berta mentì nuovamente, assentendo.

Lui allora si infervorò nel racconto. Quando si era trasferito con la famiglia per qualche anno in Belgio, dove il padre aveva lavorato, lui era andato a bottega da un pittore e aveva imparato a usare i pennelli, i colori, a lavorare il legno.

«Sei un pittore?»

«No, no» disse con rammarico. «Gli artisti fanno la fame.»

Faceva il restauratore, una parola che da quelle parti non si era nemmeno mai sentita. Sapeva ridare colore ai quadri appannati dal tempo, tappava i buchi dei tarli, incollava i fregi dei mobili eleganti.

«Devo battere la zona per cercare gente che sta bene» fece con le dita il segno dei soldi «e che ha lasciato andare gli arredi.»

«Eh, qui ce ne sono case di signori!» lo assicurò la cugina.

Camilla, dietro al bancone senza nulla da fare, non poteva fare a meno di ascoltare la conversazione. Pensò ai due poveri quadri che vedeva da sempre a casa e di cui era l'unica ad avere consapevolezza.

Nel paesaggio che guardava da bambina arrampicandosi sulla sedia, il tempo e il fumo del camino avevano spento l'unico raggio di sole che filtrava tra le nuvole e dava vita ai passi della madre con i bambini di ritorno dalla campagna. Era diventato un'unica macchia grigia. E chissà che anche la morbida disponibilità di Maria Vergine, nell'altra stanza, non si fosse irrigidita proprio a causa della patina del tempo. Sarebbe stato bello avere qualche soldo per chiedere a Peppo di dare una ripulita ai ricordi della sua infanzia, ma c'erano cose più importanti.

La strana accoppiata di lontani cugini, finito di bere, si congedò, lui salutando calorosamente, come fosse amico da tempo, lei dileguandosi discreta, con un cenno della testa.

Lo specchio sghembo, dalla parete in fondo, le rimandava il volto torvo di suo padre. Non rendendosi conto di essere riflesso, non si preoccupava di fingere.

Un cliente gli chiese un caffè e lui, avvicinandosi al bancone, indossò un'espressione vivace.

«Allora, che novità dall'americano?»

«Oh, niente di speciale» rispose il padre e si voltò subito verso la caldaia, come per troncare il discorso.

Camilla abbassò la testa su certi calcoli che stava facendo per i fornitori, ma un sospetto si insinuò nella sua mente.

Le bastò aprire qualche cassetto mentre suo padre era distratto, per trovare una busta da cui erano stati ritagliati i francobolli: non potevano che essere americani e probabilmente erano già incollati sul quaderno del postino. L'indirizzo era quello dell'osteria e la scrittura era la solita, ormai perfettamente riconoscibile, di Camilla, la cognata omonima. Luigi aveva scritto a Giovanni, solo a lui.

Rubò la lettera. In attesa di poterla leggere, la infilò con gesto consueto tra i seni. Il cuore martellava nel petto e nella testa, Camilla aveva fretta e paura di ciò che ci poteva essere scritto. Certamente Luigi aveva nello stesso giorno fatto scrivere dalla moglie le due lettere, una per lei e l'altra per il padre.

Giovanni restava al suo posto, seduto al tavolo a compilare il registro di entrate e uscite, tetragono. Camilla era sulle spine. Stanca di aspettare, diede una spinta alla brocca del vino bianco, che si rovesciò quasi per intero nell'acquaio.

«Papà, scusami» disse fintamente dispiaciuta «mi è scivolata di mano. Purtroppo era l'ultimo Erbaluce.»

Giovanni la guardò storto e scese in cantina: era il momento.

Prese la lettera dal corpetto, la lesse in fretta.

Si capiva che Luigi scriveva dando per scontato che il padre sapesse dell'intenzione della sorella di emigrare e lo rimproverava per non essere intervenuto subito per toglierle «certe idee dalla testa». Si era forse dimenticato che a Camilla era stata amputata una gamba e che non era una donna normale? Non c'era posto per quelle come lei in America e l'avrebbero respinta senza pietà. Se voleva evitare a sua figlia una grave umiliazione, che intervenisse presto, facendo valere la sua autorità di padre.

Dunque, in sua assenza, anche le persone più care parlavano di lei con quella sbrigativa crudezza. Per non dire crudeltà.

Fece appena in tempo a rimettere la lettera nel cassetto in cui l'aveva trovata, che Giovanni tornò.

Si versò subito un bicchiere del vino che aveva appena spillato e si sedette al tavolino. Camilla ne vedeva le spalle incurvate e lo specchio ne rivelava nuovamente l'aria cupa. Ora tutto era chiaro, suo padre era arrabbiato con lei perché aveva deciso, architettato, progettato tenendolo all'oscuro di tutto e, quando lui aveva scoperto il sotterfugio, si era sentito ingannato.

Non era stato dunque Giovanni ad aver tolto la mano dalla spalla, ma era la figlia che si era sfilata senza dirglielo, lasciando il gesto di lui sospeso sul niente.

28

Bugie

Finalmente la lettera di Felice arrivò. Camilla promise al giovane postino che gli avrebbe conservato anche i francobolli francesi e lo vide andare via soddisfatto.

Aveva tanto aspettato, doveva scegliere il posto giusto per aprire la busta.

Prese il calessino e andò.

Di nuovo provò la sensazione di pienezza che aveva avuto mesi prima, il giorno in cui era andata ad annunciare le sue nozze a Sebastiano, quando la primavera le era scoppiata intorno con la sua bellezza.

Ora era l'estate ad arricchire il suo stato d'animo.

Erano le spighe, i papaveri, i rami pesanti di pesche e albicocche, le vigne cariche di uva ancora acerba.

Le ortiche erano cresciute alte come siepi ai lati della strada. Agli occhi di Camilla non erano semplici erbacce, ma un mare di onde verdi mosse dal vento.

Aveva appoggiato la lettera sul sedile, come fosse una compagna di viaggio, un sasso la teneva ben salda al suo posto. Nel guardarla si convinse che tutti i dolori, tutte le preoccupazioni, sarebbero presto svaniti.

Là dove l'amore era cresciuto con semplicità, giorno per giorno, da Sebastiano, era il posto adatto per leggere.

Si era abituata a comunicare con lui usando la lingua dei

segni e gli annunciò l'arrivo della lettera solo battendo due dita di una mano contro il palmo dell'altra: era bello che non ci fossero parole a guastare la solennità del momento.

Lui alzò la testa dalla terra dove era chino a mondare i filari, e sorrise.

La lasciò sola, all'ombra della pergola. Era avida e al tempo stesso voleva prolungare il segreto della missiva il più possibile.

Cominciò con lo scoprire la bella scrittura di Felice soffermandosi sulla data e sul luogo: Aigues-Mortes, quindici maggio.

Una grafia piccola, perfetta, così diversa dalla propria, nei confronti della quale provava fastidio. Aveva mantenuto la rotondità data dalla mano infantile unita al vizio di essere irregolare: il puntino della «i» andava cercato nella riga di sopra, l'anello della «l» risultava una volta largo e l'altra rinsecchito.

La lettera aveva impiegato più di un mese ad arrivare nelle sue mani e Felice stesso ne anticipava il motivo nelle prime righe. Non sapeva quando sarebbe passato il postino nella zona delle saline e, per il momento, non aveva avuto modo di arrivare all'ufficio postale del paese per imbucare personalmente la lettera.

Cominciava poi uno scritto che sembrava una lirica, talmente era bravo il suo futuro sposo nel descrivere i sentimenti, la nostalgia e, al tempo stesso, la felicità che in futuro avrebbero condiviso. Si sentì mille volte più bella, immensamente più intelligente e dotata di una ricchezza d'animo che solo l'amore poteva inventare nella modesta ragazza di campagna che sapeva di essere.

A ogni parola, Camilla percepiva il suo amato come se le fosse accanto. Ne sentiva la voce, il respiro, e la smania di averlo realmente divenne così forte che dovette sospendere la lettura, muoversi, sfogare l'emozione.

Cercò Sebastiano semplicemente per dirgli: «È una lettera bellissima» e lui se ne compiacque accennando un sorriso, abbassando le palpebre.

Tornò, smaniosa di andare avanti: i fogli che aveva lasciati appoggiati sul tavolo non c'erano più, correvano per il cortile, rotolando nel vento. Sembravano vivi. Sebastiano ridendo arrivò in suo soccorso per recuperarli e li riconsegnò stornando lo sguardo, per non sembrare curioso.

«Dopo te la leggo.»

Con aria birichina, aggiunse: «Le parti che si possono leggere».

La descrizione del luogo e delle giornate che lei aveva desiderato conoscere, per riuscire a immaginare il suo innamorato, era minuziosa. Era ospite di una casa dignitosa e ben arredata – si soffermava a raccontare alcuni particolari, come le tende a piccoli riquadri, la poltrona con i braccioli dipinti di bianco – il cibo era buono, anche se, diceva, a casa propria si mangia meglio, e il lavoro, pur essendo piuttosto pesante, procedeva bene. Aveva conosciuto compagni francesi e italiani ed era diventato amico di un toscano, Jacopo, che aveva più esperienza e lo stava aiutando nel lavoro.

Camilla si sentì soddisfatta, ora la sua ombra sapeva dove aspettare Felice la sera per cenare insieme; poteva chiacchierare con i suoi compagni e, chissà, una lavatina alle tende quadrettate non ci sarebbe stata male.

Lesse a Sebastiano la parte della missiva che raccontava del lavoro e della casa e lui non partecipò all'entusiasmo di Camilla, non un sorriso, un cenno di approvazione. Si alzò dalla panca ancora prima che finisse. Si portò una mano sotto il mento e l'altra alla fronte: nel suo linguaggio voleva dire che si era ricordato di avere qualcosa da fare e sparì dentro casa.

A Camilla dispiacque quel comportamento, ma non volle farsi trascinare dal malumore, voleva conservare finché fosse possibile l'incanto delle parole di Felice.

L'amore che conteneva aveva scacciato il pensiero di suo padre, di suo fratello Luigi e delle parole della sua missiva che l'avevano ferita.

La sera, sul balconcino dove prendeva il fresco, lesse la lettera a Marinella. Tutta, anche le parti più intime e appassionate, ma fu cauta, temendo che risultassero per lei dolorose.

«Leggi, voglio sognare un po' anch'io.»

Le frasi d'amore, riascoltate nell'atmosfera raccolta della notte, risultarono ancora più toccanti.

Marinella si appassionò. Disse che sperava, un giorno, di essere amata così tanto.

«Sono stufa di innamorarmi, voglio solo essere amata.»

L'amica la rassicurò, avrebbe trovato un giorno un uomo degno di lei, se lo meritava.

Andarono a dormire entrambe serene, Marinella cullandosi nella speranza di un amore futuro, Camilla abitando i luoghi che Felice aveva descritto.

La mattina si rincontrarono in cucina: erano usciti tutti. Si raccontarono i sogni di quella notte: Marinella aveva sognato che le era nata una bambina che, appena partorita, già sapeva parlare. Ne risero insieme.

«Magari avessi un figlio non ignorante come me!» disse.

Camilla aveva fatto sogni confusi, per nulla tranquilli.

«La lettera di Felice è proprio bella» disse Marinella e si fermò a pensare. «Però...» aggiunse.

«Però?»

«Però, se in Francia gli emigranti stanno così bene, perché tuo fratello è andato in America, dove li trattano male?»

Marinella aveva l'espressione di una che non vuole dire tutto.

Che stupida. Non ci aveva pensato.

Il senso pratico dell'amica era mille volte più lungimirante della sua dabbenaggine di innamorata. Non era possibile che tutto fosse tanto idilliaco.

Felice si era inventato frottole per farla stare tranquilla e non era vero niente, le tende e la poltroncina bianca. Rincitrullita d'amore si era trasformata in una donnetta priva di intuito, facile da abbindolare.

Richiamò all'ordine la sua sciocca ombra, già accasata in una dimora inesistente.

Non era vero che Felice stava bene, che abitava in un luogo decente, che mangiava e aveva amici francesi. Più aveva descritto una situazione ottimale, più doveva essere penosa, e invece che cercare in lei uno sfogo, un aiuto, l'aveva protetta.

Camilla non voleva essere protetta, non da lui. Non da suo fratello Luigi che, pure con parole aspre, aveva cercato di salvaguardarla. Le mentivano perché la consideravano debole e la consideravano debole a causa della sua menomazione. Era inutile che continuasse ad arrabattarsi per vincere a quel maledetto gioco della settimana stando su una sola gamba. Solo se si fosse messa a saltare e a correre, avrebbe conquistato la normalità; se una mattina si fosse svegliata con una gamba nuova, di carne e ossa, avrebbero smesso di avere pietà di lei.

Nemmeno chi l'amava riusciva a ignorare la sua condizione, anche se a fin di bene, ed era ora che Camilla facesse i conti con ciò che non aveva mai voluto ammettere.

Era una disgraziata.

Povero Felice, povero amore. Lo umiliavano come aveva raccontato Luigi? Doveva avere coraggio ogni giorno, per resistere?

Suo fratello era partito inseguendo un sogno che forse era stato deluso, ma nessuno lo aveva costretto a partire. E dietro di sé non aveva lasciato nulla, se non una vita che non voleva.

Felice no. Felice aveva una professione, un avvenire che si era costruito cavandosi gli occhi sui libri e Camilla stava sperimentando, notte dopo notte, com'era faticoso studiare, pur facendolo con passione.

Il suo sogno Felice lo aveva a casa, in Italia, e se l'era strappato di dosso per andare a soffrire in una miniera di sale.

E la causa di tutto era lei, aveva ragione suo padre, altro che essere ubriaco. *In vino veritas*!

Per l'ambizione di essere normale quando non lo era, aveva calpestato tutti con la sua gamba finta.

Amore, che lusso, che pretesa.

Anche Berta, addirittura Berta aveva ragione.

Se non fosse stata tanto presa da quel cugino, su e giù nella vigna a mettere il verderame, l'avrebbe raggiunta e le avrebbe detto di aver finalmente capito che nella vita si deve accettare il posto che ti è stato assegnato e non sgomitare per cercarne altri.

Ma più importante era parlare a sua madre e a suo padre, farsi perdonare per aver taciuto a lungo la verità e rassicurarli del fatto che non sarebbe partita.

Quindi avrebbe scritto a Felice inventando anche lei una bugia enorme, dicendo di aver capito che non lo amava più e che il matrimonio non faceva per lei, che tornasse a casa, riprendesse gli studi e la dimenticasse.

Lui l'aveva protetta, adesso era il suo turno di proteggere lui.

29

Caterina

Camilla fremeva, non riusciva ad aspettare.

I pensieri si fecero tragici, estremi.

Aveva timore che potesse accadere qualcosa. La morte era stata così imprevedibile, quando ancora bambina l'aveva afferrata e poi gettata sull'orlo di quel fosso, che sarebbe potuto riaccadere in qualsiasi momento.

Se fosse morta avrebbe lasciato i suoi nella convinzione di averli ingannati senza alcun pentimento, paladina del proprio egoismo.

Ernestina sarebbe venuta la sera per cena, ma le sembrava che quella giornata non sarebbe passata mai. Suo padre avrebbe potuto ascoltarla solo a tarda notte e, se fosse tornato ubriaco, magari maldisposto nei suoi confronti, sarebbe stato difficile spiegare che tutto in lei era cambiato.

Doveva raggiungerlo.

Marinella dormiva, spossata dal caldo e dalla pancia che cresceva.

Chiuse la porta della stanza senza far rumore. Il calessino era fuori, Agostino non era andato in paese: dalla finestra di sopra riusciva a vederlo dentro al suo recinto che armeggiava con le ceste. Anche loro due avrebbero dovuto trovare il modo di venirsi incontro, prima o poi.

Si cambiò il vestito, si pettinò con cura, pizzicò le guance, non voleva che la sua decisione di rompere il fidanzamento, lasciare Felice e non partire più per l'America sembrasse dettata da un momento di sconforto.

Doveva esprimere forza. E lucidità.

Erano le prime ore del pomeriggio, tutto era fermo. Le porte che si affacciavano sull'aia erano chiuse, i sacchi adattati a coprire le finestre più esposte fissati con la cordicella, per conservare nelle case un po' di fresco. Solo Berta aveva spalancato tutto per far prendere aria alle due stanze che il cugino aveva ridipinto di azzurro. La porta era stata tolta dai cardini e pitturata di chiaro: la sagoma nera che Camilla aveva fin da piccola attribuito a un'impronta diabolica era scomparsa. Dentro casa non c'era nessuno, i due erano certamente al campo a lavorare, nonostante il sole cocente.

Sì incamminò verso il cavallo che brucava all'ombra.

Fatto qualche passo, qualcuno la afferrò alle spalle. La scosse avanti e indietro, la trascinò, infine la spinse con violenza. La stampella schizzò lontano.

Si ritrovò a terra, la faccia nella polvere.

«Ridammi mio figlio, razza di storpia!»

Camilla cercò di rivoltarsi, la bocca schiacciata sulla ghiaia bollente, una mano la teneva per la nuca, non poteva nemmeno gridare.

Non conosceva né poteva vedere il volto della donna che le stava afferrando i capelli, li tirava, glieli strappava, ma che fosse la madre di Felice non c'era dubbio.

«Ti faccio vedere io, se non mi dici dov'è!»

Le arrivò un calcio nelle costole, poi la furia sbucata dal nulla la rigirò e prese a schiaffeggiarla.

«Aveva tutto, gli abbiamo dato tutto. L'hai rovinato tu, una mezza donna!»

I capelli di Camilla, lunghi e spessi, si erano sciolti, le

bendavano la fronte e gli occhi. Quando cercò di gridare le riempirono la bocca.

Cieca e muta, poté solo emettere un ruggito.

La donna le si sedette sul petto, la soffocava. Divincolarsi era impossibile sotto il suo peso.

«L'anello! Dammelo!» e le afferrò la mano sinistra, storcendogliela.

«Nemmeno se mi ammazzi» sibilò Camilla stringendo il pugno per impedirle di sfilare l'anello: l'altra, folle, le morse le dita. Poi riprese ad assestarle colpi sulla testa, sulla faccia. Una belva.

Camilla temette che la donna sfoderasse un coltello e capì che in quel caso non avrebbe avuto scampo.

Era confusa per la poca aria che riusciva a entrare nei polmoni, stava per svenire, quando improvvisamente si sentì liberata del peso che le gravava addosso, come se l'altra fosse volata via.

Si levò i capelli dagli occhi, cercò di capire dove fosse finita e vide Agostino, le spalle gracili, le braccia esili, che tenevano schiacciata con forza inaspettata la donna contro il muro di casa, immobilizzandola.

«Non ti permettere mai più di toccare mia sorella! La prossima volta ti strozzo» urlava con tutto il fiato che aveva, e intanto la teneva per il collo.

Quando fu sicuro che fosse inoffensiva, la lasciò, con uno strattone.

Caterina rimase immobile, poi lentamente scivolò giù, ad accucciarsi.

Nella colluttazione aveva perso entrambe le scarpe.

Agostino le raccolse, era rosso in viso, sconvolto di rabbia. Gliele tirò addosso.

«E adesso vattene!»

«Mio figlio, dov'è?» disse allontanandosi.

«Via!» le abbaiò contro Agostino.

Seduta a terra, si infilò le scarpe, mentre il ragazzo continuava a incalzarla.

«Sparisci!»

La sua energia era sparita, non riusciva ad alzarsi, prese a singhiozzare.

Si ripiegò su sé stessa e infine si mise in ginocchio, rivolta a Camilla.

«Dimmi dov'è, tu lo sai» implorò.

Agostino fece per scagliarsi contro per cacciarla, ma la sorella lo fermò.

«Lasciala.»

E, rivolta a Caterina, disse: «Tuo figlio ritorna. Presto».

Il giovane fece un passo ancora, l'altra si mosse carponi, poi si tirò su e, arresa, sparì lungo la strada.

Agostino recuperò la stampella, fece appoggiare la sorella a sé, la prese in braccio, la portò in casa e poi, come tante volte aveva visto fare a Luigi, affrontò la scala. Era tutto nervi, ma aveva forza.

Sistemò Camilla sul letto, la gamba era rimasta sull'aia. Tornò a recuperarla.

«Hai dimenticato questa» disse poi, mostrandogliela.

L'appoggiò in terra, accanto al letto, attento a non fare rumore.

«Grazie Agostino, senza di te sarei morta.»

«Sei mia sorella» rispose lui.

Rimase in silenzio, forse era la prima volta da quando si erano fatti grandi che teneva per un tempo così lungo gli occhi su di lei.

«Come ti ha ridotta» disse. «Vado a cercare del ghiaccio.»

Marinella uscì dalla sua stanza e lo incontrò sul ballatoio.

Non aveva visto e sentito niente, ma respirò l'atmosfera e si spaventò.

«Che è successo?»

«Vado alla ghiacciaia» rispose il ragazzo senza guardarla, scendendo di corsa le scale.

Marinella raggiunse Camilla e urlò.

Aveva lividi intorno agli occhi, uno zigomo tumefatto, la pelle graffiata. Le colava sangue dalla mano.

«Mamma mia, che mostro!»

«Grazie, mi conforti!» sussurrò l'altra, con un riso senza forza.

«Non volevo, scusami... era per dire che...»

«Non ti preoccupare.»

Con un tocco delicato provò a sistemarle i capelli, sporchi di terra e sparsi scompostamente sul cuscino: una ciocca si sfilò e le restò tra le mani.

«Povera amica mia!»

«Dammi la stampella, per favore.»

Voleva alzarsi per vedersi allo specchio, ma il torace le diede una fitta, una coltellata.

Marinella prese delle pezze bagnate e le ripulì il viso con delicatezza. Voleva sapere come era successo, chi fosse il colpevole.

«La colpevole» disse Camilla, faticando a parlare per il dolore al costato.

Al racconto sommario dell'accaduto, l'amica non trovò di meglio che sfoderare il suo buonsenso, dicendo che la colpa era di Felice, che aveva lasciato i genitori nel dubbio e nel tormento senza dire che sarebbe partito.

«Sono sempre suo papà e sua mamma. Qualsiasi cosa gli abbiano fatto, non se lo meritano.»

«Ragioni già come una vecchia madre» disse Camilla, mentre sentiva le forze dileguarsi.

Poi si sentì confusa, chiuse gli occhi.

Stava bevendo una limonata, era dolce e fresca.

Lasciava scivolare il ghiaccio sulla lingua per poi masticarlo, ma i frammenti si mescolavano ai denti che cadevano a uno a uno. Denti e ghiaccio le invadevano la bocca, soffocava, non respirava più.

Gridò e si svegliò.

Suo papà le aveva da sempre raccomandato di non dar retta ai sogni, mentre Ernestina era convinta che fossero premonizioni. Sognare i denti portava disgrazie.

«Più di così?» sussurrò Camilla a Ernestina, cercando di farla sorridere: non ci riuscì. Le era sembrato di parlare, ma a causa della debolezza aveva pronunciato qualcosa di incomprensibile.

Il ghiaccio che le era stato messo sui lividi si stava sciogliendo in rivoli che scendevano giù per il collo, sua madre la tamponava. Aveva qualcosa di freddo anche sul fianco, dove aveva ricevuto il calcio.

«La possiamo denunciare ai carabinieri» disse Giovanni, seduto sul letto accanto a lei.

La mente della ragazza cercava di farsi strada nel torpore che la impantanava, per un attimo non capì chi avrebbero dovuto denunciare.

Poi fece cenno di no.

Il concerto dei galli che mandavano richiami da una collina all'altra segnava l'arrivo della mattina. Doveva aver dormito a lungo.

Nella notte era venuto nuovamente a farle visita l'uomo dell'omnibus, con quegli occhi che non l'avevano mai lasciata andare, indossava abiti femminili e la sollevava da terra.

Mentre ripensava al sogno, ci ricadde dentro.

L'uomo tornò indietro a tirarla su, ma per gettarla in un burrone.

Si svegliò nuovamente e ancora e ancora si riaddormentò, rientrando ogni volta nell'incubo, l'uomo del prima e del dopo la portava sempre più vicino all'orlo del precipizio.

Finalmente riuscì a svegliarsi.

Padre e madre erano al suo capezzale, uno seduto da una parte e una dall'altra, vide i loro volti preoccupati e indietro, nella stanza, alcune sagome, sottili e inconsistenti come ombre: Agostino, Marinella, Berta e l'oramai immancabile cugino Peppo.

Via via i loro contorni si ispessirono e divennero persone in carne e ossa.

La nube che offuscava i pensieri scomparve e Camilla si avvide dell'atmosfera funerea che la circondava.

«Siete venuti a vegliare la morta?» disse, e tutti risero, sollevati.

«Sei di nuovo tu, ti riconosco» gioì Giovanni.

Peppo applaudì.

Ernestina si affacciò alla finestra: «Sta meglio, grazie. Andate tranquilli».

Aveva delirato, gridato forte, erano accorsi tutti i vicini.

Ormai rassicurati, nella stanza tutti si alzarono.

«Cerca di star bene» disse Berta. «La sistemo io quella megera: la sua cattiveria domani sarà sulla bocca di tutti.»

Era il suo mestiere e l'avrebbe fatto bene. Per qualche misterioso movimento del suo animo, quell'incidente aveva cambiato la sua visione delle cose. Agli occhi di Berta, Camilla aveva smesso di essere la colpevole da perseguitare e si era trasformata nella vittima di cui prendere le difese. Doveva essere qualcosa di simile a ciò che era accaduto ad Agostino, l'emergere di un senso di appartenenza di fronte alla comparsa di una figura estranea.

Marinella uscì dalla stanza soffiando un bacio dal palmo della mano, Ernestina raccomandò al marito di asciugare il collo della figlia a mano a mano che il ghiaccio si fosse sciolto e andò via insieme agli altri

«Grazie a tutti» disse Camilla. «Agostino mi ha salvata, ve l'ha detto?»

L'altro, timido, scherzò: «Non ci fare l'abitudine».

Giovanni rimase con lei.

Le prese la mano, le baciò le dita. Indice e medio erano gonfi e lividi, ma l'anulare era rimasto miracolosamente illeso. L'anello con i fiorellini brillava.

«Che paura abbiamo avuto, povera bambina.»
Camilla si liberò di quello che per lei era un peso sulla coscienza con un precipizio di parole: si era comportata in modo egoista con tutti, ma ora era pentita. Non avrebbe sposato Felice, non sarebbe partita l'America.
«America?»
Non era abile a mentire.
«Lo so, papà, Luigi ti ha scritto per dirtelo. E ti sei arrabbiato con me.»
Non aveva più senso fingere: lui e sua madre si erano sentiti ingannati, la figlia a cui avevano concesso tutta la loro fiducia non si era fidata di loro e aveva tenuto nascosto per tanto tempo il suo progetto.
«E poi...»
Giovanni esitò.
«E poi?»
«Essere arrabbiato con te ora, mi farà soffrire di meno, quando partirai.»
Che decidesse liberamente del proprio destino, erano pronti ad assecondarla. Ma Camilla disse di no, aveva capito che non poteva togliere a Felice il suo sogno di diventare dottore, non c'era amore che potesse giustificare la rinuncia alla propria missione.
Lui non sarebbe stato d'accordo. Si sarebbe ribellato, avrebbe detto che il ricatto che i suoi genitori gli avevano fatto era imperdonabile e non sarebbe mai tornato a vivere con loro, né avrebbe mai più voluto un centesimo del loro denaro.
Felice aveva orgoglio e dignità.
Ma se lei si fosse tolta dai piedi, piano piano tutto sarebbe stato dimenticato.
«Non voglio più intralciare la vita di nessuno.»
«Se potessi tagliarmi la lingua e cancellare quel che ti ho detto quella notte!» Diversamente dalla prima volta in cui si era scusato costretto dalla moglie, ora Giovanni era sinceramente dispiaciuto.

Camilla lo rassicurò, aveva fatto bene: quelle parole, anche se erano state del tutto inaspettate, le avevano aperto gli occhi.

Giovanni ammise che erano state dettate anche dal desiderio di difendere il figlio più piccolo, perché vederlo dormire fuori casa, notte dopo notte, era diventato un tormento.

«Ti abbiamo sempre trattata come la figlia preferita perché eri femmina, eri più sveglia degli altri... Agostino ne ha patito.»

C'era rammarico nella sua voce.

«Appena aprivi bocca, ti accontentavamo.»

Non avrebbe voluto fare ingiustizie, ma le aveva fatte.

Così com'era successo tanti anni prima, nella terribile notte in cui aveva deciso per l'operazione che avrebbe reso la figlia menomata, si ritrovò a pensare che, se avesse saputo che era così difficile allevare dei figli, si sarebbe fatto prete.

Si immaginò con la tonaca e la chierica e il pensiero lo divertì.

Camilla vide il sorriso nascere sul volto del padre.

«Perché ridi?»

«Niente bambina, niente.»

Le passò lo straccio sul collo, con delicatezza.

Camilla richiuse gli occhi.

30

Martine

I muli stavano arrivando con il loro carico d'acqua potabile che durante il percorso sotto il sole si era fatta calda come orina.

La squadra aveva scavato delle buche, le aveva coperte di frasche e là sotto, dopo qualche tempo, l'acqua sarebbe tornata a una temperatura bevibile.

Felice immerse il mestolo nella tanica ancor prima che fosse calata nella buca e si dissetò con acqua che sembrava da poco tolta dal fuoco. Le sue conoscenze del corpo umano, che non aveva dimenticato, gli suggerivano che, seppur sgradevole al gusto, avrebbe comunque svolto la sua funzione di toccasana sui tessuti riarsi del corpo.

Jacopo, dopo la sventura con gli zuavi, era piombato in uno stato di prostrazione rabbiosa, era spossato e nervoso al tempo stesso. Aveva un'amarezza profonda in volto e tradiva un'energia violenta nei gesti.

Era impossibile parlare con lui dell'aggressione: era un vulcano inesploso e il solo accenno a quell'evento gli faceva uscire lampi dagli occhi e tremare i muscoli sotto la pelle, come se stesse preparandosi a un combattimento, ma la bocca era cucita.

Non era più il tipo forte e spiritoso che aveva rallegrato il viaggio e aveva rassicurato e sostenuto Felice ai suoi inizi, affidandogli i lavori meno faticosi, sostenendo che la fatica abbrutiva il cervello e che quello di Felice era fine e andava preservato.

Per tutto il primo mese di lavoro le serate alle saline erano state allietate dalle romanze tratte dalle opere più famose. Jacopo, voce solista, obbligava i compagni a fargli da coro, con grandi risate innaffiate dal vino scadente e pagato a caro prezzo.

Ora non cantava più.

Felice aveva invece preferito considerare il terribile episodio come un caso isolato, voleva illudersi che sarebbe bastato evitare gli zuavi che, grazie alle indicazioni di Martine, erano ben riconoscibili. Brutti ceffi con ridicoli pantaloni che sembravano gonnelle scorciate per l'umidità.

Era tornato in paese e in qualche modo il suo aspetto più raffinato rispetto a tanti contadini italiani lo aveva aiutato a non attirare troppo gli sguardi diffidenti degli autoctoni.

Era scontento di doverci andare da solo, ma l'amico si era rifiutato di accompagnarlo, l'umiliazione subìta non lo lasciava più vivere.

La sera si ritirava subito dopo la cena nel suo angolo della capanna.

Le rare volte in cui si sentiva la sua voce era durante il lavoro, mentre si accaniva a colpi di piccone sulla crosta del sale con brutalità. «*Vendetta, tremenda vendetta*» cantava: da tenore era diventato baritono e portava la voce lontano, verso le mura di Aigues-Mortes che si scorgevano oltre le saline, come se lui fosse sul palco vestito da Rigoletto e il paese la platea che lo aveva fischiato.

Il lavoro duro, quello vero, era cominciato. Il tappeto salino aveva maturato lo spessore di sei centimetri, andava frantumato e poi raccolto. Gli operai erano arrivati numerosi dall'Italia e dalla Francia, spargendosi in tutta la Camargue, di cui Felice sapeva ormai citare molte località, provandone orgoglio: Aigues-Mortes, Fangouse, Peccais, Perrier e Goujouse.

Ad Aigues-Mortes c'erano trecento uomini, di cui duecento italiani.

Mentre alla prima ondata i capisquadra erano riusciti a separare completamente i lavoratori italiani dai francesi, destinandoli a compiti diversi, ora era diventato difficile. Avevano sì ricoveri separati per la notte e per i pasti, ma il lavoro andava svolto insieme. Nascevano discussioni per ogni cosa: «Nelle vostre capanne c'è più paglia per dormire», «Il cibo di quegli altri è migliore del nostro», recriminazioni che nascevano indifferentemente da una parte o dall'altra. E la fatica del lavoro non serviva certo a pacificare gli animi.

Già dal primo giorno le mani intorno al manico del piccone sanguinavano. Per lo sfregamento si formavano vesciche d'acqua che poi si rompevano, la pelle si consumava e il legno arrivava a contatto con la carne viva.

Felice ricordava la sera in cui Jacopo gli aveva fatto sentire il suono dei suoi calli e si confortava, sapeva che le piaghe sarebbero guarite, le vesciche si sarebbero trasformate in scorza dura e resistente e lui sarebbe diventato un vero emigrante, abile a qualsiasi lavoro, capace di sopportare la fatica.

Maggiore consolazione gli veniva dal pensare che in America sarebbe stato diverso, laggiù era sicuro che avrebbe trovato un impiego che non fosse solo dispensare forza bruta, la sua opportunità lo stava aspettando e, incontrandola, lui l'avrebbe presa al volo.

Gli operai davano di piccone sotto il sole, a schiena nuda, poi la notte tremavano o grondavano sudore per la febbre, le spalle coperte di bolle di liquido che a contatto con la paglia si rompevano e dolevano.

Felice possedeva una pelle forte, che invece di bruciare si era scurita. L'aveva presa da suo padre, che aveva un colorito bruno, gli occhi neri e se ne faceva vanto, sostenendo che queste caratteristiche erano il retaggio di un'invasione di mori nelle loro zone, secoli prima. Ad Antonio piaceva avere un tocco esotico nel sangue, ma sua moglie lo guardava con sufficienza dicendo che, seppure fosse stato vero che aveva preso dai mori, non capiva cosa ci fosse da vantarsi. Quando il figlio aveva letto sui libri di scuola che c'era stata davvero un'incursione saracena in Piemonte, il padre aveva esultato. «Lo vedete? Lo dicevo io!»

Ricordando i suoi genitori, Felice sentì salire il magone. Per quanto fosse più che risentito e non volesse più avere a che fare con loro, gli pesava saperli in pena. Se n'era andato di notte, senza salutarli e senza dire dove sarebbe andato.

Avrebbe dovuto dare loro notizie, ogni sera ci pensava e non si decideva mai.

Quando la crosta del sale fu frantumata, cominciò la raccolta. Pale, carriole, forza di braccia diedero forma ad alture candide, che avevano una loro bellezza seppur difficile da cogliere, poiché la fatica dominava su tutto.

Per avere qualche istante di sollievo dal caldo, si poteva immaginare che fossero cumuli di neve, ma Felice era costretto a spostare lo sguardo.

Diversamente da suo padre, aveva iridi grigio-azzurre, chiare e indifese contro i riflessi del bianco assoluto di quegli ammassi, e i raggi gli entravano negli occhi come aghi. Le cornee si facevano rosse, le palpebre colavano e prudevano, ma non gli era possibile nemmeno asciugare le lacrime perché alla salina tutto, proprio tutto – la manica della camicia, il fazzoletto nella tasca – era impregnato di sale.

La paga giornaliera era uguale per tutti, ma mentre un piemontese o un toscano non avevano tregua, i francesi sembravano prendersela comoda.

In gruppi di quattro o cinque, un piede sull'orlo della

pala, il braccio sull'impugnatura del manico a sostenere la testa, confabulavano tra loro, a volte ridevano guardando verso gli altri che si ammazzavano di fatica.

Nella squadra italiana serpeggiava il malumore.

«Dicono che veniamo a rubare il lavoro, ma sono loro che non hanno voglia di lavorare!» protestava uno.

«Come faremo con questi fannulloni, quando saremo pagati a cottimo?» commentava un altro.

Il caposquadra non voleva rogne e li zittiva.

Jacopo si gonfiava sempre più di rabbia, mentre Felice non riusciva a pensare a un futuro che andasse oltre la sera del giorno stesso, quando avrebbe potuto chiudere gli occhi e smettere almeno per qualche ora di piangere.

Piangere per la troppa luce era un modo per non ammettere nemmeno con sé stesso la mancanza dolorosa di Camilla, la nostalgia pungente della sua terra, la paura di non farcela, la fatica devastante, lo sconforto.

Dopo settimane che si erano lavati al torrente, Felice ebbe l'ardire di tornare ai bagni pubblici, mentre Jacopo volle rimanere a dormire, non gli importava nemmeno di togliersi il sale di dosso.

Arrivato in paese, passò all'ufficio postale, augurandosi di trovare una lettera di Camilla. Dopo la prima, lunga missiva che sperava potesse rassicurarla e al tempo stesso toccarle il cuore, le aveva spedito una cartolina postale, sollecitando inutilmente un segno, una risposta. Chissà se mai le era arrivata.

Stava cominciando a masticare qualche frase in francese che, supportato da quello scolastico, gli permise di comprendere ciò che l'addetto alle poste gli riferì: c'erano stati disguidi sulle linee ferroviarie e stavano arrivando in quei giorni lettere spedite anche tre mesi prima.

Deluso, ma rassicurato sul fatto che il silenzio della sua innamorata non dipendesse da lei, Felice si diresse finalmente ai bagni pubblici.

Gerard lo accolse con entusiasmo, lo rassicurò scherzosamente sull'assenza di zuavi nelle vasche, gli diede un pezzo di sapone che qualcuno aveva dimenticato vicino alla cannella dell'acqua. Lo invitò a passare da casa sua, dopo il bagno.

«Ma i tuoi occhi sono malati!» esclamò accorgendosi che il ragazzo li teneva socchiusi e stornava lo sguardo dalla luce.

«Martine avrà sicuramente qualche rimedio.»

Accettò subito.

«Ti aspettiamo.»

Desiderava restare a godersi il bagno nella piscina deserta, ma dopo qualche minuto nella vasca ebbe un senso di inutilità, di noia. L'impressione di perdere tempo. Non vedeva l'ora di lenire il bruciore agli occhi, si disse. Ma la cura che mise nel rivestirsi, pettinarsi, stirare con le mani la camicia pulita rivelavano un'emozione di altro genere, di cui egli stesso si stupì: aveva fretta di andare a casa di Gerard.

Nel vederlo, Martine ebbe un sussulto, un misto di spavento e di gioia.

Il marito le parlò in francese indicando gli occhi di Felice, lei si avvicinò per studiarli. Gli fece segno di guardare a destra, a sinistra, in alto e in basso, toccò con delicatezza le palpebre e, risoluta, mostrò di aver capito quale fosse il problema. Prese da una scansia un paio di boccette e sparì dietro a una tenda candida.

Nella povertà della stanza i fiori che vi erano ricamati risultavano preziosi come un'opera d'arte.

«È il suo laboratorio» disse ridendo Gerard e fece un gesto come se la donna fosse una maga e solo il diavolo sapesse che cosa combinasse là dietro.

Gerard si informò di come procedeva il lavoro alle saline e, alla risposta scoraggiata di Felice, commentò dicendo che ogni anno il problema era più grave, che i conflitti tra italiani e francesi erano insanabili.

«C'è la povertà e c'è la cattiveria. Non so quale sia peggio.»

Raccontò episodi orribili.

Dieci anni prima, a Tarascona, quattro operai degli altiforni erano stati aggrediti e uno di loro era stato ucciso a coltellate.

«Senza motivo, solo perché erano italiani.»

E poi ancora, nel villaggio di Celas, dove alloggiavano una trentina di italiani con moglie e figli, le case erano state assediate.

«Distrussero il tetto per entrare, gli abitanti costretti a passare tra due file di bastoni che li colpivano. Io certe cose non le capisco.»

Gerard soffriva sinceramente nel ricordare quei fatti e nel sentirsi suo malgrado di appartenere allo stesso popolo di coloro che li avevano commessi.

Suonò un campanello: c'era gente ai bagni, doveva andare.

Felice, che aveva ascoltato con uno stato d'animo in cui si combattevano il desiderio e la paura di sapere, fu sollevato dalla forzata interruzione.

«Ti lascio alle cure della mia strega!»

Andò via.

Rimasto solo, Felice perse lo sguardo in giro per la casa. Dalla finestra entrava poca luce, così che gli occhi potevano riposare. Nella grande stanza si trovavano un camino, un tavolo, l'acquaio da una parte, il letto dall'altra, addossato alla parete. Al centro uno scaffale. Era occupato da ampolle di varie grandezze, trasparenti o di vetro scuro, blu, marrone, verde. Vuote.

La tenda ricamata occupava la parte di muro ancora libera. Dietro alla trama fitta, priva di trasparenze, si celava il mondo di Martine.

Felice non resistette alla curiosità di violarne il mistero e, pur sapendo di correre il rischio di essere scoperto, scostò leggermente un lembo della tenda.

In una stanza molto piccola, poco più che uno sgabuzzino, illuminata da una lampada e priva di finestre, la donna armeggiava con liquidi, polveri, erbe sminuzzate. Dosava, mescolava, annusava. Si fermava a pensare, cercava una nuova sostanza, la diluiva. Felice, che qualcosa di farmacia aveva studiato, non vide nulla di misterioso in ciò che la donna faceva, ma non poté rimanere indifferente all'aura magica che emanava dai gesti composti, dalla concentrazione quasi estatica, dalla bellezza discreta di Martine.

Colse tutto questo nel brevissimo sguardo di un istante, dopo di che tornò a sedersi là dove era stato fino a poco prima.

Martine emerse dalla tenda con due pezzuole intrise di una sostanza azzurrina. Con il gesto della mano gli ordinò di sdraiarsi su una panca accanto al camino.

Gli chiuse gli occhi delicatamente e ci poggiò sopra i due tamponi, premendo leggermente con le dita.

Dopo settimane di tormento, ogni dolore sembrò scomparire. Gli occhi, le palpebre, sembravano galleggiare in un liquido fresco.

Le lacrime si arrestarono.

L'assenza di sofferenza si confondeva con la felicità e sarebbe voluto rimanere per sempre così, nella cecità di quei tamponi in cui si concentrava tutto il bene del mondo.

Si addormentò senza accorgersene, forse solo per pochi istanti.

Una mano delicata, le dita piccole, di bimba, gli si poggiò sul braccio, esitò tremante, poi prese coraggio e salì fino alla spalla.

Scivolò sul petto, sotto la camicia.

A Felice il cuore prese a battere in testa, nella gola, nello stomaco: la carezza lo andò a cercare nel punto in cui si agitava più forte, contro il costato, dove la mano si fermò rassicurante, come a volerne rallentare il ritmo.

Lui trattenne il respiro.

Le dita di Martine risalirono sul volto, vicino agli occhi, per sistemare meglio i tamponi.

Felice sentì l'alito di lei avvicinarsi, ne percepì l'aroma di menta, di basilico.

Per la pelle che si era inumidita di sudore, la carezza inciampò sulla guancia, si graffiò sulla ruvidezza della barba.

Il giovane si impose una scadenza per quella consolazione: ancora per pochi secondi avrebbe goduto della dolcezza della mano di Martine che scendeva sul collo per tornare sotto la camicia e raggiungere nuovamente il cuore.

Con uno sforzo che al confronto le palate di sale erano piume, si tirò su, si mise a sedere, le pezzuole caddero, Martine ritrasse la mano, vergognosa.

I loro occhi si incontrarono e restarono a lungo a guardarsi, sapendo già tutto.

Poi Felice scappò via.

31

Tutto bene

Era stanca di restare in casa, come le era stato ordinato di fare finché la costola rotta non si fosse rinsaldata. Ci sarebbe voluto un mese, forse ne sarebbero serviti due.

«Riguardatevi, mi raccomando» aveva detto il dottore. «Una caduta dalle scale non è uno scherzo.»

Camilla gli aveva mentito.

Stava per essere sbugiardata quando Marinella, arrivata in camera da letto alla fine della visita per accompagnare il medico, aveva già aperto bocca per dire al dottore che si sbagliava, non era caduta dalle scale, ma l'altra ne capì le intenzioni e la fulminò con lo sguardo.

Da giorni Camilla aveva una preoccupazione: spedire a Felice la lettera con cui gli comunicava di non essere più interessata al matrimonio.

Ci si era tormentata per settimane, quelle che aveva trascorso insonne su una sedia perché il letto le procurava maggior dolore.

Aveva scritto e riscritto a Felice bugie altrettanto grandi di quelle che lui aveva detto a lei. Che stava bene, che era serena, ma aveva capito di non volersi sposare. Che non desiderava di fare la fine di tante donne, a sfornare figli uno dietro l'altro. Chissà poi se sarebbe stata in grado di dargli i figli che voleva.

Queste ultime poi non erano vere bugie, ma pensieri che confusamente la travagliavano: una mescolanza tra il voler accontentare Felice nel suo sogno di una bella famiglia con tanti bambini, la paura di non esserne in grado e la necessità di seguire una sua voce interiore che, dal lontano momento in cui aveva scoperto che Titti era stato scucito, le suggeriva che avere un bimbo tra le braccia non era cosa per lei.

Attenta a non fare trapelare la fatica che le costava andare contro i propri sentimenti, raccomandava poi a Felice di lasciare il lavoro e tornare presto, era certa che i suoi lo avrebbero riaccolto a braccia aperte.

Al suo ritorno si sarebbero visti un'ultima volta: gli avrebbe restituito l'anello, ma lo pregava di lasciarle i libri, che gli avrebbe fatto riavere via via che li finiva di studiare. Specialmente di notte, erano la sua compagnia preferita.

Dopo questa lettera ne aveva scritte altre, diverse. Lettere sincere e appassionate in cui manifestava il proprio strazio al pensiero di perdere Felice, altre che raccontavano i veri motivi per cui pensava che sarebbe stato meglio rompere il fidanzamento, comprese le botte di Caterina che certo, non le avevano messo paura, ma dopo la rabbia avevano lasciato spazio a un sentimento di comprensione nei confronti di una madre disperata.

Altre notti Camilla aveva scritto parole che celebravano l'amore che la univa a lui, ignorando i ragionamenti e le colpe che si faceva per aver sottratto il suo amato al destino che si era costruito. Gli diceva che lo aspettava e che sarebbero partiti insieme, come era stato stabilito. Fingeva addirittura di avere creduto alle sue parole, che la rassicuravano sulla propria condizione.

Ogni volta strappava e riscriveva, sbattuta di qua e di là da vari stati d'animo e nuovamente l'ultimo scritto finiva nel cestino.

Appena si sentì in forze, nonostante qualche fitta acuta per un respiro più profondo, prese il calessino. Sua madre la scongiurò di non farlo. La costola, tra buche e dislivelli della strada, poteva spezzarsi nuovamente e poi quel sole così forte, e lei era una convalescente! Al campo un bracciante, robusto e pieno di salute, era svenuto mentre lavorava.

Camilla allora volle accontentarla, promettendo che non si sarebbe mossa da casa finché la morsa del caldo non avesse mollato un po'.

Quando finalmente poté uscire, salì sul calessino e percorse la strada in un lampo. Arrivò che il paese sembrava disabitato, ma appena un po' d'aria cominciò a circolare la gente uscì fuori. Le ragazze che camminavano avanti e indietro sotto i portici, le vecchie sulla piazza della chiesa a chiacchierare, il capo già velato per i vespri, gli uomini all'osteria non ancora ubriachi.

Camilla era decisa a non sollevare polvere intorno all'aggressione di Caterina, ma quando scese dal calesse si avvide che di polvere ne era già volata un bel po'.

Per un attimo il brusio del paese che si risvegliava dalla calura pomeridiana si chetò.

Gli sguardi della gente non trascuravano il viso come avevano sempre fatto, calamitati dal passo sbilenco, attenti ogni volta a valutarne la cadenza e lo squilibrio.

La guardavano in faccia, talvolta tirando un breve sospiro come di sollievo.

Berta aveva fatto il suo lavoro. Doveva aver lasciato credere che la ragazza, in seguito alla vile aggressione, fosse in pericolo di vita. «Sto bene, grazie!» dovette ripetere più volte a chi si informava sulle sue condizioni di salute.

Sentiva intorno un affetto inaspettato.

Calci e pugni a una povera disgraziata senza una gamba, secondo il sentire comune, non trovavano giustificazione nemmeno nella colpa di questa di avere osato aspirare, dalla sua condizione di inferiorità, a un ragazzo di buona famiglia.

Buona famiglia, poi! Contadini che avevano fatto la fame come tutti. Erano piuttosto degli arricchiti, volgari, con una gran puzza sotto il naso, e quello sventurato figlio era stato costretto a scapparsene via chissà dove, essendo l'unico di loro ad aver conservato la giusta modestia.

La vittima di chiacchiere e malignità era diventata Caterina, sebbene il piatto fosse meno gustoso, in quanto originaria di un altro borgo e addirittura ormai trasferita in città. Dovevano metterci del loro.

«Io me la ricordo! Una vipera!»

Qualcuno l'aveva conosciuta perché sorella della cognata di suo fratello o ne aveva sentito parlare dalla suocera di sua figlia, che le era cugina in secondo grado, e tutti ne avevano una pessima opinione.

Camilla, di contro, fu assolta.

Ora che il pendolo dell'indulgenza batteva dalla sua parte, forse non sarebbe più stato necessario immolarsi, emigrare, mettere da parte lo studio e la missione di Felice, o diversamente distruggere l'amore per permettere agli ideali di realizzarsi.

Forse, se il mondo non fosse più stato loro nemico, si sarebbe trovata un'altra strada.

La gente cambiava, poteva cambiare. Persino Berta era passata dalla sua parte. Perché allora non tentare di salvare i sogni, l'amore, il futuro, perché non provare a volere tutto?

Decise di rimandare nuovamente l'invio della lettera e, invece che andare dritta all'ufficio postale, deviò per il tratto di portici che accompagnavano il cammino fino all'osteria di suo padre.

Non si sarebbe consigliata con lui per non dargli altri

grattacapi, ma chissà che non servissero a chiarirsi le idee una pausa nella corrente fresca delle arcate e un bel bicchiere di menta.

Menta, sì. Liscia. Dopo l'incubo del ghiaccio che, masticato, le aveva fatto cadere i denti a uno a uno, mai più limonata.

Davanti alla barberia incontrò Sebastiano, che ne usciva in quel momento.

Insieme alla barba e i capelli su cui il barbiere aveva affondato forbici e rasoio, se n'erano andati dieci anni di vecchiaia. Aveva la fortuna di non essere calvo, ma anzi, aveva una testa di capelli folti e solo appena ingrigiti; l'atteggiamento curvo dovuto alla tristezza a cui era abituato, era stato rimpiazzato da una maggior fierezza e Camilla vide un uomo nuovo che, senza più vergogna alcuna, la salutò con la lingua dei gesti.

Nelle ultime settimane lo aveva visto una volta sola quando, non sapendo nulla del grave fatto accaduto, era andato da lei per la lezione. Avevano provato ugualmente a studiare, ma lei sentiva troppo dolore ogni volta che doveva piegare il busto o alzare un braccio e avevano deciso di rimandare alle settimana successiva, ma ogni settimana lui era tornato e Camilla non se l'era sentita. Per tre volte.

L'ultima volta Marinella non l'aveva neppure fatto salire in camera. La donna, nel tempo, aveva preso confidenza con la presenza di Sebastiano e quando veniva non si nascondeva più.

Dalla sua panchetta vicina alla finestra, il lavoro a maglia appoggiato in grembo, aveva osservato come ipnotizzata i gesti che si scambiavano maestra e allievo, tanto che aveva imparato anche lei a comprendere qualche parola della lingua dei segni.

Il giorno in cui non l'aveva fatto salire, avevano trascorso del tempo insieme nell'attesa che lui, dopo la lunga camminata al sole, potesse nuovamente rimettersi in strada per tornare indietro. Marinella gli aveva offerto acqua fresca, si erano scambiati sguardi, timidi sorrisi e qualche semplice frase.

Approfittando di quell'incontro avvenuto per caso in paese, Sebastiano confessò a Camilla di essersi innamorato sinceramente di Marinella, ma aveva pudore a dichiararsi, data la differenza di età. Lei era una giovane donna e lui un uomo che poteva considerarsi anziano.

Tra sé cercava di confortarsi pensando che lo stesso Garibaldi, suo modello di uomo, aveva in ultime nozze sposato una donna più giovane di quarant'anni, ma se l'altro era il modello e lui l'imitazione, un motivo doveva esserci. Temeva che Marinella potesse disprezzarlo a causa del suo mutismo e della sua età. Che addirittura si offendesse per l'ardire della proposta.

Ma se non fosse stato così, se una speranza ci fosse stata, non gli sarebbe importato che fosse incinta e il suo grande desiderio sarebbe stato di dare il suo nome al bambino.

Chiedeva perciò a Camilla di fare da mediatrice.

La richiesta la lasciò confusa: non aveva mai considerato Sebastiano sotto quell'aspetto, lo considerava distante dalle passioni, dalle emozioni. Anche lei, come tutti, era vittima di pregiudizi e se ne dispiacque. Ancora più di prima, aveva bisogno di rinfrescarsi il cervello. Chiese a Sebastiano di accompagnarla all'osteria, da suo padre, sognando sempre più il suo bicchiere di menta.

32

La gioia degli altri

In venti giorni si fece tutto. I genitori della sposa riaccolsero in casa la figlia, che poté riabbracciare le sorelle. Il padre si diede da fare per racimolare una piccola dote e la madre qualche lenzuolo per il corredo.

«Quel che possiamo lo facciamo. Con tutte queste femmine, più di tanto...» commentò Vincenzo, detto da tutti Censo, al pretendente Sebastiano. «Ma voi come pensate di mantenere la famiglia?»

Camilla era pronta a fare da interprete tra i due.

Il padre aveva pochi anni in più del futuro genero e il garibaldino, invece di rispondere, pose a sua volta una domanda. Chiese al futuro suocero se ricordasse i ragazzi che erano partiti per fare l'Italia. Precisò che aveva sedici anni quando lasciò casa per seguire Garibaldi, era uno dei più giovani.

Censo tamburellava nervoso: la risposta, che non era tale, non aveva nulla a che fare con la sua domanda e così Camilla, nel tradurre i gesti in parole, arrivò di sua iniziativa al cuore del discorso, aggiungendo l'informazione che premeva al padre della ragazza e di cui lei stessa si era preoccupata quando si era assunta l'incarico di ambasciatrice della proposta.

I garibaldini avevano diritto a una pensione che Sebastiano, per orgoglio, non aveva mai voluto. Aveva preferito mendicare per affermare il proprio ideale, non aveva combattuto per soldi, ma per la libertà. Inoltre condivideva con il suo eroe il risentimento nei confronti dei Savoia – erano loro che avrebbero pagato il sostentamento degli ex combattenti – per aver regalato Nizza alla Francia. Non voleva denaro da chi aveva tradito la patria.

Il desiderio di avere una famiglia e le insistenze di Camilla, di Ernestina e di Giovanni, fattisi consiglieri, lo avevano convinto a fare un piccolo compromesso e a richiedere la pensione, con tutti gli arretrati.

Messo al corrente di ciò, Censo si sentì rassicurato e tutti furono felici.

Lo era più di tutti Marinella che dalla tranquillità in cui era sempre vissuta, sana, carina, con la sola ambizione di avere un marito e dei bambini e dunque mai oggetto di critiche e disapprovazione, negli ultimi mesi era precipitata in una selva di vergogna e povertà, negletta da tutti, tranne che dall'amica e dai suoi genitori.

Senza una famiglia alle spalle, senza un uomo e con un bambino nella pancia non contava più niente, poteva solo nascondersi. Ora, improvvisamente, grazie a Sebastiano, parenti e conoscenti la festeggiavano e si complimentavano.

«*La sposa* si sposa!» sembrava dire con una punta di rivalsa guardando a testa alta chi, in paese, le aveva affibbiato quel soprannome per sbeffeggiarla e umiliarla nella sua condizione di donna abbandonata.

Cullava anche l'idea di tornare all'ospedale di Alba con il permesso scritto del marito, per il solo gusto di essere accettata per il parto, per poi magari decidere di far nascere il bambino in casa, come si era sempre fatto.

Più avanti, quando suo figlio fosse un po' cresciuto, sarebbe voluta tornare al brefotrofio per adottare uno di quei bambini bisognosi di affetto che la suora aveva sgridato, già pregustando il piacere di maltrattare suo figlio.

In ultimo era certa che Sebastiano fosse un animo sensibile, che l'età rendesse gli uomini più interessanti e che, quando avessero imparato a dialogare, sarebbe stato capace di amarla come lei sognava.

Camilla ammirava l'amica, che dimostrava di avere il pregio di plasmare i propri desideri sulla possibilità di realizzarli, trovando il buono in ogni cosa e, anzi, trasformando ciò che poteva sembrare un adattarsi, nel meglio che avrebbe potuto desiderare.

Marinella prendeva la vita nel verso giusto, non come lei, che sentiva di nuotare sempre controcorrente.

Circondata dal plauso generale, l'amica si preparava alle nozze con l'aiuto di tutti.

Le sorelle cucirono un vestito morbido, che nascondesse per quanto possibile la gravidanza.

Peppo, che in breve tempo, grazie alla sua simpatia, era diventato amico di tutto il paese – andava e veniva da una cascina all'altra, chiacchierava e beveva con tutti – si prese l'incarico di allestire il carro degli sposi, noncurante dei rimproveri di Berta.

La cugina gli fece notare che ancora non si era dedicato al suo lavoro e non aveva trovato clienti benestanti che avessero bisogno di restauri, non doveva prendersi altri impegni.

Lui per tutta risposta la abbracciò così forte che le si staccarono i piedi da terra, ruotò su sé stesso tirandosela dietro, le gambe che volavano come fosse una pupattola di pezza.

«Cuginetta bella, la vita è un giro di giostra! Godiamocela!»

Lei strillò, fece finta di protestare, rise e da allora, ogni volta che era nervosa, ripensava a quel «cuginetta bella» e si consolava.

Dopo una settimana il carretto era dipinto di bianco, decorato di ghirigori colorati e, inchiodate sopra due sedie imbottite, era pronto per la cerimonia.

La cavallina che lo tirava portava intorno al collo una corona che, dietro insistenza del cugino, era stata intrecciata da Berta.

«Quante stupidaggini ti inventi, Peppo!» ma la mattina delle nozze si era alzata all'alba per raccogliere i fiori al campo, che risultassero freschi tutto il giorno.

Persino Agostino si convinse a partecipare al piccolo corteo che accompagnò la sposa in chiesa e le regalò una cesta con le ruote, di quelle che ormai vendeva dappertutto e che piacevano tanto alle future mamme. Ernestina e Giovanni erano contenti che il figlio fosse tornato a dormire a casa e che il portico si fosse trasformato in un fiorente laboratorio e nient'altro.

Camilla osservava la gioia degli altri.

Sorrideva, aiutava – era diventata la voce di Sebastiano – ma non riusciva a partecipare, perché non capiva come la gente potesse mutare i propri sentimenti così improvvisamente, come un vento che cambia direzione.

Era contenta che per Marinella tutto andasse a gonfie vele, ma nessuno si accorgeva che nulla era cambiato.

Nella pancia dell'amica c'era sempre lo stesso bambino ed era inspiegabile come fino al giorno prima quel povero innocente avesse generato ostilità e maldicenza e improvvisamente diventasse fonte di gaudio condiviso. Che cosa impediva di provare pietà per la madre, tenerezza per il piccolo, finché non c'era stato un uomo al loro fianco?

Il solo fatto che un vecchio decidesse di sposare una ragazza trasformava la notte in giorno, la presunta colpa in futuro lieto evento.

Qualcosa le sfuggiva.

Oppure era invidia.

Invidia nascosta. Come se per tutti, alla fine, le cose si potessero assestare. Solo per lei il vento tirava sempre in senso inverso.

Quella festa di nozze avrebbe dovuto essere la sua.

Suo padre con il vestito della domenica, Ernestina con il cappellino con le rose: li avrebbero dovuti indossare per lei. Voleva lei il carro dipinto, i fiori di Berta e le felicitazioni della gente. Invece non le restava che una lettera mai spedita che la sorvegliava appoggiata sul comò mentre, davanti allo specchio, indossava il suo abito migliore per partecipare come testimone alla cerimonia, consegnando le fedi di preziosa latta agli sposi.

33

14 agosto 1893
L'inizio

Martine aveva acceso un desiderio che nessuna donna nel passato di Felice aveva generato.

La voglia soddisfatta era sempre repentinamente scomparsa, quella intrisa d'amore, conosciuta solo con Camilla, aveva saputo attendere.

Martine, così eterea da non poter suscitare una passione carnale e nel posto sbagliato al momento sbagliato per un qualsiasi sentimento, era una cosa nuova.

Martine era l'unica cosa.

La fatica del lavoro, gli occhi che piangevano senza sosta, Jacopo che aveva solo rabbia, Camilla che non scriveva... Felice viveva nel deserto e la carezza di Martine era stata l'oasi intravista all'orizzonte.

Per giorni rievocò gli istanti con lei per trovare sollievo ai ripetuti disagi, finché il ricordo non si dissolse contro la luce accecante delle montagne di sale da trasportare fuori dalle saline, avanti e indietro per sentieri e passerelle, cento chili a carriola.

Jacopo aveva avuto la febbre, per due giorni non aveva potuto lavorare, ma si era ripreso ed era più forte ed energico di prima.

Persino l'umore era migliorato e, seduto all'ombra nella mezz'ora di pausa mattutina, faceva progetti per il lavoro dopo le saline.

«So dove andare per la vendemmia, vedrai amico mio, è tutt'altra cosa da qui! Nelle vigne si lavora uomini e donne insieme!» e ammiccava, alludendo a ovvie conseguenze.

Felice istintivamente si toccò il petto là dove si era poggiata la carezza di Martine, ma si accorse che il fuoco era svanito e il gesto, anziché evocare il sollievo che lo aveva confortato per giorni, non gli suscitò altro che preoccupazione, constatando la propria magrezza.

I muscoli delle spalle e delle gambe però si erano fatti robusti a forza di spingere la carriola e le mani erano finalmente indurite dai calli.

La pausa del mattino finì, venne l'ora di ricominciare il lavoro. Alla base dei cumuli, gli operai francesi riempivano le carriole che andavano e venivano, facendo evidenti favoritismi nei confronti dei compatrioti.

Il sale trasbordava dalle carriole degli italiani tanto che era difficile tenerle in equilibrio, mentre gli altri avevano carichi molto più leggeri.

Jacopo ricominciò a ribollire di rabbia e a masticare frasi piene di astio, ma non era il solo. Il cottimo inaspriva i conflitti, meno sale si trasportava, minore sarebbe stata la paga.

«Per colpa di questi fannulloni si guadagna meno!» era la protesta che dominava tra i salinari piemontesi e toscani.

Persino Felice era esasperato: alla generale tensione del lavoro si aggiungevano l'aria pungente di sale e il sudore che, colando dalla fronte, rendevano il prurito alle palpebre insopportabile. Non riusciva più ad aprire gli occhi e vagava accecato dalla luce.

Poggiò di lato la carriola e si fermò ai bidoni. Si buttò in faccia due mestoli d'acqua potabile.

Un *trimard* gli passò accanto e sputò sui suoi piedi.

«Bastardo italiano, è vietato usare l'acqua potabile per lavarsi! Barbaro!»

Parlò in francese, ma Felice comprese.

Le palpebre strizzate, senza vedere a chi stesse rispondendo: «*J'en ai rien à foutre*». Non gli importava, sbottò.

Si passò il fazzoletto bagnato sugli occhi e riuscì finalmente a riaprirli, con l'intenzione di dare a quell'altro ciò che meritava: aveva una riserva di pugni mai dati di cui non vedeva l'ora di alleggerirsi.

Quando i contorni del volto del *trimard* si delinearono, l'iracondo emigrante che Felice era diventato lasciò il posto al medico che avrebbe voluto essere. Scritta sulla faccia dell'uomo, una diagnosi spaventevole: un'escrescenza violacea e purulenta dalla guancia alla fronte che, con ogni evidenza, era un tumore della pelle che lo avrebbe presto portato alla morte.

«*Tu es malade...*» sussurrò.

L'altro scoppiò a ridere.

«Il *pimos* è un dottore!» disse in francese, con tono canzonatorio. I suoi compagni risero più forte di lui.

«*Fanfaron! Ours fanfaron!*»

«*Tu es malade!*» urlò allora Felice strattonando il *trimard*, in un misto di ira e compassione.

«Voi italiani ci portate malattie!» reagì l'altro.

Il caposquadra, accorgendosi che l'attività si era rallentata, urlò: «Silenzio! Si lavora!» battendo una latta con il bastone e minacciando di usarlo su di loro.

I carichi di sale ricominciarono a circolare.

Jacopo, che aveva assistito in silenzio allo scontro tra Felice e il *trimard*, passò volontariamente con la carriola sul piede di un francese.

«Quel *pimos* mi ha spinto la carriola sulla gamba!» protestò lui, mostrando una ferita sul polpaccio.

«Sei fortunato che non ti ha cacciato il coltello nella pancia!» gli fece eco un suo compatriota.

La mattinata continuò con un susseguirsi di sgarbi, insulti masticati, occhiatacce. I capisquadra faticarono a mantenere l'ordine che si ristabilì solo quando, alla pausa di mezzogiorno, i due gruppi si separarono, in comune solo la fame e un piatto di minestra con dentro un pezzo di bollito.

Non passarono cinque minuti che cominciò a piovere sabbia sul pasto degli italiani, lanciata dal fronte opposto, che si poteva ormai definire nemico. I francesi ridevano, mentre per gli altri fu impossibile mangiare.

Venti, trenta piatti ancora pieni finirono sversati nella pattumiera. Chi non era stato sotto il tiro delle palate francesi diede qualche cucchiaiata della propria minestra agli altri, così che potessero sfamarsi tutti.

Jacopo, e Felice accanto a lui, furono tra quelli il cui rancio finì nei rifiuti e quando i loro piatti si riempirono nuovamente grazie alla solidarietà dei compagni, troppa era la fame per non buttarsi a consumare tutto prima che qualcos'altro succedesse, accucciati al riparo, il cucchiaio che si muoveva veloce dalla bocca al piatto, gli occhi fissi verso i francesi che davano le spalle, fingendo di non sapere nulla dell'accaduto.

Sazio, per quanto sazi non fossero mai davvero quei lavoratori, indipendentemente dalla nazionalità, Jacopo si alzò, incamminandosi verso la zona in cui i francesi si riposavano alla poca ombra che avevano trovato.

Qualche compagno lo affiancò, ma lui fece segno di no, voleva andare solo.

«Oh!» chiamò, per attirare l'attenzione di quelli, che lo guardarono incuriositi: chissà, si aspettavano forse che si esibisse in qualcuna delle romanze di cui talvolta era arrivata loro l'eco.

Camminò lentamente, slacciando a ogni passo un bottone della camicia lercia, sudata. Se ne liberò, restando a torso nudo e usandola per asciugarsi il petto, le ascelle; la infilò nei pantaloni, davanti e dietro.

Repentinamente poi ne fece una palla e la gettò nella tinozza dei francesi, ben sapendo che per tre giorni non avrebbero avuto altro da bere che quell'acqua.

Gli italiani applaudirono, gli altri urlarono insulti, i soliti: orsi, rospi, maccaroni. Uno di loro fece segno agli altri di stare calmi, ma era una quiete provvisoria.

«Non dovevi farlo, comincerà una guerra» lo rimproverò Felice, ma Jacopo rispose: «Bene, vedremo chi la vince».

34

15 agosto 1893
La guerra

Il masso sfondò l'assito che chiudeva la baracca dove dormivano gli italiani.

Il legno si spezzò, i chiodi saltarono, dieci operai fecero appena in tempo a schizzare via dai giacigli che la parete, con un tonfo, stramazzò a terra.

Uscirono di corsa, ma i colpevoli si erano dileguati. Fenicotteri e gabbiani si alzarono in volo gridando, l'ora del risveglio era prematura anche per loro.

«Adesso basta!» urlò Jacopo.

Pale, bastoni, bottiglie, gli italiani si armarono e raggiunsero il dormitorio dove si erano nascosti i francesi aggressori, assediandolo.

Le carriole furono le uniche a rimanere ancora riverse nell'abbandono notturno, ai piedi dei cumuli di sale. Chi non era riuscito a procurarsi un'arma, tirava sassi presi lì intorno.

«Viva l'Italia, abbasso la Francia!» era il grido che passava di bocca in bocca mentre i colpi si abbattevano sulla fragile struttura dove quegli altri restavano barricati.

L'aria ancora fresca propagò in fretta l'ira di quella mattina e in altre zone della salina, in altri dormitori, cambuse, capanne si accesero le medesime battaglie.

«Morte agli italiani!»

«Orsi, tornate al vostro paese.»

Felice, tra le mani il forcone che Jacopo gli aveva consegnato, rimaneva nelle retrovie. Non che non fosse colpito come gli altri dalla violenza subìta dagli insulti e non era né vile né mansueto. Si era battuto con il suo migliore amico quando era stato necessario difendere la donna che amava, aveva dovuto frenarsi per non picchiare suo padre, e il giorno prima quel *trimard*, se non avesse avuta stampata la morte in faccia, avrebbe ricevuto le sue.

Uno contro uno si poteva combattere, ma la moltitudine gli dava sgomento, sentiva che nella folla si poteva perdere facilmente la testa, che la violenza di ognuno avrebbe moltiplicato quella degli altri, mettendo tutti indistintamente in grave pericolo senza risolvere nulla.

Si allontanò così da quello che era ormai un campo di battaglia, il fragile asserragliamento dei francesi sbaragliato e le fazioni contendenti che si sfidavano corpo a corpo, e raggiunse la dimora dei capicantiere che, non accortisi di nulla e lontani dalle baracche dei salinari, si apprestavano a girare la manovella per dar voce alle sirene di inizio giornata.

Quando videro Felice arrivare di corsa con in mano il forcone, che non aveva abbandonato per il pericolo di essere aggredito strada facendo, scambiarono la sua foga per un assalto e si spaventarono. Così lo gettò a terra, mostrando di essere solo e disarmato.

«Sta succedendo qualcosa di grave, venite!»

Raccontò l'accaduto.

Due di loro partirono subito a cavallo per andare ad avvertire il giudice di pace in paese, mentre altri si precipitarono sul luogo dove avvenivano gli scontri, accompagnati da Felice. Gridarono di smetterla, in italiano, in francese, facendo fracasso con i bastoni contro i bidoni di lamiera. Alcuni operai accorsero, riportando ognuno la propria versione dei fatti, sempre più tragica, più arbitraria. I francesi gridavano che c'erano morti e feriti tra i loro compagni, che gli italiani li avevano aggrediti.

Felice vide gente insanguinata, buttata a terra malconcia, però morti no, non sembrava ce ne fossero.
Molti francesi andarono verso Aigues-Mortes, dissero a tutti coloro che incontravano sul cammino che erano stati gli italiani ad assalire il loro dormitorio durante la notte, omettendo che la prima mossa era stata la loro.
«I piemontesi sono delinquenti, dobbiamo cacciarli dalla nostra terra!»
«Hanno tirato fuori i coltelli, ce li hanno puntati alla gola!»

Quando il giudice di pace arrivò con tre gendarmi, fece subito arrestare quelli che individuò come arruffapopoli: Jacopo e il *trimard* con il volto deturpato dal tumore furono i primi.
Il francese protestò, gridò all'ingiustizia e fu rilasciato quasi subito, mentre Jacopo fu rinchiuso in una capanna, sorvegliato a vista.
«Ascoltatemi!» disse a voce alta il giudice, mentre ormai le risse erano state sedate dalle armi che le guardie avevano puntato indistintamente sulla folla di lavoratori.
«Ascoltatemi.»
Parlava italiano con una forte pronuncia francese, ma era padrone della lingua.
«Perché combattere tra voi? Siete tutti operai che hanno bisogno di guadagnarsi da vivere. Cercate di stare in pace. Noi siamo contenti di ospitare lavoratori italiani, siete una risorsa per noi. *Il est vrai*?»
Chiese conferma ai francesi, dopo aver tradotto loro il senso del discorso. Quelli, non volendo rogne, borbottarono un qualche abbozzato assenso e si dispersero.

Il giudice non vedeva l'ora di sbrigare la faccenda e tornarsene alla sua colazione mattutina, che era stata interrotta, e promise agli italiani che, se si fossero calmati, avrebbero liberato il prigioniero. Rassicurato, mantenne la parola data.

Jacopo uscì dalla sua improvvisata cella come un toro nell'arena, ma ad attenderlo trovò i fucili, mentre i compagni già si erano allontanati per soccorrere e contare i feriti.

Solo Felice ebbe il coraggio di avvicinarsi a lui per tenerlo calmo finché i gendarmi non se ne fossero andati.

La carriole ricominciarono a circolare con i loro carichi di sale, ma non tutte: alcune furono trasformate in barelle.

I feriti italiani furono ricoverati in un solo capanno, il più decente, il meno danneggiato dai tafferugli.

Felice si assunse la responsabilità delle cure, con quel poco che l'equipaggiamento dell'infermeria forniva.

Nessuno si chiese se fosse veramente un dottore, perché alternative non ce n'erano: gli italiani si sentivano più sicuri a rimanere alle saline che non in ospedale, dove invece furono portati i feriti francesi.

«Avete solo questo?» domandò Felice all'uomo che gli mostrava il mobiletto di vetro che conteneva soltanto alcol, bende, cloroformio, pinze e un bisturi che non andava bene nemmeno per affettare il pane, talmente la lama aveva perso il filo.

«È anche troppo. Nessuno sa adoperare questi aggeggi e il cerusico passa una volta l'anno qui in zona» rispose il contabile delle saline, che era anche il custode dell'infermeria.

Jacopo, che sembrava essere ferito solo lievemente al braccio, si improvvisò assistente infermiere e, frugando nelle tasche dei ricoverati, trovò quattro coltelli.

Non hanno torto a dire che abbiamo il coltello facile, pensò Felice mentre, sulla fiamma, li disinfettava. Premuta una spugna imbevuta di cloroformio sul volto di un giovane a cui si era conficcata una scheggia di legno che trapassava la gamba da una parte all'altra, scavò con la lama perfettamente affilata.

«Questi sì che funzionano bene.»

«So che cosa pensi» disse Jacopo, mentre aggiungeva cloroformio nella spugna del paziente. «Ce li hanno anche i francesi i coltelli, non credere.»

Felice estrasse la scheggia e il sangue prese a sgorgare. Serviva un laccio, Jacopo velocemente si sfilò la cintura e la strinse sulla coscia. L'emorragia rallentò e ci fu modo così di tamponare la ferita prima che l'altro si svegliasse. La scheggia si rivelò essere l'anima di ferro di un punteruolo, usato intenzionalmente come arma.

«Ora dobbiamo sperare che non s'infetti» disse Felice stremato per la tensione, ma con un senso di fierezza nei confronti di sé stesso che non aveva mai provato.

Si sentì un dottore. Era un dottore.

Altri feriti lo chiamavano, si lamentavano, bestemmiavano odio e dolore e Felice andò avanti a pulire, bendare, incidere per tutto il resto del giorno e poi ancora quando si fece buio, a lume di candela.

L'ultimo dei suoi pazienti fu Jacopo.

«Va bene, ora puoi dare un'occhiata anche a me» disse come fosse una concessione per dare soddisfazione all'amico, che più volte durante il lavoro gli aveva chiesto come si sentisse. Lo vedeva impallidire, ogni tanto barcollava, ma continuava a darsi da fare.

Solo allora mostrò che sotto il cappello nascondeva una ferita di arma da taglio che gli attraversava tutto il cranio, impiastricciata di sangue e capelli, tamponata malamente con uno straccio.

«Sei pazzo, dovevi dirmelo subito che eri ferito.»

L'altro alzò le spalle.

«Ti devo rasare completamente» disse Felice. «Purtroppo sarai calvo per la vendemmia.»

«Diversamente dai loro mariti, le donne francesi vanno pazze per gli uomini italiani. E sono interessate a qualcosa che non sono i capelli.»

Rise forte e cacciò un urlo subito dopo: il cloroformio era finito e l'amico dovette intervenire sulla sua ferita senza alcun anestetico.

Quando finalmente Felice poté buttarsi sul giaciglio per riposare, la sua mente era sveglia come fosse giorno pieno. Così, dopo aver alleggerito per qualche minuto il peso della stanchezza che gravava su ossa e muscoli, si alzò nuovamente e uscì dalla baracca. Uno degli uomini che aveva medicato gli aveva regalato un sigaro.

Lo accese, la punta rossa di brace diradò il buio.

Sopra quella giornata orribile e intensa, sopra di lui, sopra il mondo, la cupola di stelle lo aspettava per creare, come già qualche tempo prima aveva immaginato, la congiunzione di pensiero con Camilla.

Era Ferragosto, in paese avevano fatto festa in onore di Maria Assunta. Camilla di sicuro aveva partecipato alla processione e poi, tornata a casa, si era messa alla finestra, al buio. Era certo che l'avrebbe fatto.

Che altro avrebbe potuto guardare Camilla se non il cielo? Altro non c'era, di notte, in quella campagna. Se si fossero messi d'accordo, avrebbero potuto dare appuntamento ai loro sguardi lassù, sulla Stella Polare, o su Venere.

La luna no, non era adatta per darsi convegno. Così mutevole, sempre pronta a sorgere e tramontare, a volte di notte spariva, altre te la ritrovavi alta in cielo durante il giorno: chissà se la luna era nello stesso momento lì dove stava lui e là in Piemonte. Felice non sapeva niente di astronomia. Provò a spedire lassù il proprio pensiero, immaginando che una stella più luminosa delle altre avrebbe creato il riflesso, come da bambino lui stesso faceva con il sole: trovava un pezzo di specchio, catturava un raggio e lo mandava dove più gli piaceva, a far dispetto a una vecchia, a solleticare il seno di una ragazza.

Lo colse il dubbio che il suo sentimento non fosse abbastanza intenso per arrivare fin sulla stella.

La vita alle saline lo aveva sconvolto interiormente oltre che nel fisico, togliendogli dalla testa i pensieri e dal cuore le emozioni.

La durezza di quel mondo gli aveva fatto dimenticare il perché fosse lì, dandogli come unico obiettivo arrivare alla fine della giornata, della settimana, del mese. Ormai non si chiedeva nemmeno più perché Camilla non gli scrivesse, non pensava all'America né fantasticava sul futuro.

Quell'ultimo giorno gli aveva scosso l'anima.

Era intriso di dolore e di rabbia ma, sotto sotto, rabbia e dolore avevano la stessa radice.

Gli balenò nella mente il glicine che sua madre aveva piantato vicino al pozzo.

Andava pazza per quell'albero che aveva tutto il colore e l'incanto di cui lei era priva. Usciva dalla terra con due fusti divisi che subito dopo si abbracciavano e diventavano inseparabili.

Allo stesso modo, il dolore si avvolgeva alla rabbia in un unico intrico. E la radice comune, per francesi e italiani, era uno stesso male originario, la povertà. Il giudice di pace non si era sbagliato.

Felice aveva pensato al glicine perché quel giorno anche per lui era arrivata la stagione della fioritura.

In mezzo al sangue e alle risse, aveva capito di avere dato un senso al suo essere al mondo, perché se per la rabbia non aveva saputo far niente, qualcosa aveva fatto per il dolore.

Era nato per quello, non poteva nasconderselo. Per lavorare con il dolore degli altri.

Raccoglierlo, dargli una direzione, se poteva.

Conoscerlo come si era manifestato tra i feriti delle saline. Non solo come lo aveva imparato all'università – capire dove quel corpo sanguinava, s'infettava, moriva – ma anche sapere il perché di quel sangue, del suo spargimento.

Voleva andare nelle case, conoscere i travagli e i sentimenti dei malati, condividerne i patimenti.

La sua vocazione di medico aveva ripreso vita.

35

Inganno

Quando sentì confusione sull'aia Camilla si era da poco addormentata. La festa per Maria Assunta era cominciata la mattina precedente con la processione che, partendo dal paese, era passata per le cascine, infoltendo via via il codazzo di donne e uomini, le bambine vestite da angeli che gettavano fiori davanti al carro con la statua della Madonna, i paggetti che l'affiancavano con fierezza.

Preghiere, canti.

Camilla aveva partecipato con tutta la famiglia, i vestiti indossati al matrimonio di Marinella non erano stati nemmeno rinfrescati, non c'era stato il tempo: Giovanni aveva una macchia sul cravattino, Ernestina un alone di sudore sotto le ascelle.

Quando la Madonna era passata davanti alla loro cascina erano già tutti pronti.

Don Lucio si era fermato.

«...una benedizione speciale alle anime meno devote, che sono quelle che ne hanno più bisogno!»

Si riferiva a Camilla. Ma era diventato un gioco tra lei e il prete che, ormai vecchio, si divertiva a stuzzicare la ragazza come faceva un tempo, aspergendola di acqua benedetta per vedere le sue smorfie infastidite.

Dopo la processione, avevano festeggiato sull'aia. Peppo aveva tenuto banco suonando la fisarmonica in coppia con Agostino.

«Suona divinamente» aveva commentato Berta, la cui ammirazione per il cugino era ormai travolgente, tanto che da un po' si malignava che se ne fosse innamorata.

Lei s'indignava nel sentire la parola «amore», la riteneva inadeguata a sé e alla sua età, e disse: «Mai e poi mai, è mio parente!»

Camilla aveva partecipato a tutto, benedizione e festa, ma da quando Felice era partito la vita le arrivava filtrata, come attraverso un vetro: era un modo per non disperarsi.

C'era, ma non troppo. Viveva in una teca di indifferenza che la salvava dal dolore, ma le impediva anche di gioire, rallegrarsi, divertirsi.

La festa di Maria Assunta era trascorsa così. Camilla aveva addirittura cantato sulle note di Peppo, ma era come se si guardasse cantare e sorridere e asciugarsi il sudore e qualsiasi cosa. Un po' da lontano.

La sera, quando tutto era finito, si era messa alla finestra: cercava le stelle. Invece stava arrivando un temporale che aveva coperto il cielo di nuvole che si accavallavano veloci le une sulle altre e rombavano in lontananza.

I temporali della sua infanzia, quelli del prima, li amava.

Le tornò in mente l'uomo dell'omnibus, si ripeté che aveva deliberatamente ignorato la sua caduta, condannandola. Anche lui era rimasto dall'altra parte del vetro, non le suscitava più odio e risentimento.

Inghiottito anche lui dall'indifferenza.

Don Lucio in confessione le chiedeva ogni volta: «Provi ancora odio per quell'uomo?» e lei rispondeva sempre, senza mai dubitare: «Sì».

«Lo sai che odiare è peccato mortale?»

«Non posso farci niente.»

Le affibbiava una caterva di *pater ave gloria* che non portavano alcuna redenzione.

Invece l'ultima volta gli aveva risposto: «No, non più» e lui si era commosso, ringraziando la misericordia divina.

Non sapeva che la teca che la isolava da tutti i sentimenti aveva potuto ciò che anni di penitenze non erano riuscite a ottenere.

La notte dopo la festa, Camilla si era rigirata nel letto per ore e solo quando nella stanza era entrato il primo filo di luce e avevano cominciato a definirsi i contorni dell'armadio, della fotografia sul comò, della stampella appoggiata al muro, aveva preso sonno.

Dopo neanche due ore un grido la svegliò.

«No, non portatelo via!»

Berta sembrava impazzita.

Erano le sei del mattino e sull'aia c'erano le guardie.

Una esortava la donna a stare calma, altre due entrarono in casa e poco dopo ne uscirono con Peppo in manette.

I vicini, che la sera prima avevano cantato e brindato con lui, accorsero. Anche Giovanni, anche Ernestina. Non era mai successo che le forze dell'ordine arrivassero fin lì.

Agostino scese di corsa le scale, Camilla raggiunse la finestra.

La guardie parlarono sommessamente con Berta. Persino Camilla, che dalla sua camera al primo piano aveva una posizione favorevole, non riuscì a capire che cosa le stessero dicendo.

Riuscì invece a sentire Berta che, rivolta a Peppo, con il tono di una madre al figlio, di un'amante che ha bisogno di sapere la verità dall'amato, chiese: «È vero?»

Lui abbassò gli occhi: era un sì.

La donna si lasciò andare su una panca.

I due gendarmi trassero via l'uomo, ma dopo qualche passo Berta lo richiamò.

«Peppo...»

Lui si voltò. Dritti come pali i due ai suoi fianchi si fermarono.

Non riuscì a dire niente.

Peppo sorrise debolmente e salì sul carro con la scritta scolpita, POLIZIA REALE.

Berta tornò vecchia. Entrò in casa asciugandosi gli occhi e Agostino fu il solo ad avere il coraggio di bussare alla sua porta. Era affezionato.

Non le chiese niente. Si sedette a tavola e lei gli mise davanti una zuppa di latte, come aveva fatto fino a che aveva dormito sotto il portico.

Quando uscì, ai silenziosi sguardi che lo interrogavano rispose scontroso: «Non so niente».

Non c'era mistero che la curiosità del paese non riuscisse a penetrare.

L'osteria di Giovanni, seppur disertata per pranzo e cena, continuava a essere il punto di smistamento delle chiacchiere e lì, tra un bicchiere di vino e uno di vermouth, il mosaico delle notizie si compose nel giro di poche ore, offrendo una versione dei fatti decisamente credibile.

Peppo era stato arrestato perché era il cugino di tutte le donne sole e non più giovanissime del circondario. Si faceva accogliere in casa evocando generici ricordi d'infanzia che era impossibile smentire, ma che potevano facilmente essere stati dimenticati. Chi non aveva avuto un lontano parente con cui aveva condiviso qualche giornata di gioco, una fionda, un albero su cui arrampicarsi? Se non se ne ricordava, era solo perché era passato molto tempo.

Era così affascinante che si faticava a contraddirlo e lui abbindolava le anziane signore vivendo alle loro spalle e, se possedevano qualcosa, cercava di sfilargliela.

Era sempre gentile, non aveva fatto del male a nessuna donna anzi, le viziava tanto che quasi tutte se ne innamoravano: questo contribuiva a evitare le denunce.

Per anni aveva agito indisturbato, approfittando della vergogna di chi, dopo che lui le abbandonava, si sentiva colpevole della propria ingenuità.

Erano stati i figli di una vedova proprietaria di terreni, vigne e cascine nell'Alessandrino a scoprire il raggiro. Avvisati dal notaio, a cui la donna aveva manifestato l'intenzione di fare un lascito testamentario in favore di uno sconosciuto, avevano segnalato l'uomo alle forze dell'ordine.

Il cugino Peppo si chiamava Alvise e veniva dal Veneto, ma negli anni aveva perso la cadenza della sua zona e si era integrato bene in giro per il Piemonte.

Con le sue truffe non era riuscito a diventare ricco, ma poteva vantarsi di non aver mai lavorato. Pittura e restauro erano per lui un passatempo che ostentava come professione per non destare sospetti nelle sue vittime. Non aveva mai fatto il restauratore, ma aveva un certo talento artistico e una manualità con cui si divertiva a sistemare le case delle finte cugine.

Qualcuno azzardò che, quando le guardie erano arrivate da Berta per arrestarlo, stessero dormendo nello stesso letto.

Immaginando la tresca, gli uomini lo compativano, le donne cambiavano discorso.

«Però era simpatico» era l'assoluzione che tutti gli davano, ogni volta che raccontavano di Peppo, che passò alla storia come l'uomo che aveva fatto innamorare Berta.

Il tempo sospeso dei giorni di festa era passato. Il matrimonio era stato celebrato, Maria Assunta era stata osannata per la sua salita in Cielo: Camilla non aveva più scuse, doveva decidersi a spedire la lettera.

La speranza che era nata giorni prima quando, arrivando in paese, aveva scoperto di non essere più invisa a tutti ma anzi, si era sentita addosso l'affetto dei suoi compaesani, era presto scemata.

Perché mai quella benevolenza avrebbe dovuto cambiare il suo destino? I genitori di Felice non avrebbero mai approvato il loro matrimonio e non avrebbero concesso al figlio di continuare gli studi fino alla laurea se avesse insistito nel frequentarla. Tra sé, Camilla aveva cercato a lungo una soluzione, ma non c'era.

Così la lettera piena di finto disamore che avrebbe indotto Felice a tornare e a far pace con i suoi doveva partire.

Tutto il tempo passato senza ricevere una risposta giocava a favore di una rottura. Il suo fidanzato doveva essere molto arrabbiato per il suo lungo silenzio e la lettera sarebbe arrivata come la goccia che avrebbe fatto traboccare il vaso.

Prese il calessino, e fu più gravoso del solito stare in equilibrio sul predellino e issarsi fino al sedile. Lasciò le redini molli: che il cavallo facesse per conto suo, la strada la sapeva.

«Devo spedire una lettera in Francia.»

L'impiegato dell'ufficio postale le consegnò il francobollo. Camilla lo afferrò tra indice e pollice e prese tempo, soffermandosi a guardare i baffoni del re che occupavano un notevole spazio della figurina stampata, poi con un'occhiata li confrontò con quelli striminziti dell'uomo che aveva davanti, seduto dietro la scrivania, in attesa che gli venisse consegnata la busta affrancata.

Strofinò il retro gommato del quadratino dentellato contro la spugnetta bagnata, lo posizionò in alto a destra, all'inizio un po' storto; quindi, lo raddrizzò facendolo scivolare su sé stesso, lentamente. Ci soffiò sopra.

Si asciugò le dita con il fazzoletto. Controllò che la busta fosse perfettamente chiusa e l'indirizzo ben visibile.

Non restava più niente da fare se non affidare la lettera nelle mani dell'addetto alla spedizione, che l'afferrò bruscamente, non sapendo che le stava strappando un pezzo di cuore.

«C'è gente che aspetta, signorina!»

Camilla prese i centesimi dal borsellino e pagò velocemente, andando via vergognosa.

Ora la sua vita era nuovamente cambiata. Cercò di convincersi che quella appena finita era stata un'avventura e provò a farne il riassunto.

Proprio come era ben spiegato nel manuale di lingua italiana che ultimamente era rimasto chiuso sulla scrivania, per fare una sintesi si devono togliere i contenuti superflui. E superfluo, nella sua storia, le apparve il dolore, sostanziale la gioia che aveva vissuto nel tempo che era passato da quando aveva conosciuto Felice.

«È il Signore che ti manda!»

Le venne incontro don Lucio, seguito dal chierico che, fattosi uomo, scoppiava dentro la cotta merlettata.

«Ti stavo cercando, Camilla.»

Avrebbe voluto fuggire, maledetta ancora una volta la sua gamba di legno.

«Don Lucio, la benedizione di ieri è ancora valida.»

«Niente benedizione. Ti devo parlare di cose serie.»

36

Il conte Edoardo

Don Lucio era stato chiamato a confessare un malato fuori Alba. Era passato a prenderlo una carrozza, subito dopo la processione per Maria Assunta, gli era stato dato il tempo di passare in canonica a prendere l'aspersorio e un cero benedetto.

Avevano viaggiato sulla strada maestra, poi la vettura si era arrampicata per una salita tutta curve, era entrata in un cancello, aveva percorso un viale di ghiaia bianca e si era fermata in un giardino pieno di alberi, tra i quali si scorgeva una villa padronale con una torretta.

Si era fatta l'ora del tramonto e, guardando oltre la casa che si trovava in alto, si apriva la pianura, poi le colline e, dietro, tutta la cintura delle montagne con i ghiacciai eterni e il cielo rosso fuoco.

Il prete aveva ringraziato Dio per quel dono della natura e si era sentito felice.

Era stato fatto accomodare in casa, dove lo aveva accolto una donna che si era inginocchiata per avere la sua benedizione: «Mio zio, il conte Edoardo, sta male, venite».

Attraversata un'infilata di stanze, gli avevano indicato una porta, l'unica chiusa. «Entrate, vuole che vi lasci soli.»

Nel letto c'era un uomo anziano, chiedeva i sacramenti.

Don Lucio si apprestava ad ascoltare le solite confessioni dei vecchi che si sforzavano di trovare peccati in una coscienza ormai purificata dalle scarse occasioni e che, con il passare del tempo, si era alleggerita con l'oblio, ma invece aveva sentito una storia che lo aveva inquietato.

L'uomo, la mente lucidissima, aveva da confessare una colpa che si era tenuto dentro per più di dieci anni. Non ricordava esattamente quanti ne fossero passati dai fatti che stava per raccontare.

Nella sua vita aveva sempre messo il denaro al primo posto. Lo aveva rincorso, sottratto, conquistato e questa sua adorazione lo aveva portato a commettere gesti turpi nei confronti dei suoi avversari che, come lui, vivevano per accumulare ricchezza.

Non si era pentito, erano nemici con cui combatteva alla pari e meritavano l'inferno quanto lui.

La colpa che invece lo aveva tormentato era stata che, per avidità, per non tardare a un appuntamento che gli avrebbe procurato altro denaro, aveva lasciato morire una bambina.

«In una sera di pioggia...»

Don Lucio volle riferire a Camilla le parole esatte con cui l'uomo gli aveva raccontato il fatto.

«Ho visto la bambina cadere in un fosso. I cavalli, con gli zoccoli, l'hanno spinta... Ero sull'omnibus e avrei potuto dire al conducente di fermarsi, ma non l'ho fatto. Eravamo in ritardo ed ero atteso per una cena d'affari.»

Era passata centinaia di volte sul tratto di strada dove era accaduto l'incidente, non poteva farne a meno, era l'unica via. Si era sempre voltata dall'altra parte, come se quella notte fosse morta e provasse orrore nel vedere la propria fossa.

Camilla tornò a vivere per l'ennesima volta quei momenti. Sentì il colpo dello zoccolo stritolarle l'osso, gli occhi dell'uomo nei suoi, l'acqua, il buio. Ricordò nuovamente l'ultimo pensiero che aveva fatto prima di svenire: è così che si muore?

Il ricordo le fece battere il cuore forte, la stordì, e una nuova dolorosa consapevolezza si aggiunse al suo turbamento.

Pur avendo odiato per tutta la vita l'uomo del prima e del dopo, aveva conservato in un angolo dei suoi pensieri il dubbio di essersi sbagliata, di aver creduto che lui l'avesse vista chiaramente, ma che invece non fosse così. Non aveva mai voluto dar retta a tale remota ipotesi e tantomeno l'aveva confessata, perché l'attribuire la colpa di ciò che le era accaduto a qualcuno, era pur sempre meglio del pensare che il destino se la fosse presa con lei. Oppure, come la gente aveva malignato, che se fosse stata a casa non le sarebbe successo e che lei stessa, dunque, sarebbe stata la causa della disgrazia. Il dubbio faceva comunque da argine all'odio e lo scoprire invece che non si era sbagliata, che l'uomo, per la propria avidità, le aveva rubato la vita che le spettava, lasciandogliene una monca, le fece rivoltare il sangue. Che altro voleva da lei?

«Il perdono» disse don Lucio.

La carrozza percorse la salita, attraversò il cancello e si fermò nel giardino, accanto a un filare di alberi secolari.

Il prete la presentò alla nipote dell'uomo del prima e del dopo, che la squadrò in un modo che conosceva bene, uno stupore misto a fastidio malcelati: quello di chi non si aspetta di trovarsi davanti a una menomata.

La giovane le porse una stretta di mano debole e impaurita che subito ritrasse, abbassando lo sguardo sulla sua gamba posticcia.

«State tranquilla, non è contagiosa» la gelò Camilla, che tutto avrebbe voluto tranne che trovarsi lì.

Don Lucio le lanciò un'occhiata di rimprovero, mentre la nipote del conte si inginocchiava per avere nuovamente sul capo la mano benedicente.

Essendo opera sua, il prete si sentiva responsabile della buona riuscita di quella visita.

Quando il malato aveva confidato la sua colpa, il sacerdote aveva subito capito che la bambina di cui parlava era Camilla. Dall'ultima confessione era anche venuto a conoscenza del fatto che la ragazza aveva finalmente smesso di odiare colui che aveva causato la sua disgrazia. Gli era sembrato un disegno del Signore e ne aveva provato meraviglia: proprio ora che l'animo della vittima si era placato, ecco che lui, don Lucio, guidato non dal caso ma certamente dalla mano divina, era stato chiamato al capezzale del carnefice ravveduto.

Con soddisfazione aveva comunicato all'uomo che il pentimento era stato premiato e la bambina non era morta.

L'altro, ormai privo di ogni spavalderia, aveva gioito, poi aveva pianto a lungo e aveva espresso il desiderio di incontrarla.

Avrebbero dovuto fare in fretta, perché temeva che il suo tempo sulla terra stesse per scadere.

«Mi ha promesso che non morirà finché non avrà il tuo perdono» aveva detto don Lucio a Camilla il pomeriggio in cui l'aveva incontrata in paese e le aveva fatto la richiesta di accompagnarlo, qualche giorno dopo, a casa del conte.

«Allora non lo perdono e gli allungo la vita» aveva ribattuto Camilla, ma il prete, indignato, aveva minacciato strali celesti se non avesse avuto pietà di un malato, forse addirittura un moribondo.

Camilla si rifiutò di entrare da sola nella camera del malato: se don Lucio non fosse entrato con lei se ne sarebbe andata subito, che Dio fosse d'accordo o meno.

Il sacerdote si fece il segno della croce.

«Di che hai paura?»

«Non lo so.»

Lo sapeva, invece, aveva paura di sé stessa. Così tante

volte aveva immaginato la vendetta e temeva che trovarsela a portata di mano le facesse perdere la ragione.

A volte, quando si sentiva agitata, si abbandonava a fantasie perverse, sicura del fatto che non si sarebbe mai presentata l'occasione di realizzarle. Rappresentare dentro di sé il male che avrebbe potuto fare all'uomo che l'aveva azzoppata le era servito più volte da sfogo, le aveva ridato la calma.

Quando fu il momento di trovarsi a tu per tu con lui, sola, non servì pensare alla teca protettiva che la distanziava dalle emozioni, illudendola che il suo odio si fosse estinto.

Il vetro sarebbe potuto andare in pezzi e le stesse schegge si sarebbero trasformate in pugnali e coltelli.

Pur non sapendo di tale travaglio, il prete acconsentì ad accompagnarla.

L'uomo, che lei aveva sempre immaginato gigantesco, aveva un corpicino minuto. Lo aveva consumato la malattia o forse non era mai stato grande. Sotto il lenzuolo che lo ricopriva, le gambe erano corte. I lunghi piedi puntavano contro la stoffa come fossero messi lì per conto loro, staccati dal corpo.

Non aveva più capelli, le braccia e le mani erano solo ossa.

Lo sguardo acuto e scuro che aveva bucato la notte e attraversato la pioggia per poi ignorarla era opaco e spento, ma Camilla non fu sfiorata dal dubbio che non fosse lui.

Gli zigomi che sembravano intagliati nel legno, il naso piccolo e appuntito come il becco di un passero, la bazza, allora esaltata da un pizzo nero, ora quasi glabra, erano quelli stampati nella sua memoria da quella notte.

«Mi puoi perdonare?»

La voce ferma e decisa, nonostante pronunciasse un'implorazione, era la sola cosa che aderiva al ricordo, il tono era quello di uno che non ha tempo da perdere.

Per il resto non c'era somiglianza alcuna tra ciò che aveva davanti, tutto ciò che aveva davanti – un uomo sfinito, un prete in preghiera, una camera lussuosa, una vetrata dietro alla quale splendeva la sua amata campagna – e il rancore che aveva allevato per anni.

Non era in un luogo così, contro un nemico dalle armi spuntate come quello che giaceva nel letto, che aveva immaginato la sua vendetta.

Qualsiasi gesto, là dentro, sarebbe risultato piccolo, insufficiente.

Don Lucio, sollevato il capo dal raccoglimento in cui si era chiuso per qualche minuto, la teneva d'occhio, in attesa di una risposta.

«Camilla, il conte Edoardo ti ha fatto una domanda.»

«Il conte Edoardo» ripeté sottovoce la giovane, a provare se quel nome potesse degnamente sostituire l'appellativo di uomo del prima e del dopo.

«Bambina, mi dai il tuo perdono?» Il suono della voce si era addolcito.

La stanza incombeva con i suoi velluti, gli odori stantii, le cornici pesanti che reggevano ritratti dagli sguardi assenti.

«Io vi perdono, ma la bambina no.»

Don Lucio si alzò di scatto dall'inginocchiatoio, come se gli avessero dato una frustata.

«Che dici? Abbi pietà di un uomo malato.»

«La bambina è morta quella notte. Perciò, conte Edoardo, io sola posso darvi il perdono.»

Il malato sembrò accontentarsi, le sorrise, rimanendo a lungo fisso sul volto di lei a ricercare i tratti della bambina che aveva incontrato tempo prima, nel buio, per un istante durato anni.

«Preghiamo insieme a questo nostro fratello» disse nervoso don Lucio.

37

17 agosto 1893
Pogrom

Il panificio aveva lavorato tutta la notte, riempiendo l'aria del mattino con le sue fragranze. I pani erano stati distribuiti alle botteghe, i lavoranti erano andati a dormire dopo aver spento il forno. Nell'edificio era rimasto solo il proprietario, il signor Deben, ad attendere che i capisquadra saldassero il dovuto della settimana per conto dei salinari.

Quando, sentendo confusione fuori, già mezzo addormentato, tolse il chiavistello, fu travolto da un fiume di lavoratori italiani che entrarono tutti insieme, implorando aiuto e chiudendo il portone del panificio con il palo di ferro.

«Che c'è? Che succede?»

Fuori, sulla piazza Saint Louis, la gente era armata di randelli, pale, forconi e il grido si ripeteva: «Morte agli italiani!» ma era diventato più selvaggio, amplificato in un coro di cento persone e scandito da un pubblico banditore che, a suon di tamburo, chiamava i francesi alla rivolta contro gli orsi forestieri.

Non erano più solo i salinari francesi ad affollare la piazza. C'erano bottegai, artigiani e i disoccupati a cui le Compagnie delle Saline avevano preferito gli italiani, che sopportavano meglio la fatica e le umiliazioni.

C'erano ragazzi che urlavano: «Basta, la finirete di venire a mangiare il nostro pane» e donne che, allungando la scopa, facevano inciampare e cadere chi cercava di fuggire, in modo che gli uomini potessero infierire sui malcapitati rimasti a terra.

Tutti avevano creduto alle bugie diffuse dai *trimards*: alle saline c'erano cadaveri di francesi, dicevano, vittime del coltello degli italiani. La gente aveva detto basta, nessuna tolleranza per l'invasore straniero.

A nulla valevano le insistenze del giudice di pace e del parroco, che esortavano tutti a stare calmi e garantivano che non si contavano morti né feriti gravi tra i francesi. Nessuno era disposto a credere alle loro parole.

Felice, chiuso nel panificio, contò i compagni italiani che con lui si erano rifugiati là dentro. Sessanta operai terrorizzati, qualcuno di loro già ferito. Erano andati in paese solo per ritirare la paga e saldare il conto del panificio.

Jacopo, arrampicato in alto sulla finestra, teneva sotto controllo la situazione sulla piazza: con la sua testa rasata e la benda che, allentatasi, gli ricadeva quasi fin sull'occhio, sembrava un pirata sulla coffa dell'albero maestro.

«Attenzione!» gridò. «Levatevi da lì!»

Un colpo di trave rimbombò contro il portone, che sembrò cedere alla botta rinculando e cigolando, ma resistette.

«Presto! Se entrano non ci sarà scampo.»

Portarono tavoli, madie, sacchi, accatastarono sedie: il proprietario non poté opporsi, era in gioco anche la sua pelle.

La barricata resistette a un altro paio di mazzate poi, quando sembrava che non avrebbe potuto sopportare ancora, i colpi cessarono.

Fuori il tamburo chiamò un'adunata, rullando più forte.

«Che stanno tramando?» chiese Felice.

Jacopo si appese ancora più su, in modo da poter non solo vedere, ma anche ascoltare meglio attraverso una feritoia nel muro.

«Il prefetto sta parlando.»

Guardò ancora: «C'è anche gente con il fucile».

Qualcuno tra gli operai reclusi fu preso dal panico, pensava alla moglie, ai figli a casa. «Se mi accade qualcosa, pensa a mia madre!» disse un giovane al suo compagno di lavoro.

Felice cercava di rassicurare tutti, se la sarebbero cavata. Non c'era altro da fare che mentire.

Jacopo scese dal suo posto di vedetta, mollò un pugno contro un sacco di farina che sbuffò nell'aria una nuvola bianca, e comunicò ai compagni che il prefetto aveva deciso di far licenziare tutti i dipendenti italiani delle saline e di rispedirli in patria. Questo, secondo lui, avrebbe dovuto riportare la calma tra i francesi.

Sarebbero stati salvi, ma a caro prezzo. Le famiglie che li aspettavano a casa con uno stipendio: chi le avrebbe salvate da un anno di stenti? Erano disperati.

Felice si sentì invece colpevolmente alleviato.

Né il sole a picco, né la fatica delle carriole o i calli sulle mani ne avevano fatto un vero emigrante. Lui era semplicemente uno che aveva espatriato, sì per ammazzarsi di lavoro, ma permettendosi il lusso di farlo per orgoglio.

Non aveva nulla a che fare con gli emigranti veri, quelli partiti per bisogno e per fame.

Jacopo con un secondo pugno sfondò il sacco e la farina franò a terra, con inquietudine di Deben.

«C'è una porta sul retro, io vado!» tuonò.

«Dove?»

«Non mi faccio licenziare così.»

A Felice non restò altro da fare che seguirlo. Non lo avrebbe lasciato solo. Che cosa avesse in animo di fare l'amico era impossibile intuirlo, era più un gesto di rabbia e disperazione che una vera strategia.

«Torniamo ai nostri posti di lavoro e da lì non ci muoviamo!» tuonò.

Appena fuori, fu chiaro che l'espediente del prefetto non aveva funzionato: non bastavano il licenziamento né l'espulsione, i francesi volevano il sangue degli italiani.

C'erano spari, grida sempre più forti.

La folla era un unico, grande animale inferocito.

Nel tentativo di tornare alle saline, i due riuscirono miracolosamente a scivolare in mezzo a violenze che non li sfiorarono, tanto che Felice si chiese per un attimo se non fossero diventati invisibili, o peggio, forse credevano di essere vivi, ma invece erano già in braccio alla morte.

Ciò che accadeva intorno era terribile.

Un gruppo di francesi aggredì un italiano a colpi di bottiglia e, una volta che quello fu a terra, continuarono a schiacciarlo con i tacchi, mentre altri prendevano a bastonate un compagno che aveva cercato di salvarlo.

Un uomo sembrava morto, poi si mosse, cercando di strisciare verso un riparo.

«È ancora vivo, bisogna finirlo» disse un francese e il suo complice imbracciò il fucile e gli sparò. Gli passarono sopra, calpestandolo.

Tragedia nella tragedia fu il non potersi fermare a soccorrere chi chiedeva aiuto, a chiudere gli occhi ai morti: Felice contò cinque cadaveri di italiani sul percorso, e un grande numero di feriti.

In quell'orrore non restava che andare avanti, perché fermarsi significava rassegnarsi a una morte sicura.

«Dobbiamo passare il fiume.»

Jacopo fece strada.

Felice rimase indietro, a pochi passi da lui.

Di schiena, a torso nudo, qualcuno era appostato tra le vigne che digradavano fin quasi dove l'acqua si ritraeva su piccole spiagge sassose. In quel tratto il guado era agevole e molti tentavano da lì di sfuggire agli assalti.

L'uomo si nascondeva, le foglie erano fitte, i grappoli abbondanti. Aspettava.

Si mosse, fece qualche passo e uscì allo scoperto, una macchia scura gli avvolgeva il collo e la nuca: era il francese con cui Felice si era scontrato il giorno prima, la malattia lo aveva aggredito anche alle spalle.

Aveva tra le mani un fucile, ma i fuggitivi se ne accorsero troppo tardi.

Prese la mira su Jacopo che, dalla spiaggetta, stava mettendo piede in acqua per affrontare il fiume. Il dito era pronto sul grilletto.

«No!» gridò Felice, d'istinto.

L'arma rimase a mezz'aria.

L'altro si voltò, il fucile seguì il movimento. Lo riconobbe: «*Docteur*!» scandì sguaiato, in tono canzonatorio.

Felice non fece in tempo a buttarsi a terra e il colpo partì.

Martine era uscita dalla sua mente in modo definitivo giorni prima, eppure inaspettatamente se la sentì accanto. Nel naso aveva l'odore delle sue pozioni, il fresco dei tamponi sugli occhi.

La mano, delicata come un arpeggio, si muoveva sulla sua schiena, ma invece del brivido che aveva causato carezzandogli il petto, ora procurava un dolore forte.

Felice aveva gli occhi chiusi, stava certamente sognando. Aveva dormito a lungo e cercò di raccogliere le idee per capire dove si fosse addormentato.

«Si sta svegliando» disse qualcuno sottovoce.

Provò a tirarsi su, smarrito, e sentì l'intero corpo andare in pezzi. Ricadde sui cuscini, prono, e si accorse che qualsiasi tentativo di cambiare posizione faceva l'effetto di una coltellata nella spina dorsale. Lentamente riuscì ad appoggiarsi sul fianco, levò i tamponi dagli occhi e vide Martine. Poi suo marito Gerard e infine la testa bendata di Jacopo.

I tre si illuminarono di gioia e si complimentarono, come se avesse appena compiuto una prodezza.

«Benvenuto tra i viventi!» lo accolse Jacopo.

Martine aveva tre le mani delle bende che srotolava lentamente.

«Dio mio, che ci faccio qui?»

«Non ricordi?»

L'amico dovette riferirgli l'accaduto, a cominciare da quando erano usciti dal panificio, ultimo evento rimasto impresso nella sua memoria.

«Per prima cosa, mi hai salvato la vita.»

Jacopo era consapevole che il colpo che aveva ferito Felice era destinato a lui, ma aveva subito avuto occasione di ricambiare il nobile gesto.

«Ti stavano facendo a pezzi. Eri a terra, ferito e ti hanno preso a calci, ti hanno colpito con i badili. Non so come sono riuscito a levarti dalle loro mani e siamo venuti a rifugiarci qua.»

Cercava di riferire senza usare toni drammatici, ma la gravità di ciò che era accaduto Felice la sentiva tutta addosso, nel dolore in ogni parte del corpo e in particolare in un punto a metà schiena, dove il sangue bolliva con fitte laceranti, come se ancora gli aggressori si stessero accanendo.

«Mi fa male, non posso muovermi.»

Cadde un silenzio preoccupato. Martine disse qualcosa in francese al marito, che riferì, chiedendo se si sentisse la gambe, i piedi. Felice li mosse con uno scatto e il dolore alla schiena si fece più acuto. Martine approvò e tutti compresero che era un segno positivo.

«Ti hanno sparato, ma il colpo è uscito.»

«È venuto un dottore amico mio a visitarti» intervenne Gerard. «Vedi, mia moglie ti sta medicando.»

Felice e Martine si guardarono, lei accennò un sorriso rassicurante.

«Ti chiedo scusa, vi chiedo scusa a nome dei miei connazionali. Niente giustifica ciò che vi hanno fatto» continuò Gerard, pieno di sdegno.

Felice volle sapere di più sulla terribile giornata, chiese come stavano gli altri compagni di lavoro.

Molti di quelli che, come loro, avevano cercato scampo attraversando il fiume, erano stati colpiti con mazze e randelli mentre cercavano di entrare in acqua e poi bersagliati con sassi mentre erano in mezzo al guado. Altri, proprio come Felice, erano stati presi a fucilate da qualcuno che era nascosto tra le vigne.

Sulla piazza Saint Louis la folla esaltata continuava a gridare: «Fuori gli invasori, viva la Francia» e il portone del panificio stava per cedere.

Così chi era rimasto lì era stato costretto a uscire, con le mani in alto.

Purtroppo la resa non era servita a niente.

«Puoi immaginare da solo che cosa sono stati capaci di fare a quei poveretti.»

Non volle dire di più, Jacopo.

Gerard si prese il capo tra le mani, Martine aveva gli occhi lucidi.

Bussarono alla porta. Colpi forti, decisi.

«Aprite!»

Martine fu pronta a buttare una coperta e dei cuscini addosso a Felice. Gli si sdraiò accanto, così vicina che lui poteva sentire il pulsare spaventato del suo cuore contro il suo fianco e le loro sagome sotto le lenzuola apparivano come un unico grande corpo che giaceva inerme nel letto. Si sciolse i capelli e li sparse sul cuscino, gli occhi chiusi.

Non avrebbero osato avvicinarsi al capezzale di una donna malata.

Gerard fece nascondere Jacopo dietro la tenda a fiori e andò ad aprire.

Non erano i ribelli francesi, ma i gendarmi.

«Ci sono italiani qui?»

Se qualcuno si era rifugiato presso quella casa, dissero, avrebbe dovuto consegnarsi.

«Per il loro bene» aggiunsero «qui non è più aria per questa gente.»

Li avrebbero scortati alla stazione per essere rimpatriati.

Gerard si oppose, c'era un ferito e il dottore aveva detto che doveva restare a letto, ma non vollero sentire ragioni: ordine del prefetto, via gli italiani. Alle saline avevano assunto nuovi dipendenti, tutti francesi, stava tornando la pace.

«Li attendiamo qua fuori.»

Felice ebbe in consegna da Gerard un manico di scopa per sorreggersi, in due lo sollevarono dal pagliericcio e Martine lo aiutò a rivestirsi. Gli pulì il viso ancora incrostato di sangue e in una sacca infilò qualcosa da mangiare, i tamponi per gli occhi e una boccetta di liquido azzurro.

«Perdonateci ancora» disse Gerard.

Si abbracciarono per l'ultima volta.

TERZA PARTE

38

Silenzi

Giovanni non voleva piangere davanti a sua figlia. Conduceva il calesse in silenzio, traendo lunghi sospiri nel tentativo di scacciare un pensiero più doloroso degli altri che gli si era ficcato nella mente.

Camilla si era accucciata in un angolo e sembrava addormentata. Poi apriva gli occhi, guardava le nuvole, «pioverà» diceva, e li richiudeva.

«Hai sonno?» chiese il padre.

«La polvere. Dà fastidio agli occhi.»

Il fango non era meglio. In alcuni tratti di strada Giovanni dovette scendere e spingere, la ruota affondava e le bestie non ce la facevano da sole. Avevano affittato un carro con due cavalli, più veloce e sicuro: non era uno scherzo arrivare a Torino.

Colline, poi pianura. Le mele rosse sugli alberi, le nocciole quasi mature, le donne piegate a raccogliere verdura.

«Quando arriviamo?» chiedeva ogni tanto Camilla.

«È ancora lunga.»

Non aveva voluto aspettare il treno che sarebbe passato da Alba due giorni dopo. Se non l'avesse accompagnata lui, sarebbe andata via da sola, con il calessino e il loro vecchio cavallo che ormai non ce la faceva più a coprire lunghe distanze.

Quando era arrivato il telegramma con la notizia che

Felice era ricoverato a Torino, all'ospedale Cottolengo, Camilla non aveva voluto sentire ragioni: aveva preparato la borsa e si era messa in viaggio. Suo padre aveva dovuto rincorrerla per convincerla a lasciarsi accompagnare.

La firma del telegramma era di Jacopo, l'amico toscano di cui Felice aveva parlato nella lettera. Non specificando nulla, le aveva messo addosso un alternarsi di inquietudine e sconforto, lasciandole immaginare le peggiori prospettive, ma non aveva potuto toglierle barlumi di gioia, ingenua e dimentica di tutte le angosce, all'idea che di lì a poco si sarebbero rivisti.

Giovanni, invece, frastornato dal vento che gli fischiava nelle orecchie, aveva viaggiato dentro la propria testa rivisitando l'intera sua vita.

L'infanzia con tanta fame – tra fratelli e sorelle erano undici – il lavoro duro della campagna e quel po' di fortuna che aveva avuto ereditando dal suo padrino di battesimo l'osteria che gli aveva permesso di sposarsi e allevare la famiglia non nel lusso, ma senza ristrettezze.

I figli. Tre erano morti poco dopo essere venuti al mondo e gli altri tre, nati perfetti, che avevano salvato sua moglie dalla prostrazione in cui era caduta dopo aver perso i primi.

La disgrazia di Camilla e il tormento, mai sopito, di aver sbagliato. Forse la figlia sarebbe sopravvissuta anche senza l'intervento che le aveva portato via la gamba e la sua vita non sarebbe stata rovinata.

Luigi, che era andato via. L'avrebbe reso nonno tra qualche mese, ma essere nonni vuol dire tenere in braccio il nipotino, fargli credere di essere il più saggio della famiglia, mentre lui quel bambino non lo avrebbe visto mai.

Se si fosse imposto e avesse detto: «No, tu non parti», forse Luigi avrebbe obbedito.

Le sue stupide idee di libertà gli erano servite solo a

perdere il figlio più forte, quello che sarebbe diventato il bastone della sua vecchiaia.

Agostino, fragile e arrabbiato. Si stava sistemando con il lavoro, ma diceva di non volersi sposare. Forse con lui era ancora in tempo a farsi valere, gli avrebbe dovuto organizzare un matrimonio con qualche brava ragazza e dirgli: «O ti sposi, o ti sposi!», ma niente da fare, non ci si vedeva a fare la voce grossa.

Giovanni si sentiva stanco come dopo una corsa durata quasi cinquant'anni e invece di riposare doveva ricominciare daccapo. Lui non era di quegli uomini egoisti che facevano fare figli alla moglie finché aveva respiro. Dieci, dodici figli, la madre sfinita e i bambini che facevano la fame o andavano a lavorare a otto anni. Il prete, in confessione, gli aveva chiesto come mai ne avessero solo tre e lui aveva risposto che ci teneva alla salute della sua donna.

Maledetta quella notte di festa, dopo le nozze di Marinella. Erano allegri lui e sua moglie, sembrava che il matrimonio fosse il loro, tanto si sentivano leggeri e inebriati. Erano andati a letto tardi, Ernestina non aveva fatto finta di dormire come al solito e dalla finestra entrava un buon profumo, l'aria fresca ad asciugare il sudore dei corpi nudi. Che non avessero più la freschezza della gioventù non aveva importanza.

Era rimasta incinta. Di nuovo. A quarantacinque anni.

All'inizio si era tenuta il segreto, ammazzandosi di fatica molto più di come aveva sempre fatto, nella speranza che il bambino in arrivo mettesse il giudizio che lei sentiva di non aver avuto e decidesse di andarsene. Si piegava a pulire i pavimenti, in campagna saltava giù dai muretti invece che scendere gli scalini scavati nella terra, ma niente.

«Dillo tu ai figli, io mi vergogno» aveva detto al marito, ma Giovanni non aveva avuto il coraggio di parlare con quelli vicini, Camilla e Agostino, né di scrivere a Luigi. Era ancora un suo imbarazzante segreto.

Quando i cavalli, entrati a Torino, attraversarono la piazza del mercato e già si intravvedeva la facciata della Piccola Casa della Divina Provvidenza, il nosocomio Cottolengo dove erano diretti, Giovanni fece un timido tentativo di affrontare il discorso. Buttò lì: «Senti una cosa...»

«Dimmi papà» ma era sulle spine.

«No, niente. Vado a cercarti un posto per la notte.»

«Non ti preoccupare, sono sicura che le suore mi daranno da dormire.»

«Vuoi che mi fermi qui con te?»

L'ultima cosa che Camilla desiderava era di avere in quel frangente il peso di suo padre che l'aspettava e si preoccupava per lei.

«Vai a casa, papà, la mamma ha bisogno di te.» Camilla ancora non sapeva quanto lungimiranti fossero le sue parole, ma lei, le cose, le sentiva.

Appena le bestie si fermarono, Camilla prese giusto il tempo di un bacio distratto e si precipitò giù dal carro, camminando più in fretta che poteva.

Dopo qualche passo la stampella s'incastrò tra due ciottoli e perse l'equilibrio, ma riuscì a non cadere e tirò dritto, ancora più svelta. Da chi avesse preso, quella figlia così forte e decisa, non si sapeva. Non certo da suo padre, pensò Giovanni.

Doveva attraversare un androne che – se non fosse stato un momento così concitato –, si sarebbe fermata ad ammirare. Passare dall'altra parte del cortile, percorrere un corridoio e oltrepassare una porta a vetri: l'indicazione della giovane suora, custode della portineria, fu precisa e cortese.

Camilla ebbe modo di rallegrarsi che non ci fossero scale da salire. Aveva fretta, tanta fretta, e il cuore in gola.

In fondo al corridoio, un uomo grande e grosso, con un cappello con una larga tesa camminava avanti e indietro, fumando.

Le andò incontro, sicuro.

«Sono Jacopo, l'amico che vi ha spedito il telegramma. Voi siete Camilla, vero?»

Provò a essere galante con un baciamano malriuscito, ma entrambi si sentirono a disagio.

«Ti chiedo scusa, ma non riesco a trattarti da estranea: mi ha parlato così tanto di te che nella mia testa sei diventata una specie di sorella.»

Camilla sorrise: chissà che aveva potuto dire di lei Felice, tanto da fare affezionare quell'omone dall'aspetto burbero.

«Come sta? Perché l'hanno ricoverato?» chiese con apprensione.

L'altro, invece di rispondere, la introdusse nella stanza richiudendo alle loro spalle la porta a vetri e, fatto qualche passo, la lasciò davanti a un telo bianco che la pietà o il pudore delle sorelle aveva posto tra i malati e gli sguardi estranei.

Si sentivano voci, odori, gemiti, ma non si vedeva altro che l'agitarsi discreto di quei tendaggi che dividevano i letti l'uno dall'altro e dalla corsia centrale.

«Non ti permetteranno di rimanere a lungo. Ti aspetto fuori.»

Jacopo si allontanò.

L'urgenza di Camilla scomparve: finché la tenda restava chiusa tutto era ancora possibile.

Felice poteva avere una cosa da niente – «Vieni, ti riporto a casa» gli avrebbe detto – o qualcosa di così grave da non essere più lui.

Quando si decise a scostarla, Felice era lì, ma non poteva vederla.

Aveva una benda sugli occhi. Sul volto e sulle mani lividi, croste, ferite. Camilla non riusciva a immaginare chi avesse potuto ridurlo così.

Lo toccò con delicatezza.

«Sono io» gli sussurrò.
Lui ebbe una scossa, come se l'immediata intenzione di muoversi verso di lei, di abbracciarla, fosse partita con grande vigore, ma non avesse trovato nel corpo risposta adeguata.
«Camilla...» disse, e vagò nell'aria con la mano verso gli occhi, per liberarli dalla benda.
«Che cosa ti è successo, amore mio?»
Nel vederlo così ridotto sentì le lacrime riempirle gli occhi, lui sembrava non rendersi conto di quante ferite avesse addosso.
Felice tastò il comodino fino a trovare una campanella di ottone lucente, che produsse un trillo limpido e puro.
Accorse una suora.
«La benda, sorella! Per favore...» la esortò.
«Non lo fate stancare, vostro marito è molto debole.»
Camilla cercò di sapere qualcosa da lei, ma era distratta e frettolosa.

Liberato dalla fasciatura, Felice sgranò uno sguardo abbacinato, le cornee rosse, le iridi brillanti, la pelle intorno spessa, gonfia. Erano occhi sconosciuti.
«Ho un'infiammazione» disse. «È stata la luce, troppa luce.»
Si sforzò di sorridere, con disperazione.
Lei avrebbe voluto fare mille domande, dire lo strazio che provava nel vederlo così e, al tempo stesso, la gioia dolorosa nel poterlo riabbracciare, ma capì che Felice non avrebbe risposto né ascoltato, immerso com'era in una sorta di lucido delirio che non lasciava spazio a nient'altro che al suo pensiero.
«Camilla, sposiamoci subito!»
«Felice mio...»
Lui prese a parlare come se qualcuno lo inseguisse. Una concitazione malsana, allucinata. Disse che si era accordato con il cappellano dell'ospedale e, date le sue condizio-

ni, il matrimonio si poteva celebrare lì. Senza documenti, senza dire niente a nessuno.

«Si chiama matrimonio *in periculo mortis*. Capisci che cosa vuol dire, no? Il prete ci sposa perché potrei morire, ma non è vero Camilla. Ho una ferita, sì, ma non c'è nessun pericolo.»

Il progetto era sposarsi subito, in modo da poter partire senza indugi per l'America alla guarigione di lui.

«Vuoi sposarmi, Camilla?»

«Una ferita? Dove?»

«Vuoi sposarmi?»

«Chi ti ha ferito?»

Si sentì banale e vile per non avere il coraggio di rispondere «sì», con la stessa passione che sentiva in lui.

Aveva in capo una grande confusione e faticava a stargli dietro: più che una rinnovata proposta di matrimonio, quello di Felice sembrava il vaneggiare di un folle.

Desiderò che l'infermiera tornasse a rimettere la benda a contenere sì, gli occhi, ma soprattutto quel cervello troppo acceso su un corpo che sembrava svuotato.

Le mani protese volevano afferrarla per la vita, ma erano così scarne e livide da ricordarle quelle del vecchio conte.

Faticò a offrirsi all'abbraccio, doveva prima avere modo di riconoscere il suo uomo, mettere insieme il tempo, quello dei giorni felici, il tempo dell'assenza e quello che glielo aveva riportato ridotto in quel modo.

Aveva bisogno di sapere che cosa gli fosse successo, quando, come. Cercò di farselo raccontare, domandando con delicatezza, senza mostrare apprensione e sgomento.

«Voglio solo dimenticare» disse lui.

La suora infermiera tornò con una benda pulita e toccò la fronte del malato.

«Ha la febbre. Di nuovo» sentenziò. «Lasciatelo riposare, signora.»

Richiuse il telo con uno strappo, un gesto che sembrò un rimprovero.

«Sorella, spiegatemi per favore che cosa è successo a mio marito.»

Girò velocemente l'anello con i piccoli fiori, trasformandolo in una fede nuziale.

«Dovete parlare con il dottore. Ora non c'è: domani.»

«È in pericolo? Guarirà?»

«Non so niente.»

Jacopo l'attendeva nell'androne. Nonostante i sentimenti e i pensieri di Camilla fossero tutti presi da Felice, gli occhi non potettero fare a meno di guardare con meraviglia l'arco della volta, che in alto era coperto da rampicanti. Rivestivano interamente il soffitto, si avvolgevano alle travi e scendevano verso il basso con lunghi drappi verdi, che davano al luogo un aspetto magico, da favola, a contrasto con la concretezza della sofferenza che, superato quel confine, abitava ogni angolo.

Era la natura ad aver deciso quella bellezza e nessuno era intervenuto per impedirglielo.

Per un momento lo sguardo di Camilla si perse lassù, seguito da quello di Jacopo, che si accorgeva solo in quel momento di ciò che aveva sopra la testa.

«Bello» constatò.

Sopraffatta dagli eventi, dalla stanchezza e dalla fame, Camilla si lasciò condurre in una bettola dove si poteva mangiare con poca spesa. C'era un lungo tavolo in mezzo a un cortile, una panca per sedersi e dalla porta del locale usciva un odore che le ricordò suo padre. Non lui, ma l'osteria che si portava addosso, i vestiti intrisi di cucina, l'alito dei bevitori a cui spesso si univa, il tabacco masticato.

Non era un posto per ragazze, ma da Jacopo si sentiva protetta.

Camilla era in ansia, voleva sapere chi aveva fatto del male al suo uomo.

«Felice è stato ferito da una fucilata, alle saline. Chi gli ha sparato voleva colpire me, non lui. Poi il colpo è partito e lo ha preso alla schiena. Dei disordini ne parlano anche i giornali.»

Estrasse dalla sacca un rotolo di quotidiani che buttò sul tavolo.

Non era necessario saper leggere il francese, che pure Camilla aveva cominciato a studiare sui libri di Felice, per capire la tragedia in cui erano stati coinvolti. Le illustrazioni parlavano chiaro e i titoli strillavano rabbia e menzogne.

Fuggevole le passò il pensiero che, una manciata di giorni prima di quei fatti, lei aveva subìto l'aggressione di Caterina, la costola rotta, le notti insonni per il dolore.

Ciò che fino a quel momento non era stato altro che un'ingiuria, ora le appariva come una tessitura del destino che aveva voluto, seppure nella sofferenza fisica, far sì che i due innamorati potessero rispecchiarsi l'uno nell'altro.

Certo, ciò che aveva passato Felice era cosa ben più grave e la violenza che lei aveva subìto, in quel momento le sembrò poco più che un bisticcio tra comari.

«Gli togliamo il pane di bocca: è quello che scrivono.»

Jacopo era furioso al pensiero di tale mistificazione.

«Non c'è stato un solo morto francese: nessuno! I nostri invece sono otto, forse dieci. I feriti non si contano e ci sono tanti dispersi.»

Camilla perse lo sguardo sulla pagina del giornale: in un angolo del disegno, un uomo teneva in mano una grossa pietra e, il braccio sollevato, stava per lanciarla sulla folla. Immaginò con orrore, là in mezzo, Felice.

«Dopo questi fatti ci hanno cacciati dalla Francia. Il viaggio per tornare è stato tremendo.»

39

La via del ritorno

I gendarmi li avevano caricati su un carro per portarli alla stazione. Da lì un treno li avrebbe condotti più a nord, dove la situazione sarebbe stata probabilmente tranquilla.

Ad Aigues-Mortes invece, nonostante il proclama del prefetto che assicurava che tutti gli italiani sarebbero stati rimandati in patria e che le Società delle Saline avrebbero fatto assunzioni solo tra i francesi, gli animi non si erano placati.

Il mezzo su cui viaggiavano Felice e Jacopo fu preso a sassate e bastonate. Per permettere di scendere ai lavoratori emigranti alla stazione, le guardie avevano dovuto fare scudo con il loro corpo, altrimenti sarebbero stati nuovamente malmenati.

«La sola soddisfazione è stata vedere, mentre salivamo sul treno, che il bastardo che aveva colpito Felice era in manette.»

Per quanto i gendarmi fossero dalla parte dei francesi, dovevano mostrare un minimo di senso di giustizia. Qualcuno era stato colto sul fatto ed era stato arrestato. Jacopo descrisse il volto deturpato dell'uomo di cui Felice aveva avuto pietà.

«Sul treno abbiamo avuto un po' di tregua, c'erano dei vagoni solo per noi.»

Felice si era potuto sdraiare e il dolore alla schiena si

era momentaneamente placato. Jacopo gli aveva medicato gli occhi e avevano dormito.

«Quando si svegliava mi parlava di te. Mi ha detto cose molto intime.»

Camilla arrossì.

«No» si scusò Jacopo «non volevo offenderti. Intendevo dire che mi ha aperto il suo cuore. La febbre lo faceva parlare. E anche l'acquavite che gli facevo bere ogni volta che il dolore si faceva insopportabile.»

Felice aveva descritto la sua amata con tanti particolari che se l'era vista davanti agli occhi.

«Io sono un cantante di professione, anche se non sembra.»

Camilla accennò un sorriso: non aveva mai conosciuto un vero cantante.

«Solo nelle opere liriche ho sentito parlare dell'amore come l'ha fatto lui.»

Quelle parole regalarono a Camilla una tregua, tornarono alla mente i giorni dell'amore sereno, quando la felicità sembrava ancora possibile.

Lei e il suo uomo, uno accanto all'altro, il desiderio che si accendeva al solo sfiorarsi, Sebastiano che li sorvegliava affettuosamente: c'era luce in quei ricordi, come se ci fosse stato sempre il sole, anche con il cattivo tempo, anche di notte.

L'oste portò i piatti e mise sul tavolo una lampada. Jacopo si levò il cappello e passò una mano sulla testa rasata, su cui ricresceva un'ombra di capelli ispidi. Non aveva più la benda e la cicatrice ancora fresca gli divideva il cranio in due.

Camilla rabbrividì.

«Anche tu sei stato colpito gravemente.»

«Felice è un bravo dottore.»

«Non lo è, non ancora.» Volle ribadire che lo sarebbe diventato certamente e che, guarito, avrebbe ripreso gli studi, come a confermare a sé stessa che il progetto di farlo riconciliare con i suoi sarebbe andato in porto.

«Se è così, mi fa piacere. Senza il suo intervento tanti di noi non si sarebbero salvati, non c'era infermeria, niente. Ha curato tutti.» Poi aggiunse con amarezza «ma non ha potuto fare niente per sé.»

Il treno li aveva scaricati in mezzo al nulla e i francesi che viaggiavano sugli altri vagoni avevano abbassato i finestrini per insultarli: che non si facessero vedere in città.

Partiti senza essere pagati, erano stati costretti a rubare nei pollai o a tirar giù la frutta dagli alberi.

«Avevamo la fama di ladri, tanto valeva che ci togliessimo la fame!» scherzò.

La voce dell'eccidio si era sparsa in tutta la zona, ma di bocca in bocca era stata distorta e la gente li credeva ladri e assassini. Le donne gridavano nel vederli comparire, gli uomini prendevano il forcone o il fucile.

Così nessun luogo era più sicuro. Partiti in gruppo, avevano deciso poi di disperdersi, perché tutti insieme avrebbero potuto essere arrestati. La polizia era sospettosa e li avrebbe creduti pericolosi.

Erano rimasti soli, lui e Felice.

Avevano girovagato a piedi per giorni, con Felice che per lunghi tratti andava portato in spalla, perché a ogni passo sembrava che la ferita si lacerasse e il dolore entrava più in profondità nella carne.

«Grazie per quello che hai fatto.»

«È mio amico e devo a lui se sono ancora vivo.»

«Assassini maledetti!» disse Camilla, battendo il pugno sul tavolo.

«Abbiamo incontrato anche brava gente.»

Disse di qualcuno che li aveva aiutati, che aveva dato loro da mangiare, di una famiglia che durante il pellegrinare tra le montagne per raggiungere il confine li aveva fatti dormire nel fienile.

Aggiunse il particolare di una donna che aveva curato gli occhi di Felice con una pozione che gli aveva poi regalato e, finché ne era rimasta, aveva tenuto a bada l'infiammazione.

Camilla doveva avere un sesto senso, perché drizzandosi sul busto chiese: «Quale donna?»

Felice aveva confidato all'amico della strana e fuggevole passione per Martine. Dentro di sé, Jacopo sorrise della reazione della ragazza e seppe rispondere prontamente: «Oh, una vecchia fattucchiera, brutta come la fame, ma molto abile con i suoi intrugli».

Erano arrivati esausti alla frontiera, visti con sospetto persino dalle guardie italiane che li avevano tenuti in stallo in una terra di nessuno, in attesa che arrivasse un dispaccio che permettesse il loro rientro: lì la condizione di Felice era ulteriormente peggiorata, la fasciatura era diventata tutt'uno con la carne, i labbri della ferita erano marciti. Arrivati in Italia si erano rifugiati in una chiesa e il parroco li aveva aiutati a comprare un biglietto per il treno.

«A Torino c'è un ospedale dove accolgono tutti, anche i disgraziati come voi.»

Erano arrivati al Cottolengo che Felice scottava per la febbre, la schiena non lo reggeva più e, viste le condizioni, lo avevano subito ricoverato.

«Mi ha chiesto di mandarti il telegramma e si è raccomandato di non far sapere nulla ai suoi genitori.»

Durante il racconto, i piatti di minestra fredda che l'oste aveva servito cominciarono improvvisamente a ribollire per una pioggia fitta, ma Camilla mostrò di non accorgersene.

Teneva tra le mani il giornale e fissava le figure con la

gente armata di randelli e fucili che, con l'acqua che veniva giù, impallidivano e sparivano, colando liquido nero. Tutti gli altri clienti erano già scappati al chiuso.

«Andiamo dentro» disse Jacopo.

Lei fece di no.

«Riparati tu.»

Jacopo insistette, ma lei non volle saperne.

«Lasciami sola, ti prego.»

Aveva dimestichezza con la pioggia. Le cadeva addosso senza danno, si mescolava a un pianto privo di singhiozzi. Le lacrime scolavano come l'inchiostro del giornale, i ricordi del passato, dolorosi, diventavano una sola cosa con l'afflizione per ciò che aveva appena ascoltato.

Camilla aveva mentito al conte Edoardo, uomo del prima e del dopo: la bambina non era morta, ma semplicemente si era imposta di dormire per non patire troppo. Ogni volta che la sofferenza veniva a bussare alla sua porta, Camilla, come una sonnambula, tornava a rivivere gli eventi di quella notte. L'omnibus, il ruscello, il freddo.

«È così che si muore?» si era chiesta prima di perdere i sensi.

Felice, i suoi movimenti incerti, il corpo magro, gli occhi stravolti, e ora il racconto tremendo dell'odio che aveva subìto, la portarono a porsi la stessa domanda, ma nei riguardi di lui. Il timore fu che potesse esserci un'unica, terribile risposta.

40

Notte

Non accettò l'offerta gentile di Jacopo, che era riuscito a rimediare una soffitta dove dormire. Gliel'avrebbe ceduta fino al mattino e lui si sarebbe messo a letto quando lei si fosse alzata per raggiungere Felice e cercare di capire dai dottori quali fossero le vere condizioni del malato.

Camilla aveva preferito passare la notte in sala d'aspetto, dentro l'ospedale, la sacca da viaggio per cuscino, una panca come letto.

Aprì gli occhi improvvisamente nella notte: qualcuno l'aveva svegliata, appoggiandole una mano sulla spalla e scuotendola leggermente.

Si alzò in fretta, il petrolio della lampada si era consumato ed era buio. Per quel che poteva intuire non c'era nessuno, ma non perse il tempo a capire chi l'avesse svegliata, perché più urgente fu il bisogno di raggiungere lo stanzone dove Felice era ricoverato, come obbedendo a un presentimento.

La porta era chiusa a chiave.

In fondo al corridoio c'era una luce, veniva da uno sgabuzzino di vetro schermato da tende per tre lati. Solo il quarto era stato lasciato libero.

Camilla bussò, la suora guardiana si alzò dalla sua branda e indossò velocemente il velo.

«Devo vedere mio marito.»

L'altra la scrutò e le diede un'occhiataccia: alcuni capelli grigi le uscivano dalla cuffia.

«Il reparto è chiuso. Domani.»

Nascose con il dito la ciocca che le solleticava la guancia.

«Subito, vi prego!»

Doveva vedere Felice e non sapeva nemmeno perché, però sentiva che era una questione vitale.

Le insistenze andarono avanti a lungo, tanto quanto la resistenza della sorella, che infine minacciò di chiamare le guardie.

Presa dall'ansia, era uscita dalla stanzetta e, appese al suo fianco, tintinnavano le chiavi dei reparti. Erano lì, a portata di mano, se Camilla avesse potuto correre gliele avrebbe strappate, ma ancora una volta si trovò a fare i conti con la propria condizione.

Finse di rassegnarsi. Qualche passo come per andarsene e si voltò di scatto, sollevò la stampella, la puntò contro la vetrina che delimitava il bugigattolo.

«Se non mi portate da lui sfascio tutto.»

Sarebbe bastata una piccola spinta, i vetri già tremavano.

«Non sto scherzando!»

La sorella esitò, valutò le conseguenze della determinazione che vedeva nella donna che aveva davanti, si fece il segno della croce e mise mano al mazzo di chiavi.

«Va bene, va bene» disse scorbutica. «Andiamo, ma fate piano.»

Dietro la tenda, Felice era riverso come se avesse cercato di alzarsi per chiedere di essere aiutato e gli fossero mancate le forze. La suora lo tirò su, ma ricadde molle, vuoto.

«Su, su, svegliatevi!» Lo scosse avanti e indietro afferrandolo per le braccia e lui ciondolò come un burattino. Emise un gemito.

«La febbre gli è salita ancora» disse. «Vado a chiamare il dottore. Voi state qui con lui, parlategli, cercate di tenerlo sveglio.»

Andò via in uno sbatacchiare frettoloso di chiavi e rosari.

Camilla toccò la fronte bruciante, accarezzò uno per uno i lividi che sulla pelle cerea apparivano più neri.

«Amore mio» gli sussurrava.

Non aveva reazioni, il respiro era affannoso.

Sembrava stesse scivolando in una botola e che toccasse a lei impedire la caduta nel vuoto, tenendolo per mano, ma il peso lo tirava giù.

«So che mi senti, devi ascoltarmi.»

Lui ebbe un movimento che poté sembrare un assenso. Camilla si sedette accanto a lui, lo fece appoggiare al suo petto e prese a parlargli senza interruzione. Gli raccontò del loro futuro matrimonio.

Ci sarebbe stata una grande festa e tutto il paese li avrebbe accompagnati in corteo fino al treno e poi alla nave che li aspettava per partire per l'America. Non sarebbe stata una nave scomoda come quella su cui aveva viaggiato suo fratello.

Se lo ricordava, no, ciò che aveva scritto Luigi? Gli emigranti tutti ammassati nella stiva, con poco da bere e quasi niente da mangiare.

La loro sarebbe stata una nave da signori, con i camerieri che servivano pranzo e cena, e ci sarebbero stati anche i letti.

Avrebbero fatto un viaggio stupendo dormendo in quelle comode cuccette, cullati dal mare. E al porto li avrebbe aspettati Luigi con una carrozza di quelle che si vedevano solo in America, una carrozza senza cavalli.

Studiava ogni respiro di Felice, ogni piega del volto, ma non poteva che constatare che le parole gli scivolavano addosso senza provocare alcuna reazione. Giaceva tra le sue braccia come un Cristo deposto dalla croce.

Camilla ogni tanto si affacciava con la speranza di veder tornare la suora con il dottore, mentre dal finestrone cominciava a entrare la luce dell'alba.

Un leggero chiarore andò a illuminare il lenzuolo macchiato di sangue, nell'aria si respirava un odore malsano.

Non sapendo come agire, riprese il disperato affabulare.

Felice non sapeva la novità! Sebastiano si era sposato con la sua amica Marinella e tra non molto sarebbe diventato papà. Nessuno se lo sarebbe mai aspettato e invece era proprio successo!

Parlava con vivacità per cercare di tenerlo sveglio, ma in cuor suo faceva tragici pensieri. Felice sarebbe morto?

La ferita, l'infezione, la febbre. Poi? Il suo stesso percorso, fatto tanti anni prima, anche se lei poi si era salvata.

«Ha il sangue marcio» dicevano di Camilla in paese, se avesse avuto dei bambini avrebbe trasmesso loro la sua disgrazia.

Ma non solo il sangue, non solo i figli: ora stava accadendo qualcosa di più.

Camilla con l'amore aveva infettato Felice. Lasciandosi amare lo aveva involontariamente indotto alla folle scelta di partire emigrante e là il destino si era accanito su di lui. Se non si fossero mai incontrati, se lei lo avesse respinto, consapevole della propria inferiorità, lui ora non sarebbe stato in quel letto, non avrebbe rischiato di morire.

Cercò di dimenticare gli inutili, cattivi pensieri, seppellendoli sotto altre parole.

Sulla nave ci sarebbe stata anche una sala da ballo, e un'orchestrina, come quando si erano conosciuti. Lei avrebbe perfino tentato di ballare, talmente grande sarebbe stata la sua gioia.

Felice mosse un labbro, come se avesse voluto sorridere.

«Felice! Felice mio, mi senti! Ti faccio ridere, eh? Mi senti!»

Il tintinnio che la suora si portava addosso ne annunciò l'arrivo in compagnia di due dottori che, senza guardarla in faccia, la mandarono via. Mai Camilla fu così contenta di essere cacciata: ora Felice sarebbe stato in buone mani.

Uno dei due, quello più giovane, fu piuttosto sgarbato nel rimproverarla per aver stancato il malato, ma non era certo il momento di sfoderare il suo carattere bellicoso e si mostrò accondiscendente, scusandosi.

La suora la condusse fuori.

«Mi chiamo suor Chiara. Ti chiedo perdono, figliola. Tu hai salvato tuo marito. Se non fossimo intervenuti in tempo... chissà.»

Le fece strada, riaccompagnandola alla sala d'aspetto dove aveva dormito appoggiata alla sua borsa; le disse di aspettare il responso del medico e poi le avrebbe offerto un po' di caffellatte in refettorio. «Devi essere stanca e affamata, dopo una notte così.»

Si lasciò andare sulla panca, il braccio a sorreggere la testa gonfia di pensieri, il gomito sulla borsa.

Era decisa a trovare il modo di rimettere in riga la sorte: Felice era ancora in tempo a riprendere il filo della sua vita dal momento prima che lei ne facesse parte.

Era mattina, si sentivano voci, ruote di carri scricchiolare sull'acciottolato, zoccoli di cavalli. La vita, sospesa nell'ospedale, fuori scorreva normalmente.

La luce, che entrava dai finestroni in alto e si rifletteva sulla parete davanti, illuminò una nicchia scavata nel muro dove un pittore aveva affrescato la Santa Vergine che da sempre l'accompagnava, porgendole la mano.

Ore prima qualcuno l'aveva svegliata, scuotendola, e ora sapeva chi l'aveva fatto.

41

Mostri

«Non avete mai sentito dire dei mostri del Cottolengo?»

«Al mio paese se ne parla, ma mio padre mi ha assicurato che sono tutte bugie.»

«Ah» fece la donna, piccata. «Ne siete certa?»

«Mio padre non sbaglia.»

L'altra, con l'aria di non darle retta, misurò a occhiate la gamba rigida, la stampella, a chiedersi se Camilla non fosse uno degli esseri impressionanti di cui tanto si chiacchierava. Chissà che sotto i vestiti non nascondesse una coda o qualche altra deformità.

C'era, la leggenda. Che in un reparto chiuso, proibito, fossero accolte creature dall'aspetto sconcertante, deformi, alcune al limite tra l'uomo e la bestia, tanto che il prete le battezzava con riserva: «Se sei umano, prendi questo battesimo...»

Si raccontava di un uomo con la testa di cavallo, tutta nera. Di un altro che era una mezza capra. Una donna pesce, bambini a due teste e poi tanta altra gente che non era normale e che andava tenuta nascosta.

Chissà se Dio poteva essere tanto crudele da far nascere persone così o non era piuttosto la fantasia della gente.

«C'è uno, un mostro vero, che ha due facce, una davanti e una dietro» disse la signora, come scandalizzata all'idea che qualcuno avesse l'ardire di venire al mondo con sembianze così poco decorose. Era l'atteggiamento giusto per sollevare l'animo polemico di Camilla.

«C'è tanta gente con due facce anche fuori di qui: davanti ti trattano bene e dietro ti fanno del male.»

«Voi credete di saperla lunga, ma io li ho visti» disse con convinzione la donna. «Sono inguardabili, non lo so perché li tengano in vita.»

Camilla avrebbe ribattuto alla signora esortandola a mettersi davanti allo specchio, per constatare quanto fosse inguardabile lei stessa: il disprezzo che traspariva dal suo sguardo la rendeva una brutta megera, ma la preoccupazione per l'attesa dei medici che erano con Felice già da un'ora aveva spuntato la sua bellicosità.

Il solito litigare dei mazzi di chiavi con il rosario annunciò l'arrivo della suora: Camilla la raggiunse nel corridoio per trovarsi poco dopo, salita una ripida rampa di scale, in una stanza con tanti libri, una scrivania, uno scheletro e i due medici che l'attendevano.

Il più anziano, minuto e secco, era seduto sulla poltrona al centro, mentre il giovane dalla faccia rubiconda era poggiato su uno sgabello al suo fianco.

«Professor Ridolfi, ecco la moglie del paziente» annunciò suor Chiara.

Lo sguardo dell'anziano si concentrò con un certo stupore sul passo claudicante, sulla stampella. Che un dottore non avesse mai visto una zoppa era piuttosto strano e Camilla si sentì a disagio.

Negli ospedali aveva sempre provato sollievo, trovandosi molto spesso tra gente come lei, e i medici erano gli ultimi a sorprendersi delle disgrazie con cui avevano a che fare.

Era strano.

La fecero accomodare per poi ignorarla, seduta come se la poltroncina fosse piena di spine, mentre i due si scambiavano fogli commentandoli tra loro sottovoce, a monosillabi.

«Questo ci mette ulteriormente in difficoltà» fu la frase detta dall'anziano che Camilla riuscì a capire. Poco dopo alzò lo sguardo e le si rivolse direttamente.

«Che vi è successo alla gamba?»

Lei imbarazzata si scusò, ci doveva essere un errore, non era lì per essere visitata, ma per avere notizie di suo marito ricoverato.

«Rispondete» le ordinò.

Camilla non osò insistere, e prese a raccontare come e quando tutto era accaduto. Ancora una volta dovette ricordare l'incidente.

Il professor Ridolfi l'ascoltò con partecipazione mentre l'altro stava con la testa bassa, a scarabocchiare il margine di una pagina.

L'anziano parlò gravemente: «Mi dispiace. Non so nelle vostre condizioni come potreste aiutare vostro marito».

«Che cosa volete dire?» chiese, e si sentì morire.

La ferita alla schiena era profonda e infetta. Felice era svenuto più volte durante la visita e gli stavano facendo un salasso per purificargli il sangue, ma non sarebbe stato sufficiente.

«Io non capisco» ribadì sgomenta.

La teca di vetro da cui era rimasta protetta nei mesi precedenti e da cui credeva di essere uscita nel momento in cui aveva lasciato il paese per raggiungere Felice, era tornata a rinchiuderla. Le impediva di realizzare che il suo uomo era in pericolo di vita.

«Signora, vostro marito è grave, dobbiamo decidere.»

Si sentiva sempre più confusa, come persa nella nebbia: troppo aveva sentito nelle ultime ore. I disordini, le violenze, gli italiani, i francesi, lo sparo. Ora la ferita infetta e una misteriosa decisione da prendere.

«Ditemi che cosa sta succedendo!»

Le parole le uscirono scandite, forti, come un imperativo o una pretesa che disturbò il dottore giovane e ne provocò la reazione.

«Potrebbe morire o non camminare più: ecco che cosa sta succedendo.»

Usò un tono che sapeva di ripicca.

Lei lanciò un grido.

«Perché?»

L'anziano allungò la mano aperta verso il suo allievo, come a volerlo scostare. E fu lui a parlare.

«Capisco che per voi è una situazione penosa. Vostro marito ha una grave infezione che potrebbe causare una setticemia e, a quel punto, il suo destino sarebbe segnato. Per provare a salvarlo, se ancora siamo in tempo...»

Il dottore parlava, parlava, ma a Camilla sembrava di essere diventata sorda o stupida, osservava le labbra di lui che si muovevano, ma era come se si allargassero a dismisura o poi si facessero improvvisamente sottili tanto da scomparire e i suoni che ne uscivano vagavano nella stanza senza significato prima di ricomporsi in modo approssimativo nella sua testa: bisturi, spina dorsale, lesioni ai nervi. Sedia a rotelle.

Queste ultime parole le diedero la scossa e capì: Felice doveva essere operato e dopo l'intervento sarebbe finito in carrozzella. Si immaginò a sorreggerlo, trasportarlo, una sola gamba, la sua, per tutti e due. Il loro amore li aveva trasformati in un unico essere sbilenco, impressionante, come quelli che il Cottolengo celava pietosamente alla vista del mondo.

«No, dottore, non fategli questo!»

L'anziano si alzò, girò pensieroso intorno alla scrivania, prese il fazzoletto dalla tasca, lo guardò, glielo porse.

«Se interveniamo con la chirurgia abbiamo buone probabilità che l'infezione regredisca, ma data la posizione e la profondità della ferita, abbiamo quasi la certezza delle nefaste conseguenze.»

Camilla era cerea e grondava di sudore.

«Avete bambini?»
Nel mare di disperazione, la domanda accese qualcosa di somigliante alla speranza: non di avere figli, ma di essere, lei e Felice, due esseri come tutti. La normalità di essere genitori.
«Non ancora.»
Il dottore approvò, come fosse qualcosa a favore di un suo disegno, che però non rivelava.
«Purtroppo non ci sono molte alternative» disse con una carezza paterna.

Quando riuscì nuovamente a parlare, Camilla si rivolse solo al professor Ridolfi, cercando di scansare l'ostilità del giovane che le puntava addosso uno sguardo insolente.
Chiese scusa per ciò che stava per dire, lei era una contadina ignorante, ma se avessero chiesto a Felice stesso un parere, dato che era quasi dottore, forse... Tacque intimidita.
Il medico rise amareggiato, disse quanto erano arroganti gli studenti del giorno d'oggi, che ai suoi tempi era tutto diverso e nessuno aveva il coraggio di aprir bocca davanti a un professore.
In ogni caso, Felice non era in quel momento uno studente, ma un malato grave. Non era in grado di prendere alcuna decisione.
«Ieri delirava per la febbre, vagheggiava di una nave che lo aspettava per partire per l'America.»
Camilla non ebbe il coraggio di aggiungere altro.
Ridolfi tornò a sedersi, pensieroso.
«C'è una cura mai sperimentata prima sull'uomo, in cui io credo molto» continuò rivolto al giovane praticante. «Me ne ha parlato un medico abruzzese che lavora a Napoli. Sta facendo studi su certe muffe e ho visto risultati sorprendenti. Purtroppo la comunità scientifica è diffidente su tutto ciò che è nuovo.»
Ridolfi si dilungò a erudire il suo studente sul funziona-

mento del medicamento, mentre Camilla, che niente capiva di ciò che veniva detto, fremeva.

Solo, le rimase impresso il cognome del dottore che aveva inventato quelle strane cure, Tiberio, perché pochi giorni prima aveva trovato lo stesso nome sul libro di storia, tra gli imperatori romani. Non poté impedirsi di associare l'immagine del busto togato che aveva visto disegnato sulla pagina al medico di cui parlava il professore, pur sapendo che il Tiberio in questione era invece un uomo dei suoi tempi. E aveva un nome moderno, Vincenzo.

Finalmente la lezione finì e i dottori si ricordarono di lei.

«I rischi ci sono, ma la vostra è una situazione particolare.»

Gli occhi del professore scivolarono in grembo a Camilla.

Cercava con lo sguardo le gambe che erano nascoste dalla scrivania, ma lei si sentì osservata fin nelle viscere e ne provò vergogna.

Il giovane intanto tentennava il capo, pensoso: non era d'accordo con lo sperimentare la nuova cura.

Il suo superiore se ne avvide e non gliela fece passare.

«Voi giovani dovete imparare ancora tutto, ma pretendete di sapere. Ogni malato va curato guardando l'intera sua vita, non solo la gravità della sua ferita. Questi due sposi come possono affrontare una situazione così pesante?»

L'altro tacque mortificato.

Camilla invece sollevò uno sguardo avido sull'anziano.

«Dottore, se voi ci credete, fategli questa cura, vi prego.»

«Ne sappiamo poco. La via più certa è quella chirurgica, ma l'altra si può tentare con buone probabilità di successo. Se suo marito si salverà, non potremo dimostrare se sia stata la cura o qualche santo protettore a guarirlo.»

Camilla per la prima volta capì quanto doveva essere stato terribile per i suoi genitori decidere il futuro di una figlia così piccola.

Quella che aveva scelto suo padre era una strada sicura, ma proprio perché l'aveva già percorsa, le spettava una seconda possibilità: il suo tributo, il destino, lo aveva avuto da lei, non poteva chiederlo anche a Felice.

«Io mi fido dei santi protettori.»

Se avesse potuto farlo senza sentirsi goffa e grottesca, si sarebbe messa in ginocchio per essere più convincente.

L'anziano professore, nonostante l'esperienza e il prestigio, si sentì rassicurato sulla decisione che lui stesso aveva già preso.

«Raggiungo il malato. Pulirò la ferita e inizierò con le applicazioni del siero fornitomi dal collega» disse sbrigativamente al giovane, che fece per seguirlo e invece si sentì ordinare: «No, voi restate qui a mettere in ordine le mie carte».

Disse a Camilla: «Andate a riposarvi: siete distrutta. Il mio praticante vi accompagnerà giù, da suor Chiara» e si congedò.

Lei chiuse gli occhi a godere del conforto della decisione del dottore, ma soprattutto provò una nuova serenità nel ripassare il piano predisposto dentro di sé.

Un disegno che avrebbe rimediato a tutti gli errori che aveva commesso fino a quel momento.

Se Felice si fosse salvato sarebbe andata lei stessa dai genitori di lui a implorare di riprenderlo in casa e fargli finire gli studi, promettendo che non lo avrebbe mai più rivisto. Se fosse morto, si sarebbe buttata nel fiume per farla finita. Lo aveva visto, scorreva poco lontano.

«Siete riuscita a farvi sposare: complimenti!»

Era il praticante che parlava e nel sentire quelle parole,

quel tono tagliente, a Camilla parve di essere già caduta nelle acque cupe e profonde che scorrevano appena fuori dall'ospedale: rimase senza respiro.

Da dove era piovuto quel giovane, perché ce l'aveva con lei?

«Non mi conoscete. Mi chiamo Piero, ero grande amico di Felice prima che lo rovinaste. Abbiamo litigato perché gli ho consigliato di non sposarvi, ma lui non ha voluto saperne.»

Camilla cercava di parlare, ma boccheggiava.

«Vedo che siete più ragionevole di lui: preferite un marito morto, a uno storpio come voi.»

Camilla ricordò. Il giorno del ballo, come aveva fatto a non riconoscere quel viso tondo che l'aveva guardata da lontano, la bocca piena e un cosciotto di maiale in mano?

Era una persona malevola, lei gli stava davanti fiaccata e inerme, e non trovava niente da ribattere.

Provò a scavare il fondo del barile del suo sarcasmo, ma non trovò che qualche briciola priva di cattiveria. Sarebbe voluta sparire.

Aprì la porta e si avviò verso la scala.

«Aspettate, vi devo accompagnare» disse lui, memore dell'incarico avuto dal dottore anziano.

«So camminare, anche se mi manca una gamba. Invece voi, senza cuore, non sarete mai un buon dottore.»

La sala si era riempita di malati.

Jacopo voleva salutarla prima di partire: doveva tornare a casa e inventarsi qualcosa per far campare la famiglia.

«Ora il mio caro compagno è nelle vostre mani.»

Lei, accorata, gli espose la situazione e lui fu entusiasta della scelta del vecchio medico, nonché del coraggio che lei aveva dimostrato appoggiandola. Era certo che Felice se la sarebbe cavata e si raccomandò di scrivergli per dargli notizie: aveva preparato un foglietto con nome e indirizzo.

Si allontanò nel corridoio, Camilla lo vide attraversare l'androne, guardare in su verso i festoni di edera pendente e immergersi nella vita che scorreva fuori.

Suor Chiara tornò, la prese per mano e la portò nello sgabuzzino di vetro, dove le offrì la sua brandina.

«Ho preso io la tua borsa da viaggio.»

Su un tavolo una tazza di latte, una fetta di pane spalmata di marmellata.

«La facciamo noi, al convento» disse orgogliosa.

Sentendo il dolce in bocca il corpo reclamò la propria presenza: nonostante il dolore che martellava l'anima, nella vita esistevano anche il gusto buono della marmellata, il rosso delle fragole, la morbidezza del pane. E, pur non volendolo, Camilla si sentì confortata.

42

Le nozze

Camilla guardava il mondo da un abbaino con una finestra che dava su un viale alberato. Aveva spalancato gli occhi sull'ennesima giornata di patema d'animo che aveva davanti, ma non voleva lasciare il letto e restava sotto la coperta a cercare di recuperare il sogno che l'aveva consolata quella notte.

Da quando aveva cominciato a frequentare l'inferno in terra che era l'ospedale, dormiva profondamente e venivano a confortarla, nel sonno, immagini idilliache.

Se le corsie erano chiuse e austere, sognava prati con l'erba alta che frusciava al suo passaggio, vento e nuvole in corsa sopra la testa; se c'era odore stantio di corpi malati e pentoloni di brodaglia, sentiva dormendo il profumo dei petali di rosa che spargeva, da bambina, dietro alla processione per Maria Vergine; se Felice stava a occhi chiusi e sembrava morto, il sogno glielo mostrava sano e vivace: «Allora non sei stato ferito» diceva lei, e lui rispondeva allegro: «No, mai!» La sollevava tra le braccia, pieno di vita e di energia.

In ultimo, i sogni da sempre le restituivano la sua gamba, lasciandole al risveglio una tragica mancanza.

Suor Chiara le era diventata amica. Quando la vedeva con la faccia triste, le dava due buffetti sulle guance e le tirava su gli angoli della bocca con le dita, ricordandole di pregare.

«Vedrai che il Signore ti aiuta» le diceva. Le metteva in mano il pane con la marmellata, un giorno di fragole, l'altro di fichi o di albicocche. Nei momenti in cui non poteva stare accanto al letto del malato, Camilla andava a rifugiarsi da lei e si confidava. Era l'unica persona con cui parlava, perché Felice dormiva quasi sempre: i farmaci per lenire il dolore lo intontivano giorno e notte. Con la suora, Camilla sfogava le sue preoccupazioni e i suoi dolori. Le dispiaceva unicamente il dover dire mezze verità, non potendo confessare di non essere ancora sposata. Volle raccontarle dell'agguato di Caterina, ma dovette fingere che fosse successo molto tempo prima, e disse anche del trattamento avuto da Piero. In quel caso non fu necessario mentire, perché anche Piero la credeva ormai moglie di Felice. Ma dovette soddisfare la curiosità della monaca, che voleva sapere se alla fine i genitori si fossero fatti una ragione del loro essere marito e moglie.

«Non hanno mai accettato il nostro amore.» Verità strategica, formulata per nascondere il non detto.

Quella mattina, dopo un sogno in cui lei e Felice si arrampicavano su una salita alla fine della quale apparivano un giardino, poi un lago e Camilla aveva ancora negli occhi la luce di quei luoghi meravigliosi, bussarono alla porta. Per andare ad aprire si avvolse nella coperta: i temporali di fine agosto si erano portati via l'estate e quei giorni di settembre erano particolarmente freschi. Nella sacca aveva infilato solo un golfino leggero e aveva scritto a suo padre chiedendogli la cortesia di spedirle qualcosa di lana, ma ancora non era arrivato nulla.

La padrona della pensione, una donna che tradiva nell'aspetto un vivace passato, le disse che era venuta una suora dal Cottolengo a dirle di andare subito lì.

«Una baciapile come tutte le monache, ma simpatica.»

Da qualche giorno era nato un certo ottimismo da parte del professore, ma era stato fin da subito chiaro: non c'era nulla di certo e ci sarebbe stato da aspettarsi di tutto, nel bene e nel male.

Se la suora era venuta a chiamarla a quell'ora, doveva essere successo qualcosa di brutto, pensò subito Camilla.

La padrona vide la giovane impallidire e barcollare, l'afferrò per un braccio, bruscamente: «Su bella, non è successo niente! Vestiti e non perdere tempo, che con quella gamba sifula ci metti due ore solo per fare le scale!»

La ruvida reazione ebbe l'effetto positivo di riportare Camilla in sé e farle ritrovare la forza per non lasciarsi sopraffare dall'angoscia.

Si preparò in fretta, non sprecò tempo a risistemarsi i capelli che sfuggivano dalle trecce arrotolate sulla nuca per carezzarle il collo e addolcire i lineamenti del volto.

Per sbrigarsi scese le scale come faceva da bambina: appoggiato il braccio e tutto il peso al mancorrente di legno, si lasciò scivolare, sfiorando appena i gradini con il piede buono per darsi l'equilibrio.

Giù, nell'appartamentino della padrona che aveva la porta sempre aperta, l'aspettava una tazza di caffè d'orzo. La donna aveva avuto il tempo di imbellettarsi e stava accendendo la prima sigaretta della giornata, il cui odore s'infilò pungente nel naso di Camilla.

«Una volta qui era tutto diverso. Gente che andava e veniva. Poi ho avuto tanti problemi, ho incontrato gente cattiva e...» sospirò gravemente «per campare ho dovuto aprire la pensione.»

Era evidente il rimpianto per quelli che dovevano essere stati per lei e il suo albergo momenti di prosperità. Aspettava un incoraggiamento, un segno di interesse e avrebbe raccontato tutta la sua vita, ma Camilla ascoltava distrattamente, la testa già all'ospedale.

«Ti avessi conosciuta allora, ti avrei chiesto di venire a

lavorare per me. Sei bella e c'erano uomini che cercavano apposta quelle come te.»

Camilla intese approssimativamente il senso delle parole della donna.

«Come me, come?»

«Con un difetto.»

Non le importava di capire. Doveva andare.

La strada da percorrere era breve, ma farla tutta passo per passo, pietra per pietra, con l'ansia di non sapere, rese quel cammino eterno.

Ad appesantirlo di più c'era la stranezza di vivere un tempo ingannevole, perché tutto sembrava normale – c'era perfino il sole – e invece il destino aveva già emesso la sentenza: se Felice era morto, era già morta anche lei. Per un momento si vide adagiata in fondo al fiume, l'acqua che le scorreva sopra, la città in trasparenza.

Camminava sempre più faticosamente e, nell'attraversare l'androne e ignorandone la bellezza, chiuse per un momento gli occhi come se si stesse consegnando a un carnefice.

Nel corridoio, suor Chiara le corse incontro agitatissima: «Vieni» e la tirò verso il suo sgabuzzino.

«Che cosa è successo? Lasciatemi andare da Felice!»

«No, sta dormendo!»

«Dormendo?»

«Sì, sì! Tra poco si sveglierà.»

Camilla capì di essere stata, almeno per il momento, graziata.

«Siete venuta a chiamarmi per dirmi che sta dormendo?»

La suora la rassicurò e la fece entrare nel suo piccolo regno.

«Io non esco mai dall'ospedale, la mia non è clausura ma quasi. Stamattina però dovevo proprio venire.»

«Ditemi suora, non fatemi stare in pena.»

«Ieri, dopo che sei andata via, sono venuti i genitori!»

Caterina e Antonio Barberis erano stati avvisati.
«È stato il dottorino, sono sicura!»
Piero li aveva informati dell'avvenuto matrimonio, cosa di cui era ingannevolmente convinto, oltre che delle condizioni di salute del figlio.
Non era stato facile rintracciarli. Si trovavano in riviera per un breve soggiorno che avrebbe dovuto portare giovamento a Caterina. La donna aveva cominciato a soffrire di esaurimento nervoso da quando il figlio se n'era andato di casa. In seguito a una crisi isterica era stata anche internata qualche giorno e i dottori avevano consigliato di tenerla lontana delle preoccupazioni.
Sotto la pelle scurita dal sole traspariva sui loro volti il pallore dell'ansia, si erano precipitati in ospedale senza nemmeno passare da casa.
Non c'era Piero ad accoglierli. Il professore non aveva digerito le sue resistenze alla cura sperimentale. «Ho bisogno di lavorare con gente che crede in quello che faccio» aveva sentenziato, e lo aveva messo alla porta.
I genitori erano entrati, avevano salutato il figlio che, intontito dalle cure, non aveva avuto la forza di parlare. Meglio per loro, perché le sue non sarebbero state parole dolci. I due avevano cominciato a sbraitare, dicendo che lo avrebbero portato via da lì.
«Il padre sostiene che sanno loro dove farlo curare bene, un ospedale dove va la gente importante. I signoroni» riferì piccata suor Chiara.
Il professor Ridolfi si era opposto con determinazione, ma non si erano arresi, avevano detto che sarebbero andati dal sacerdote prefetto, che era il responsabile di tutto.
«E se non basta andiamo anche dal re!» aveva minacciato Caterina.
La suora aveva preso a cuore la faccenda e ripeteva che bisognava impedire che Felice fosse trasferito.
«Questo è un ottimo ospedale, devi fare di tutto, qual-

siasi cosa, affinché tuo...» esitò un attimo prima di continuare «...tuo marito rimanga qua!»

«Come, sorella? Come?» Non era sua moglie, Camilla, non era niente. Non aveva modo di opporsi alla volontà dei genitori, non avrebbe avuto alcun potere.

Si sentiva alla fine di una lotta che l'aveva sfiancata: era venuto il momento di lasciare andare le cose per il loro verso e smettere di essere contro.

D'altronde l'arrivo di Caterina e di Antonio era solo una scorciatoia per ciò che era previsto dal suo piano. Felice doveva tornare in seno alla famiglia per finire gli studi.

Da quando era arrivata in ospedale aveva girato l'anello di fidanzamento, nascondendo i fiorellini nel palmo.

Lo mise nel suo verso, pose la mano sotto gli occhi di suor Chiara e confessò, certa che tutto il favore che le manifestava sarebbe svanito, di non essere affatto sposata con Felice.

La sorella si mise a ridere: «Credi che sia nata ieri? Lo avevo capito, ma a tutto c'è rimedio!»

Camilla si sentì smarrita di fronte all'entusiasmo della suora, che in quel momento le ricordò sua madre, quando sembrava posseduta dalla misteriosa forza che la rendeva capace di riordinare il mondo.

«Vieni, lui ti spiegherà tutto!»

L'aveva lasciato il pomeriggio prima che quasi non parlava. Gli aveva messo pezze bagnate sulla fronte e gli aveva somministrato una medicina che serviva a stordirlo, poiché le applicazioni che il dottore gli faceva personalmente, tre volte al giorno, gli procuravano un dolore bruciante che a tratti diventava insopportabile.

Il professor Ridolfi era uscito dalla stanza di buon umore, vedeva segni incoraggianti e aveva prescritto di smettere con il laudano, che serviva a sopportare le fitte dolenti della ferita, ma conteneva oppio e a lungo andare avrebbe provocato danni.

«*Calor*, *rubor*, *tumor* stanno diminuendo» aveva sentenziato.

«Restano *dolor* e *functio laesa*» aveva detto lei, pronta, mostrando di aver capito che il dottore alludeva alla definizione che davano i latini dei sintomi dell'infezione. Se ne era compiaciuto, le aveva chiesto dove avesse imparato quelle parole.

«Sui libri di mio marito.»

«Vostro marito...» aveva detto allusivo, ma lei non si era lasciata intimidire.

«Sì, mio marito.»

«Brava, siete una ragazza in gamba.»

Si era poi accorto di aver fatto un complimento che sarebbe potuto risultare offensivo a causa della condizione della giovane e, nonostante la sua autorevolezza, si era sentito a disagio.

Lei aveva riso, la sua bella risata luminosa, canterina.

«Sì, sono davvero in gamba» e si era data un colpetto sul ginocchio, facendo risuonare il legno. Tutto questo aveva accorciato le distanze tra loro, rendendo lui meno padreterno e lei più degna di considerazione.

Il professore aveva continuato il suo referto, dicendo che i margini della ferita apparivano più sani. Bisognava insistere con le applicazioni, però, perché l'infezione era una brutta bestia e avrebbe potuto prendere di nuovo il sopravvento: Felice doveva sopportare ancora un po' di sofferenza.

«La *functio* sarà *laesa* ancora per un po'. Quando il dolore diminuirà e gli permetterà di alzarsi dal letto, dovrà usare le stampelle.»

Camilla aveva repentinamente piantato due occhi allarmati in faccia a Ridolfi.

«Calma!» l'aveva rassicurata lui. «Solo per un po': dalla schiena parte tutto, anche il movimento delle gambe, e camminando sentirà dolore, per questo dovrà aiutarsi con le stampelle. Quando sarà guarito completamente, salterà come uno stambecco» aveva detto fiero.

Forse per la stanchezza, Camilla aveva appoggiato il capo alla mano, come se fosse diventato troppo pesante.

«Niente» aveva sussurrato. «Un piccolo capogiro.»

Ridolfi, senza chiederle il permesso, le aveva tirato giù una palpebra, poi l'altra. Erano troppi giorni che non vedeva la luce del sole, sempre chiusa in quegli stanzoni.

«Andate un po' a spasso per la città, respirate, guardatevi intorno, distraetevi.»

Lei aveva provato a discutere, ma lui aveva bonariamente tuonato: «È un ordine, via!»

L'aveva cacciata, senza permetterle neppure di tornare a salutare il suo innamorato.

Così non si era trovata lì quando erano venuti i genitori, che avevano avuto subito da ridire sul fatto che, quella che loro malgrado credevano la loro nuora, non stesse al capezzale del marito malato.

«Dovrebbe baciare la terra dove passa nostro figlio, invece se ne va in giro.»

Camilla trovò Felice sveglio, seduto nel letto ma dritto sul busto e non, come al solito, abbandonato sui cuscini.

«Il laudano mi toglieva dal mondo, non capivo più niente. Sono tornato tra i vivi, amore mio.»

Finalmente si stavano ritrovando.

Per un momento l'universo intero fu solo l'abbraccio che si scambiarono, seguito subito dopo dalla preoccupazione di non fare un gesto di più, un respiro di troppo che rompesse quell'incanto. La gioia di riavere il suo uomo la portò in alto quanto la paura di perderlo l'aveva scaraventata nell'abisso.

Parlarono sottovoce, le teste vicine, a dirsi quanto erano innamorati.

Camilla ebbe perfino il dubbio che fosse uno dei soliti

sogni che venivano per consolarla, ma invece stava succedendo davvero, erano insieme e Felice era salvo.

Come qualche giorno prima, quando la febbre e poi le cure gli avevano dato un'esaltazione che lo aveva reso irriconoscibile agli occhi della fidanzata, il giovane ricominciò a parlare di matrimonio. Ma ora invece era lucido, in sé.

Dovevano sposarsi subito. Era tutto organizzato.

«Il pericolo è scampato, possiamo aspettare.» Camilla cercava di arginarlo, ma lui aveva fretta. Ora che i genitori lo avevano ritrovato, se avesse avuto una ricaduta e fosse tornato incosciente come era stato nei giorni precedenti sarebbero stati loro a decidere per lui.

E poi non voleva più aspettare, c'era l'occasione, perché non approfittarne?

Il prete era stato avvisato e il dottore era pronto a dichiarare che c'era pericolo di vita, anche se non era più così.

Mancava solo il sì della sposa.

Felice lo dava per certo.

La lettera che Camilla aveva spedito con l'intenzione di interrompere il fidanzamento, se mai era giunta a destinazione, doveva essere arrivata quando Felice era già stato cacciato dalla Francia. Un impiegato delle poste francesi l'aveva forse stracciata con disprezzo, vedendo che era destinata a un salinaro italiano. Le parole che aveva scritto, così lontane dai suoi sentimenti, meritavano d'altronde di essere distrutte o perdute.

Nuovamente la ragazza si sentiva sbattuta di qua e di là, tra il desiderio di stare con il suo uomo per sempre e il proposito di preservarne il futuro e gli ideali.

Lui la fissava, in attesa della risposta, lei schiudeva le labbra per dire sì, per dire no, e poi di nuovo sì. Camilla tornò a vivere il travaglio dei giorni in cui a ogni minuto la pensava diversamente dal minuto precedente, nella lotta incessante tra una testa troppo saggia e l'impeto dell'amore.

Pronunciò il sì senza rendersene conto: si trasmise dal cuore alla bocca senza passare per il cervello che, accortosene, prese a protestare, ma Felice aveva già afferrato la campanella per chiamare suor Chiara.

La macchinazione si mise in moto e Camilla fu presa nell'ingranaggio.

Due infermiere caricarono il degente su una lettiga, che fu trasferita di corsa alla cappella. Camilla le seguì, cercando di essere meno lenta possibile, ma loro si allontanarono veloci e, quando arrivò, sentì una sorta di frenesia intorno, come se si fosse fatta troppo attendere.

La chiesa era piccola. Un crocifisso sproporzionato all'ambiente pendeva sull'altare, un semplice tavolo coperto da un telo con qualche modesto ricamo arredava l'ambiente e per il resto la stanza appariva spoglia e priva di solennità.

Un sacerdote aspettava gli sposi per la confessione.

Il malato fu subito assolto, mentre con la futura sposa il prete si attardò maggiormente.

Camilla, ogni volta che si era confessata con don Lucio, aveva sciorinato il suo modesto repertorio: piccole bugie, bisticci con il fratello, turbamenti amorosi. La sola questione che preoccupava il suo confessore, invece, era l'odio mai sopito per il conte, ma Camilla reputò che al giovane cappellano non fosse necessario parlarne. Non c'era niente, dunque, che potesse impedire l'assoluzione, eppure il sacerdote non era convinto, qualcosa lo inquietava.

Insisteva nel chiederle se non c'era nient'altro, che il Signore voleva sapere tutto, non solo le colpe, ma anche i dubbi, le paure. La osservava attraverso la grata, vedeva il suo volto teso, la mano che nervosa scorreva sui piccoli buchi del pannello, unendoli con il dito in una trama invisibile, ossessivamente. La ragazza non si comportava come una sposa felice.

Il prete era un giovane che voleva rendere il mondo più giusto.

«Stai scegliendo liberamente di sposarti o qualcuno ti costringe?» azzardò.

Sarebbe stato un sollievo dirgli tutto, mettersi nelle mani di quell'uomo inviato da Gesù e lasciare che fosse lui a risolvere la sua vita, toglierle i dubbi e riconsegnarle l'amore.

Fuori dal confessionale, scalpitavano. Si sentivano bisbigli nervosi.

«Posso mandare via tutti e niente matrimonio.»

Camilla taceva.

Dopo qualche istante di silenzio, sentì dietro alla grata un movimento, gli anelli della tenda scorrere contro il bastone che la reggeva, lo scricchiolio della porticina del confessionale.

Il sacerdote stava per mettere in pratica il suo proposito e annunciare che non se ne sarebbe fatto niente.

«Aspettate!» Camilla lo richiamò.

Di fronte alla possibilità reale, capì che lasciare Felice era impossibile: era salvo, a pochi passi da lei, e l'aspettava. Non si doveva sacrificare l'amore, era stata così fortunata a trovarlo e rinunciarvi sarebbe stato un imperdonabile sbaglio.

«Avete ragione padre, ero sul punto di commettere un grave peccato. Stavo per buttare via un dono del cielo.»

Dall'altra parte arrivò un sospiro di sollievo.

«Finalmente.»

«Voglio sposare Felice, non ho più dubbi.»

Il sacerdote questa volta la sentì sincera, convinta.

Le diede la sua benedizione, ma non la penitenza, sentiva che ne aveva già fatta abbastanza.

Quando Camilla lasciò l'angolo segreto del confessionale, tutto era pronto.

Suor Chiara le infilò in testa un velo bianco ornato di minuti fiori freschi, indicandole l'inginocchiatoio davanti all'altare dove era appoggiato un mazzo di roselline.

Ridolfi, senza camice, vestito di blu, era al suo fianco a fare da testimone e suor Chiara, dall'altra parte, aveva gli occhi lucidi di commozione.

Da una porta entrò un coro di bambini accompagnato da una novizia, una cuffietta bianca le copriva i capelli.

Fece disporre i bambini davanti all'altare e, al suo cenno, intonarono l'*Ave Maria*.

«Sono i nostri orfanelli» disse fiera la sorella.

Camilla si sentì invadere di dolcezza. Si voltò verso Felice, che si era tirato su dalla lettiga e la stava guardando.

Sì, voleva stare per sempre con lui, ovunque la vita li portasse. Voleva vivere, invecchiare, morire sempre così, occhi negli occhi.

La messa passò in un volo e alla fine furono pronunciati i sì.

Il suo, quello di lui.

Il prete esortò chi fosse stato contrario a quel matrimonio a dire la sua o a tacere per sempre.

Ci fu un grande silenzio.

Chi non era d'accordo non era presente e, senza saperlo, aveva approvato quell'unione per l'eternità.

43

Alla salute!

Caterina, dopo l'ospedale, aveva avuto una crisi di mal di capo che l'aveva costretta a letto con pezze bagnate di acqua e aceto sulla fronte.

Dopo mesi passati a chiedersi dove fosse Felice e addirittura se fosse ancora vivo, lo aveva rivisto così, coperto di lividi e quasi incosciente. Era stato un brutto colpo per il suo sistema nervoso a pezzi.

Dopo una notte in cui la testa sembrava scoppiare, la mattina aveva ancora bisogno di buio assoluto e non poteva parlare. Appena apriva bocca l'assalivano conati di vomito che le dilaniavano il petto e la gola.

Aveva imparato a conoscere quel disturbo, se solo così si poteva chiamare, e sarebbe durato tre giorni. Tre preziosi giorni in cui avrebbe avuto intenzione di smuovere mezzo mondo per portare via il figlio da quella specie di lazzaretto, in mezzo a diseredati, piccoli bastardi e, non ultimi, esseri malformati che poco avevano di umano.

Invece era costretta a letto e non aveva alcuna fiducia nelle capacità del marito di imporsi con il sacerdote prefetto che stava a capo del reparto.

«È inutile insistere, Caterina, non possiamo fare nulla.»

Antonio gliel'aveva spiegato in tutti i modi. Il dottore si era opposto al trasferimento d'accordo con la moglie, perciò era impossibile pensare di spostare Felice in un'altra struttura.

«Non chiamare moglie quella lì, per favore» e non aveva potuto continuare, zittita dalla nausea.

Tra un conato e l'altro l'aveva poi spedito a vedere come stava il ragazzo, spinta da un sincero e materno patema d'animo.

Gli sposi erano tornati in corsia tra l'entusiasmo dei ricoverati, tra cui si era diffusa la voce della cerimonia appena avvenuta.

Nascosta sotto il cuscino, venne fuori una bottiglia di vino e tutti brindarono alla loro felicità.

«Alla salute di tutti!» augurò Camilla.

«Quella è la prima cosa!» disse qualcuno e partì l'applauso, la richiesta di un bacio tra i due, l'auspicio di una prole maschile.

Felice alzò il bicchiere dal suo letto, Camilla accanto a lui brindò, sorridente, bella come suo marito l'aveva vista la prima volta al ballo, in mano la limonata ghiacciata.

Quando l'improvvisato festeggiamento finì e tutti tornarono ai loro malanni, nascosti dalla tenda intorno al letto, i due si scambiarono finalmente un bacio in intimità.

«Chissà quando potremo essere davvero marito e moglie» sospirò lui.

«Presto. Il dottore ha detto che la ferita sta migliorando.»

«Lo so, lo sento.»

Felice, non potendo fare altro, diede la stura a tutti progetti di cui aveva troppo a lungo chiacchierato in solitudine.

Inseguiva nuovamente l'idea di aprire una bottega a New York e ci lavorava di fantasia.

Avrebbe potuto vendere vino, come suo padre. O magari portare là dei tartufi. C'erano i tartufi in America?

«Perché no?» disse Camilla. «La terra è sempre terra.»

«Ma non saranno buoni come i nostri.»
Camilla era d'accordo.
«Non è detto che sia uguale dappertutto: per esempio, la nostra terra non faceva patate» considerò Felice.
«Hai ragione. E il mais? Nemmeno quello avevamo. Saremmo morti di fame dalle nostre parti, se non avessero scoperto l'America. Non mangiamo altro che polenta e patate!»
Risero.
Era bello poter finalmente dire sciocchezze.

Improvvisamente Felice cambiò espressione, strinse i denti per una fitta di dolore, i pugni chiusi, il respiro spezzato.
«È come un cane che ti azzanna.»
Poi il crampo scemò e lui ricominciò a parlare come se niente fosse successo, aveva preso l'abitudine a quel supplizio.
Se non una bottega, avrebbe potuto aprire un'osteria che avrebbe servito piatti piemontesi. Camilla avrebbe cucinato e lui servito a tavola.
Sembrava aver dimenticato completamente gli ideali che aveva sentito rinascere curando i compagni feriti alle saline, quando gli era apparso chiaro di non poter fare altro che seguire la sua missione. Di quel prodigarsi, sua moglie aveva saputo solo i fatti raccontati da Jacopo, ma le erano stati più che sufficienti per capire a fondo lo stato d'animo che li aveva guidati. Era convinta che gli ideali non potessero né dovessero abbandonarlo e che, passata l'eccitazione per la scoperta del nuovo continente, sarebbero tornati sotto forma di rammarico.
Così Camilla assecondava le fantasticherie di suo marito, ma dentro aveva anche lei un cane che mordeva la coscienza. L'animale diventava più aggressivo via via che Felice si abbandonava ai sogni più teneri. La casa con un piccolo giardino, i bambini che giocavano.

Non voleva infrangere le illusioni di suo marito e taceva, o annuiva senza partecipazione. Lui metteva passione per entrambi e le sue pause dal dolore lo lasciavano in uno stato di esaltazione che non gli consentiva di accorgersi dello sguardo assente di sua moglie.

Lei non riusciva a essere serena.

Era convinta di aver fatto un grave errore a non opporsi con tutte le sue forze il giorno che Felice aveva detto di voler lasciare gli studi e ancor di più quando aveva deciso di emigrare.

Avrebbe dovuto rompere il fidanzamento, tirargli contro l'anello, fingersi ambiziosa e fargli credere che, se fosse diventato un poveraccio come tanti, non lo avrebbe più voluto. Lui l'avrebbe disprezzata e si sarebbe allontanato senza soffrirne.

Adesso che erano sposi le sue armi erano spuntate.

Mentre suo marito continuava a dipingere luminosi panorami americani che nulla sarebbe riuscito a offuscare, lei era sempre più certa che non avrebbe trascorso il resto della sua vita sentendosi l'origine di un rimpianto.

Pensava. Pensava a una soluzione.

Il suono ormai noto dei rosari che litigavano con le chiavi annunciò suor Chiara.

«È arrivato il signor Barberis» annunciò.

«Non voglio riceverlo» fu pronto a dire Felice.

«Non posso fermarlo, è orario di visita, tra poco apriranno il cancello» si agitò la suora.

Camilla scongiurò Felice di parlare con suo padre.

Ormai era cosciente, poteva decidere di sé stesso. Dalla sua parte c'erano lei, che era la moglie, e il dottore che lo stava curando, per nulla al mondo avrebbero potuto trasferirlo in un altro ospedale.

Per il resto era venuto il momento che si affrontassero, avrebbero potuto trovare il modo di perdonarsi. Felice non voleva sentir parlare di perdono. Lui non aveva nulla da farsi perdonare e i suoi genitori erano imperdonabili.

Un vociare in corridoio annunciò l'arrivo dei parenti, suor Chiara allargò le braccia mentre Camilla, che non voleva farsi trovare lì, si alzò: padre e figlio dovevano regolare i loro conti da soli.

«Se pensi che tornerò buono sotto l'ala di mamma e papà, ti stai sbagliando Camilla!» disse aspro.

Era il giorno del loro matrimonio e il giorno del loro primo dissapore.

Antonio, per arrivare dal figlio, era passato per la piazza del mercato ed era stato attratto dal profumo di uva fragola che veniva da una bancarella.

Nel naso aveva ancora l'odore pungente dell'aceto con cui aveva cercato di lenire le fitte di mal di testa della moglie e la dolcezza che proveniva da quei grappoli gli era sembrata di buon augurio, così ne aveva comprati un po' da portare al malato.

Camilla non aveva mai incontrato suo suocero e mentre percorreva il corridoio, circondata dai parenti che fluivano verso i vari reparti, non poté riconoscerlo con precisione.

Lui la individuò dalla camminata, dalla stampella, ma subito dopo gli occhi scivolarono al corpo e al volto, ai capelli, nei quali era rimasto impigliato un piccolo fiore che proprio in quel momento si staccò, rotolando sul viso, quasi fosse stata la sua occhiata prolungata a provocarne la caduta.

Camilla si fermò, raccolse il bocciolo che penzolava da un volant della camicia, notò quell'uomo non più giovane che si distingueva per il vestire raffinato, ma con il passo pesante da contadino, che la guardava senza spudoratezza, ma con attenzione.

Si convinse che quello fosse il suocero.

Non sembrava cattivo, forse sarebbero potuti andare d'accordo: la gente cambia, si ricordò.

Subito le risuonarono nelle orecchie le parole che Felice le aveva lanciato dietro mentre se ne andava: rivelavano risentimento. Non solo per i genitori, ma anche per lei.

Aveva ragione, era il giorno delle loro nozze e lei non era stata capace che di un bacio e qualche stentato sorriso.

Di amarlo era certa, ma dopo il primo momento di felicità, i problemi erano tornati a tormentarla.

Non aveva mai sognato il matrimonio, eppure sapeva che non lo voleva così.

Non le importava dei festeggiamenti e dei balli sull'aia, ma voleva la sua famiglia intorno. Voleva la commozione di sua madre, il braccio di suo padre. Voleva baciare suo marito sull'altare con la mente sgombra e il cuore leggero. Chissà se un giorno si sarebbe potuto rifare tutto per bene. Lo avrebbe chiesto a don Lucio alla prima occasione.

44

Non partire

Nonostante Felice lo avesse ricevuto con freddezza, il padre si rallegrò nel vedere che il ragazzo stava molto meglio rispetto al giorno precedente. Il vederlo dritto sulla schiena, lo sguardo presente, il volto abbastanza disteso, risollevò talmente l'animo di Antonio che non gli importò dell'accoglienza.

La moglie, quando le avesse riferito la buona notizia, si sarebbe sicuramente ripresa dal mal di testa e, buttate via le pezze bagnate, avrebbe aperto le finestre, via quella puzza di aceto e di vomito che infestava la casa ogni volta che aveva i suoi attacchi! Non vedeva l'ora di tornare a casa per dirglielo.

Il giorno prima era stato loro comunicato senza altre spiegazioni che il ragazzo era stato ferito in una rissa tra lavoratori, ma non sapevano nulla di Aigues-Mortes.

L'articolo che ne aveva parlato era forse passato sotto gli occhi di Antonio mentre al caffè sfogliava i giornali esposti sul bancone ma, non sapendo più nulla del figlio – dove fosse e che lavoro stesse facendo – era stato uno dei tanti titoli che strillavano cattive notizie e che era meglio evitare di leggere.

Felice temeva una tempesta di domande – come è successo, chi è stato, perché eri in Francia – e invece non gli fu chiesto niente.

In fondo, quando mai padre e figlio si erano parlati? Qualche volta, quando era piccolo. Quando Caterina aveva ammazzato i figli di Friciulin, Antonio era stato affettuoso. C'era stata sempre più confidenza con lui che con la madre, ma fra niente e poco più di niente la differenza era minima.

L'unica volta che si erano confrontati da uomo a uomo era stata una catastrofe: la patetica confessione dell'amorazzo giovanile e la lite a proposito di Camilla li avevano allontanati definitivamente.

«Senti che profumo.» Antonio gli mise sotto il naso un grappolo d'uva.

«È dolcissima, assaggiala.» Ne staccò un acino.

Felice aprì le labbra e si lasciò infilare l'acino in bocca. Era dolce, davvero. Un sapore che lo portò indietro nel tempo.

Nella sala c'era un viavai di parenti, tutte le tende intorno ai letti erano aperte, i malati che stavano meglio erano seduti sul bordo del materasso o muovevano qualche passo. L'odore dell'uva si sparse nella stanza e Antonio ne offrì a chi guardava dalla loro parte, desideroso di assaggiarla. Ne ricevette in cambio dei biscotti.

«Grazie, li porto a mia moglie, che non sta bene.»

«Mia madre è malata?» chiese Felice, pentendosi subito di essersi mostrato preoccupato.

Antonio pensò che suo figlio avesse ancora un cuore, ma non lo disse.

Era stata visitata da vari dottori, alcuni parlavano di nevrastenia, altri, più aggiornati, di esaurimento nervoso, ma era la stessa cosa.

«È sempre stanca, poi improvvisamente comincia a camminare avanti e indietro, tutta la notte. Ogni tanto sviene o dà di matto per niente. Ora è a letto con un mal di testa feroce.»

«Mi dispiace.»

Caterina era in quelle condizioni per colpa sua. Era tardi per dispiacersi, pensò Antonio, ma aveva deciso di prendere Felice con le buone, così tacque spolpando i grappoli, un acino per sé e uno per il figlio.

Ogni tanto il cane tornava ad azzannare la schiena del malato che non riusciva a mascherare il dolore. Allora rifiutava l'uva, si lasciava andare sui cuscini, stringeva i denti finché il dolore non gli dava nuovamente tregua.

«Lo vedi che non sei guarito? Ha ragione tua madre, in questo posto per poveracci non ti curano bene.»

Gli bastò vedere che il figlio non protestava, nemmeno lui aveva voglia di litigare. Si sentì incoraggiato a insistere.

«Farebbe bene a te e farebbe bene alla tua povera madre, che smetterebbe di preoccuparsi e le passerebbe subito la nevrastenia. Poi potresti fare la convalescenza da noi. La casa è grande, può venire anche lei, se lo desideri.»

«Lei chi?»

«Lei. Tua...»

Antonio risentì la voce di Caterina che gli vietava di pronunciare la parola *moglie* riferita a Camilla. Si rallegrò che la sua, di moglie, non fosse lì.

«Tua moglie.»

«Ah, davvero?» disse Felice, sarcastico.

«L'ho vista, è una bella donna.»

Lo pensava davvero.

Quando nel corridoio aveva visto una giovane arrancare con la stampella, non aveva visto in lei altro che una sciancata, ma quando Camilla aveva smesso di camminare per raccogliere qualcosa che le era caduto sulla camicia, agli occhi di Antonio si era trasformata in una donna e, da uomo, aveva capito perché il figlio ne fosse attratto.

Per un momento era balenata nella sua mente Renata, il rimpianto di una vita intera; ma suo padre aveva avuto ragione a chiuderlo in cantina a pane e acqua, l'attrazione non aveva nulla a che fare con il matrimonio.

Però erano altri tempi, i giovani di oggi hanno le loro

idee, si disse. Pur di riconquistare il figlio, sarebbe stato disposto ad accettare la nuora in casa.

Anche Caterina avrebbe dovuto convincersene e questo avrebbe giovato alla sua salute, riportato la pace in famiglia e ricomposto il comune sogno spezzato di vedere Felice laurearsi dottore.

«Poi chissà, potreste anche continuare a stare in casa con noi, in fondo è per te che l'abbiamo presa. Un po' di pace te la meriti» azzardò ancora Antonio, pensando a come avrebbe potuto far digerire tutte quelle pensate a sua moglie.

Felice cominciò dall'inizio a smontare pezzo per pezzo la torre di Babele che aveva costruito suo padre.

Rispose con raziocinio e decisione, senza lasciare spazio a dubbi. Anzitutto, non aveva alcuna intenzione di cambiare ospedale, perché lo stavano curando bene e perché lui, tra i poveracci, come li chiamavano loro, ci stava bene. Se non se lo ricordava, fino a ieri erano poveracci anche loro: non si potevano permettere nemmeno di sfamare i cani che la loro cagnetta metteva al mondo e li dovevano ammazzare.

«I cani? Quali cani?»

A Felice sembrò impossibile che quel fatto così importante per lui non avesse lasciato traccia nella memoria del padre.

«Non ti ricordi?» e la voce di Felice si alzò di tono, tanto che nello stanzone si fece un attimo di silenzio.

Antonio ricordava vagamente, ma non stava né in cielo né in terra che il figlio tirasse fuori una stupidaggine di quando era bambino.

Felice continuò accalorandosi sul secondo punto della conversazione: tutto quello che aveva vissuto non l'aveva indebolito, come credeva suo padre, anzi. Era diventato più forte e niente mai l'avrebbe fatto tornare a testa bassa a ingoiare la disapprovazione di sua madre e lo sguardo di disprezzo che avrebbe posato, ogni giorno, sulla persona che lui amava. E quella che suo padre chiamava «un po' di pace» sarebbe stata una battaglia quotidiana.

Terzo punto, appena guarito sarebbe partito per l'America insieme a sua moglie e là avrebbero cominciato una nuova vita, lontana dalle meschinità del suo paese.

Del castello in aria di Antonio non rimasero che macerie, ma i primi due crolli, nonostante il loro peso, non lo avevano sotterrato. Il terzo fu invece un masso che gli si piazzò sul petto, lasciandolo tramortito, ed era certo che ancora con maggior violenza si sarebbe abbattuto su sua moglie. Da nevrastenica sarebbe diventata pazza.

Provò pietà e tenerezza per lei. Sì, Caterina aveva il suo carattere, a volte era capace di dire cose terribili di cui si pentiva, ma amava Felice con tutta sé stessa e perderlo l'avrebbe distrutta.

Felice a sua volta aveva un buco dentro. Gli era costato essere così duro di fronte alla disponibilità di suo padre e alla malattia di sua madre, ma era un uomo ferito nel corpo, nelle emozioni, nelle proprie aspirazioni, e non gli restava che l'orgoglio.

«È la mia decisione, papà» e chiuse il discorso.

Nella stanza c'erano chiacchiere, qualche risata, tosse, sospiri.

Eppure il silenzio che si creò tra loro sembrò espandersi e spegnere tutti i rumori.

«Qualsiasi cosa, ma non partire» supplicò Antonio.

Lasciò sul comodino il grappolo d'uva e andò via.

45

Debito

Camilla doveva andare.

Non avrebbe voluto abbandonare suo marito un giorno dopo le nozze, però, nella turbinosa giornata in cui aveva lasciato la pensione ancora signorina e ne era tornata sposata, gli imprevisti non erano finiti con le inaspettate nozze.

Uscita dall'ospedale, si era sentita chiamare: era suo padre, portava una borsa con le calze di lana e lo scialle pesante, come lei aveva richiesto.

Giovanni andò incontro alla figlia commosso, come se non la vedesse da anni.

«La casa senza di te è vuota, Camilla» le disse e a lei sembrò di averlo ingannato sposandosi senza che lui e sua madre lo sapessero.

Non ebbe perciò il coraggio di rivelarglielo subito e la verità rimandata si trasformò in segreto.

D'altronde, anche Giovanni aveva il suo fardello di non detto: del piccolo in arrivo ancora nessuno dei figli era stato informato e, più passava il tempo, più era difficile.

Ah, se avesse potuto ancora raccontare storie di fratellini trovati sotto ai cavoli o di cicogne che lasciavano cadere a caso neonati inaspettati. Parlare di certe cose con i figli era contro natura, qualsiasi età avessero.

Erano andati a mangiare all'osteria, quella in cui Camilla era stata con Jacopo, e lì avevano parlato di tutto, tranne che dei loro segreti. Lui aveva ordinato del vino, un primo bicchiere, poi un secondo, ma il coraggio di parlare non l'aveva trovato. Lei, quando aveva capito che per quel giorno non sarebbe riuscita a dire nulla, si era sfilata la fede, sperando che il padre non l'avesse ancora notata. Al terzo bicchiere di vino Giovanni si era sentito stanco e aveva chiesto alla figlia di accompagnarlo alla pensione per riposare un po'.

Mentre camminavano, il segreto tanto a lungo dissimulato galleggiava sul troppo vino bevuto, si spostava di qua e di là a ogni passo, a ogni gradino della scala che portava all'abbaino. Un segreto che gli faceva girare forte la testa.

«Devi dormire, sei partito prima dell'alba stamattina» disse Camilla preparandogli il letto.

Mentre Giovanni s'inchinava per togliersi le scarpe, le parole risalirono alla bocca in tutta la loro drammatica semplicità.

«Tua madre aspetta un bambino. Siamo disperati.»

Suor Chiara promise di trattare Felice come se ne fosse la madre: Camilla, affidato il malato alle sue cure, aveva deciso di fare ritorno al paese insieme a Giovanni.

Raggiunse in camera suo marito. Quella mattina il professore lo aveva fatto alzare dal letto per provare qualche passo con le stampelle e Felice era entusiasta per essere riuscito a camminare fino alla porta. L'impresa aveva cancellato del tutto il malumore del giorno prima: accolse la sua sposa dimostrandole tutto l'amore che provava.

Lei si congratulò per i progressi e non volle rovinare la bellezza del momento, evitando di chiedergli come fosse andato il dialogo con il padre.

Gli comunicò poi con gioia, seppur contenuta, la notizia del fratellino, manifestando però anche tutta la preoccupazione assorbita da Giovanni, che aveva usato la parola «disperati», addirittura.

«Mio padre è stanco. E mia madre è vecchia.»

«Tua madre è una donna forte, ce la farà.»

Fu lui a dirle di andare subito a casa per dare conforto ai suoi, senza che lei dovesse chiedere al marito il permesso di partire: Camilla se ne rallegrò, ben sapendo che, anche se lui non gliel'avesse dato, sarebbe andata via ugualmente.

Felice manifestò la convinzione che i bambini portassero sempre gioia. E ciò, specialmente, sarebbe accaduto a due genitori anziani che già si erano dovuti separare da un figlio e presto avrebbero perso anche la figlia prediletta.

Camilla lo ascoltava, ma dentro di sé aveva capito che in America non ci voleva andare. Seppure in un primo tempo l'idea di lasciarsi tutto alle spalle e cercare una vita diversa l'aveva appassionata, ora troppe cose erano cambiate e la futura nascita inaspettata preoccupava anche lei, molto.

Non poteva abbandonare i genitori in un momento così difficile.

Al tempo stesso era doloroso tarpare le ali all'entusiasmo della persona che amava e di cui avrebbe voluto accontentare ogni desiderio.

Alternative, però, Camilla non ne aveva.

Si sentiva prigioniera degli eventi. Sapeva che la strada giusta non era andare via, ma non riusciva a immaginare come sarebbero potuti restare – a fare che, dove, con quali soldi – e ogni volta che provava a pensare a una soluzione, tutto si mescolava in una dolorosa confusione che non portava a niente.

Lui non parlava più di riprendere l'università, come se non gli importasse, eppure, a proposito del nuovo fratello, aveva detto prontamente: «Se fossi stato dottore, avrei potuto aiutare io tua mamma» per aggiungere, però, subito dopo: «Ma la vita non si fa con i se».

Cercando di sembrare sereno gli era venuta fuori una piega amara. Il volto del rammarico.

Ecco, non voleva che la faccia di suo marito diventasse quella, sempre.

Avrebbe potuto lavorare lei mentre Felice terminava gli studi. Sarebbe stata una soluzione. Alle filande l'avrebbero assunta anche con la sua menomazione.

Si era informata: si lavorava ferme, in piedi davanti alle vasche con l'acqua calda, si prendeva il baco e si tirava via il filo. Servivano dita abili e vista buona, non gambe scattanti. Ma conosceva suo marito, non le avrebbe mai permesso di fare quel lavoro.

«Io non parto» avrebbe potuto dire, opponendosi con ostinazione.

Ma no, sarebbe partito da solo per poi chiederle di raggiungerlo, mai avrebbe voluto adattarsi a fare un lavoro qualsiasi a casa propria.

Un conto l'avventura, un altro la rassegnazione.

Camilla sfogò tutta la sua confusione nell'abbraccio che gli diede salutandolo, lo strinse così forte che lui ricadde all'indietro e lei sopra di lui. Misero nel baciarsi tutta la mancanza che avevano patito l'uno per l'altra, il desiderio che ancora non aveva potuto esprimersi, l'amore che era cominciato dal primo momento e che era andato aumentando con il tempo. Il loro primo, vero, lungo bacio.

Suo padre l'aspettava davanti all'ospedale.

Il calesse era leggero, i cavalli giovani e agili. Si misero in strada la mattina e nelle prime ore del pomeriggio si vedevano già le loro colline in lontananza.

Era stata via meno di un mese, ma le sembrava di essere andata davvero in America, perché in quel periodo non era esistito altro che l'ospedale: la sua casa, il suo mondo erano scomparsi.

Come stava la sua amica Marinella? E suo fratello Agostino era felice, finalmente da solo? Da tempo i suoi starnuti erano diventati sempre più rari.

Berta aveva ricominciato a mangiare e a uscire di casa? Chissà Peppo che fine aveva fatto.

Mentre volava con il calesse e fissava le criniere dei cavalli che si spettinavano, una nera, l'altra rossiccia, queste curiosità le alleggerivano la mente.

Suo padre, accanto, manovrava le redini e taceva. La mattina si era svegliato cupo, scontroso. Nemmeno le premure della padrona della pensione, che aveva servito anche a lui l'orzo caldo e non aveva fatto pagare l'uso del letto, lo avevano distolto dal suo stato d'animo.

«Un bell'uomo, ma molto musone, tuo papà!» aveva commentato la signora, quando Giovanni si era allontanato. Le due donne avevano riso, complici. Anche il ricordo di un così fuggevole momento di allegria risultava prezioso per Camilla, che facilmente ricadeva nei suoi rovelli sul futuro proprio e di suo marito.

Non aveva senso l'amore, se da quel sentimento così forte e bello dovevano venire sofferenze, delusioni, rinunce.

I bambini, poi, quelli che Felice voleva tanto, erano altra fonte di preoccupazione e dolore. «Disperati» aveva detto suo padre.

«Ci siamo sposati» disse all'improvviso Camilla.

Non si erano quasi parlati dall'inizio del viaggio.

Fermò il calesse.

«Mica aspetti anche tu?»

Aveva un volto drammatico che suscitò nella figlia un'affettuosa risata.

«No papà, no!» e allora risero insieme.

L'abbracciò senza chiedere altro e a Camilla sembrò sciocco aver taciuto fino a quel momento.

«Bravi, bravi, avete fatto bene» e la teneva stretta come avesse voluto stare così sempre.

Un abbraccio come quello, da suo padre, non l'aveva mai avuto. Così lungo da farle desiderare di sfilarsi, ma non poteva, lo sentiva fragile, l'avrebbe ferito.

Si guardò attorno, dietro le spalle di lui, in attesa che l'emozione del genitore si stemperasse.

Gli occhi scivolarono sul profilo delle colline, dorsi e valli che si avvicendavano con garbo, con la giusta distanza tra loro, e ognuna aveva la sua cascina. Era dolce la loro vista, eppure la gente che le abitava aveva poco, aveva niente, terra in affitto, la mucca, le galline. Le figlie a dieci anni andavano già a servizio nelle case padronali.

Piccoli castelli e ville di uomini che accumulavano denaro, che andavano di corsa e non avevano tempo di fermarsi se vedevano una bambina in pericolo.

Come il conte Edoardo.

La sua torre era là, la riconobbe.

La schiena di Giovanni sussultò.

«Lasciami commuovere per la mia bambina che si è sposata!»

Quando sciolse l'abbraccio aveva gli occhi rossi.

«Sono proprio vecchio a commuovermi così, ma per me sarai sempre la mia bambina.»

Bambina, bambina.

A forza di sentirsi chiamare, la bambina addormentata dentro Camilla si svegliò e diede un suggerimento che l'adulta colse al volo.

Il calessino si inerpicò sulla salita, si fermò nel giardino.

Giovanni ne approfittò per riposare al fresco degli alberi.

C'era il rischio che la morte fosse già passata a recuperare il bottino facile della vita del conte Edoardo. Il dubbio, però, fu risolto quando Camilla lo vide sotto il portico, intento a consumare un pasto solitario.

Si avvicinò con cautela, la ghiaia scricchiolò.

«Chi è?» chiese il vecchio, senza potersi alzare.
«Non vi preoccupate conte, ci conosciamo.»
Lui si guardò attorno, miope.
Camilla prese gli occhiali dal tavolino e glieli mise tra le mani.
«La bambina, ricordate?»
Vedendola, il conte si lasciò andare sullo schienale.
«Siete voi Camilla, venite.»

Subito ci fu tra loro una strana dimestichezza che rese superflue le formalità, come se la colpa di lui e il risentimento di lei avessero costruito tra loro un legame.
Rimase in silenzio a osservarlo. Alla luce, sotto la pelle sottile, bianchissima, si delineava in trasparenza il cranio, reso vivo solo dalle vene che pulsavano sulle tempie.
Anche lui la osservò a lungo, ormai certo di non poter riconoscere in lei la bambina fissata nel ricordo.
«Siete bella» disse.
«Vi ho odiato per tutta la vita senza sapere chi foste. Avevo davanti il vostro viso, i vostri occhi. Vi ho sognato mille volte, siete stato il mio peggiore incubo.»
«Non mi avete perdonato, lo so.»
«Proverò a farlo, davvero. Ma ho bisogno del vostro aiuto.»

46

Sei mesi dopo

Il cucchiaio con gli umori del malato posto sulla candela rivelò il formarsi di una patina bianca. L'esaminando ne derivò senza esitazioni la diagnosi di una cattiva funzionalità renale.

«Per me va bene così.»

Il professore cercò lo sguardo dell'assistente, che approvò e gli passò il registro.

Felice cercò di sbirciare.

«È un trenta, Barberis.»

Il giovane si alzò con un inchino di ringraziamento.

«Eravate uno degli studenti più brillanti e appassionati e ora siete rimasto indietro con gli esami. Che cosa vi è successo?»

«Un incidente. Una domenica aiutavo i miei in campagna e mi è entrato nella schiena il ferro dell'aratro. Ho ancora dolore, ma mi hanno assicurato che passerà.»

Si alzò in piedi restando piegato in avanti per mostrare che la sua non era una bugia, anche se invece lo era. Nessuno all'università avrebbe potuto dimostrare che non era stato l'aratro a ferirlo. Solo Piero sapeva la verità, ma si guardava bene dal parlarne, anche perché quella vicenda aveva a che fare con l'incresciosa questione del suo allontanamento dall'ospedale Cottolengo.

Piero attribuiva all'amico di un tempo la colpa del suo

attrito con Ridolfi dimenticando che, quando il fatto era accaduto, l'altro era quasi incosciente ed era stata la sua presunzione a irritare il professore.

Piero e Felice, da quando questi aveva ripreso a frequentare le aule universitarie, facevano finta di non conoscersi e la loro amicizia non aveva più speranza di essere recuperata.

Il professore notò la fede al dito del ragazzo.

«Vedo che avete anche preso moglie.»

Felice sventolò la mano sinistra come a scrollare via l'imbarazzo, poi ammise di essersi sposato. Il professore non aveva intenzione di muovergli un rimprovero, anzi. Era convinto che per un medico fosse utile una donna in casa, l'importante era trovarne una disposta a vedere suo marito uscire di notte e tornare a qualsiasi ora o non tornare per niente. Che fosse paziente e collaborativa.

«Lo è.»

«Allora tenetevela stretta, al giorno d'oggi non ce ne sono tante. Tra non molto ce le troveremo anche qui in facoltà. Anzi, ne ho già vista qualcuna in giro.»

«E con che superbia» concluse l'assistente.

Felice si stampò in faccia un sorriso tirato che ai docenti bastò per non sentirsi contraddetti.

Il docente consegnò il libretto, compiaciuto per il bel voto.

«Bene. Sono certo che recupererete velocemente, sia per quanto riguarda la schiena, sia con gli studi.»

Stando sui libri di notte e frequentando l'ospedale di giorno in meno di un anno si sarebbe laureato, liberandosi del peso di vivere con il denaro di sua moglie.

L'ostinazione di Camilla aveva vinto e non poteva che essergliene grato. Lei aveva capito qualcosa che lui aveva perso di vista, ancora lei aveva trovato il modo di risolvere il problema.

Ma non era stato facile accettare, la dignità glielo impediva.

«Che diranno di un uomo che si fa mantenere dalla moglie?»

Camilla non aveva creduto alle sue orecchie.

«Che diranno? A te importa?»

Lui era rimasto in silenzio.

«A dare retta alla gente adesso sarei davanti alla chiesa a chiedere l'elemosina per la povera zoppa, o chiusa in casa a pentirmi di essere nata!»

«Che sciocchezze!»

Dentro avevano un travaglio di mesi, ansia, difficoltà ed era venuto il momento che tutto, proprio tutto, venisse fuori.

Felice per lei, per il loro amore aveva rinnegato la sua famiglia, lasciato gli studi, era partito per la Francia. Non era stata una passeggiata.

Per lui, per il loro futuro, Camilla aveva addirittura perdonato colui che l'aveva rovinata: credeva che fosse stato facile andare dal conte e chiedergli aiuto?

«Non ti ho chiesto io di andare dal conte a mendicare.»

«Non ho mendicato, aveva un debito con me!»

Camilla insisteva, comunque fosse l'aveva fatto perché emigrare in America sarebbe stato un fallimento e un giorno lui se ne sarebbe pentito.

Lui era certo di no. «Quando decido una cosa la faccio fino in fondo. Te l'ho dimostrato, no?»

Era la prima volta che Camilla alzava la voce con Felice, la prima volta che lui lo faceva con lei.

La discussione era avvenuta nel cortile dell'ospedale dove lui si esercitava a muovere i primi passi dopo la lunga cura. Camminava con le stampelle e Camilla gli stava insegnando come usarle.

«Devi metterle più avanti, così» e gli mostrava il movimento.

Là dentro non ci faceva caso nessuno, ma Camilla si ritrovò a pensare che, passato l'androne, una coppietta di sciancati o giù di lì sarebbe stata bersaglio di facili spiritosaggini.

«Stai attento che qui ci sono i sassi e la stampella s'incastra.»

«Mi umilia pensare che non sono soldi guadagnati da me.»

«Sei mio marito, non sono soldi anche tuoi?»

La stampella s'incastrò tra i sassi e Felice fu costretto, per non cadere, a piegare malamente la schiena, lanciando un grido.

«Te l'ho detto che ci sono i sassi!» sbottò, poi si pentì di aver alzato la voce. «Ti fa male?»

«No.»

«Fai il passo più corto.»

«Lo faccio come posso.»

«Più inclinate le stampelle.»

«Tu sai sempre tutto, vero?»

«Se permetti, ho un po' di esperienza!»

Una corrente d'aria fece sbattere le finestre ancora aperte, nell'androne s'infilò un vento che spinse le edere pendenti come liane, volarono foglie. Dal cortile erano scappati tutti e i due, soli, potevano sbraitare a loro agio.

«Sta' sicuro che nemmeno io vivrò del tuo lavoro se ora non accetti.»

«Dovrai farlo, sei mia moglie.»

«E tu sei mio marito.»

«È diverso.»

«No, non è diverso.»

Sentiva di avere ragione, anche se non sapeva spiegarlo.

Il tono della discussione si faceva più alto.

Camilla avrebbe cercato un lavoro alla filanda per vivere anche lei con dignità, se lui la pensava così.

«Non essere ridicola!»

Alla filanda ci andavano tutte le ragazze che avevano bisogno di lavorare, ma nessuno rideva di loro. Perché allora lei sarebbe stata ridicola?

Quella parola l'aveva ferita.

«Pensi che non sia in grado di lavorare?»

«Non lo penso.»

«Mi stai umiliando.»

Come spesso accade con i litigi, anche il loro stava uscendo dai binari per andare a smuovere debolezze e timori antichi, che nulla avevano a che fare con l'argomento di cui si stava dibattendo. Camilla aveva accettato di giocare qualsiasi partita che la vita le mettesse davanti e voleva sempre vincere ma, se poteva apparire spavalda, nascondeva costantemente la paura di non farcela.

Felice non aveva mai pensato che Camilla non fosse in grado di fare qualcosa che si fosse messa in testa, ma pensava che non dovesse subire ciò che succedeva alle ragazze nelle filande. Venivano pagate niente per un orario massacrante, la loro pelle si spaccava a forza di mettere le mani nell'acqua bollente, erano costrette a dormire in un capannone tutte insieme, sulla paglia.

«Andrò a lavorare... e ridi pure di me!»

Felice capì di avere sbagliato. «Ridicola» aveva detto, l'aveva offesa e se ne pentì. Desiderò di abbracciare sua moglie, subito, per chiederle scusa, ma era imprigionato dalle stampelle e capì che cosa significasse non potersi muovere con libertà.

Camilla, che da sempre era schiava di quegli arnesi, era più libera di tutta la gente di cui lui temeva il giudizio: certamente qualcuno avrebbe riso di lui perché era mantenuto dalla moglie, ma non gli importava più.

Lei camminava davanti, arrabbiata.

La chiamò: «Amore mio...»

Lei si fermò, si voltò.

Non avrebbe mai ammesso che quello che le arrossava gli occhi era pianto. Diede la colpa al vento.

Felice dichiarò la sua resa: avrebbe accettato, ma quei soldi glieli avrebbe restituiti con i primi guadagni. Lei fu d'accordo.

«Camilla, vienimi vicino. Ti prego.»

Erano soli in un angolo del cortile. Lei fece un passo, appoggiò la sua stampella al muro, gli mise le braccia al collo e la testa sulla spalla.

«Perdonami» disse Felice.

Il malumore scomparve, ma c'era ancora qualcosa che non era stato detto.

Quando il professor Ridolfi, vedendola stanca, le aveva ordinato di distrarsi e farsi un giro per la città, Camilla era andata diretta in un posto che già nei giorni precedenti aveva desiderato visitare, ma era troppo preoccupata per concedersi altri pensieri che non fossero la salute di Felice.

Quel giorno era entrata in un portone ed era salita al primo piano.

«È qui la scuola per maestre?»

La donna dietro alla scrivania le aveva dato tutte le informazioni necessarie. Era una scuola privata, ma in tutto e per tutto uguale a una normale. Prima dell'iscrizione si doveva sostenere un colloquio per saggiare la preparazione generale e valutare l'idoneità fisica delle aspiranti maestre.

«Che cosa vuol dire idoneità fisica?»

La donna l'aveva vista rabbuiarsi. Si era così scostata dalla scrivania, mostrando di essere seduta su una carrozzella.

«Sono maestra anch'io.»

Camilla aveva sorriso e ringraziato, ci avrebbe pensato su.

«Non pensateci troppo» le aveva consigliato l'altra,

non potendo sapere che chiedere quelle notizie era per la giovane che aveva davanti solo un gioco con sé stessa, un far finta che fosse possibile.

L'iscrizione restò un sogno, finché Camilla non si rese conto che i soldi che aveva chiesto al conte unicamente per gli studi di Felice erano un bel gruzzolo.

La sua richiesta, in strategico equilibrio tra una semplice domanda di aiuto e un implicito ricatto, aveva avuto come risultato l'elargizione di un generoso vitalizio.

Camilla non si era fatta scrupolo di fare leva sul senso di colpa del vecchio. Era colpevole, e se aveva deciso di pentirsi, che pagasse il prezzo della sua penitenza.

Il denaro sarebbe bastato anche per la scuola privata per maestre, ma per iscriversi c'era bisogno dell'autorizzazione del marito.

Se lui non gliel'avesse accordata?

Ormai era adulta e ricominciare a studiare era come mettere il sale sulla coda di un passero per acchiapparlo: ai bambini si racconta che quello è il modo per fermare un uccellino e poterlo accarezzare. Da piccola desiderava tanto riuscirci, ma si sapeva facilmente rassegnare ogni volta che quello spiccava il volo. Così era stato il suo percorso di studio: impegno, entusiasmo, desideri sfumati, progetti mai realizzati. Ogni volta si era messa il cuore in pace.

Non era perciò la rinuncia a preoccuparla. Temeva però che, se Felice avesse usato la sua autorità maritale per impedirle di iscriversi, l'amore stesso ne avrebbe risentito.

Non avrebbe dovuto ragionare così, l'amore non doveva dipendere da niente, se non da sé stesso. Era fatta male, di sicuro, ma sentiva dentro qualcosa che si ribellava all'idea che qualcuno potesse imporle un divieto, seppure suo marito avesse tutto il diritto di farlo. Avrebbe provato un senso di ingiustizia difficile da conciliare con l'amore, di cui s'era fatta l'idea che fosse qualcosa che ti fa vivere meglio.

Felice avrebbe potuto obiettare che era più opportuno che stesse a casa ad aspettarlo come tutte le mogli, osservare che nella sua condizione sarebbe stato difficile trovare lavoro o che presto avrebbe avuto figli da accudire e sarebbe stata comunque costretta a lasciare la scuola. E allora non lo avrebbe amato più, non dell'amore che rende la vita migliore.

Per fortuna a Felice sembrò uno splendido programma e la sua reazione coronò la rinata armonia tra loro.

Il vento li spingeva, alzava le gonne di lei, drizzava i capelli in testa a lui, poi cambiava direzione e si metteva contro, ma questo non ostacolava l'improvvisa allegria che li colse, che li portò finalmente a progettare un semplice e gioioso futuro insieme.

Sarebbero usciti la mattina, lui per l'università o per l'ospedale, lei per la scuola. Nel pomeriggio avrebbero studiato, ognuno concentrato sui propri libri.

«E io ti disturberò continuamente, perché mi dovrai aiutare.»

«Aiutarti, io?»

«Quando dovrò ripassare l'anatomia!»

Camilla nascose il viso nelle mani, ridendo.

47

Un angelo

Da quel momento furono felici. Avevano preso una piccola casa in affitto a Torino, solo due piani di scale con i gradini bassi da salire e una bella ringhiera larga per scendere volando.

Passarono insieme un inverno intimo e confortante come se fosse stato raffigurato da un pittore.

La neve fuori, il letto caldo. La fiancata possente della Mole e, sulla punta della punta, un angelo d'oro.

La proprietaria della casa aveva chiesto qualche soldo in più per l'affitto, sostenendo con orgoglio che quella che si vedeva dalla finestra era la costruzione in muratura più alta del mondo.

«Perché dobbiamo pagare di più, se noi stiamo in basso?» protestò Camilla con il suo spirito di bastian contrario, ma Felice le fece segno di tacere, le sussurrò che lasciasse perdere, quella casa gli piaceva ed era vicina all'università, non voleva perderla.

Presto l'atmosfera di quelle due stanze conquistò anche lei. Aveva posizionato la sua scrivania sotto la finestra. Si era iscritta alla scuola per maestre: la mattina frequentava le lezioni e il pomeriggio studiava, ma spesso si distraeva a guardare in su.

Immaginava di salire in cima a quel monumento che

dominava il mondo e uscire fuori in alto, tra le braccia dell'angelo.

Da lassù riusciva a guardare all'infinito, vedere la sua campagna, casa sua, sua mamma con la pancia che cresceva, che protestava perché doveva stare a letto tutto il giorno e a stare ferma diventava nervosa.

Le era possibile seguire suo padre che andava avanti e indietro con il calessino tra le colline imbiancate e Agostino che pitturava la cucina dell'osteria, diventata nera per il fumo via col tempo. Giovanni le aveva raccontato in una lettera che il fratello ne avrebbe fatto il suo laboratorio, riempiendolo di ceste, vimini, attrezzi.

Spostando lo sguardo un po' più in là, su un'altra collina, poteva incontrare Marinella che allattava Faustino, il suo bambino di pochi mesi, e Sebastiano che spalava via la neve, poi tagliava la legna e la buttava nella stufa per tenere la casa sempre calda.

Un presepe.

Rideva Camilla, pensando che nel presepe ci sarebbe stata anche la vecchia che filava: Berta, perfetta! E accanto ci vedeva bene l'uomo al pozzo, il cugino Peppo. L'avevano tenuto in prigione solo un mese e l'avevano rilasciato perché alla fine non aveva mai rubato niente. Così era tornato pentito dalla finta cugina, supplicandola di riprenderlo con sé. Da allora Berta era di buon umore e lui era diventato il suo schiavo, andava a prenderle l'acqua al pozzo e faceva tutto ciò che serviva in casa.

Alle spalle dell'angelo, protetta dalle sue ali, Camilla fantasticava di gettare lo sguardo ancora più lontano, fino in America, dal suo amato fratello. Aveva scritto che stava per diventare padre: zio e nipotino avrebbero avuto quasi la stessa età.

Sarebbe mai venuto per far conoscere quel bambino alla famiglia e per portare a lei la bambola di biscuit che aveva promesso?

Pregava l'angelo che lo facesse tornare e che proteggesse sua madre e il nuovo fratello che sarebbe nato. Ernestina aveva i capelli grigi e le mancavano dei denti, non avrebbe più potuto masticare il cibo per il bambino come aveva fatto con gli altri figli, ma che almeno lei e suo padre dimenticassero la disperazione e fossero felici con il loro piccolo.

L'angelo guardava lontano, ma era certa che l'ascoltasse.

Gli faceva anche una preghiera segreta, da esaudire in silenzio.

Che facesse in modo che a lei non venissero bambini.

Alla scuola magistrale le avevano detto che quella della maestra era una vita di sacrificio, che gli allievi erano come figli ed era meglio non averne di propri, per questo le donne sposate erano sfavorite nel trovare lavoro rispetto alle ragazze nubili.

Era convinta che l'angelo la stesse aiutando e ogni mese, quando vedeva il sangue, gli mandava un pensiero di ringraziamento.

Qualche volta, dall'alto della sua fantasia appollaiata lassù, Camilla dava un'occhiata anche alla casa padronale, gli alberi intorno, la torre. Cercava il vecchio conte Edoardo, si chiedeva se fosse ancora vivo.

Lo aveva perdonato davvero? Chissà se la gratitudine era davvero riuscita a cancellare un rancore allevato per anni o se riconoscenza e odio convivevano ancora in lei, senza annullarsi.

Con Felice si amavano di un amore totale e stavano vivendo la vita che avevano sempre desiderato anche grazie alla generosità che il conte aveva dimostrato, dando molto di più del modesto aiuto che Camilla aveva chiesto. Il perdono gli era dovuto.

Una sera che nevicava fittissimo e sul davanzale si era accumulata un bel po' di neve, Camilla si alzò dal letto, la raccolse in un piatto e vi aggiunse uno sciroppo di menta.

La mangiarono con la golosità di due bambini, baciandosi tra una cucchiaiata e l'altra. Gli scuri spalancati lasciavano entrare il riflesso chiaro della neve, che non riusciva ad accendere i colori ma esaltava i contorni di tutto.

La biancheria stesa ad asciugare su un filo da un muro all'altro restava sospesa nella stanza come una festa di innocui fantasmi, mentre ogni angolo oscuro si trasformava in abisso. Un raggio chiaro esaltava i lineamenti di Camilla, i due corpi intrecciati.

Goderono di quella luce per tutta la notte, senza dormire.

La mattina veniva ancora giù, fitta come la sera prima, e c'era un profondo silenzio; da fuori arrivavano solo i colpi secchi delle pale che si davano da fare per liberare la strada alle carrozze che passavano frusciando, come non poggiassero a terra.

I due innamorati si affacciarono con le teste all'insù, per vedere i fiocchi vorticare.

«Guarda l'angelo» disse Camilla. «Ne è venuta così tanta che sembra un pupazzo di neve.»

«È un genio, non un angelo» disse Felice ridendo.

Lei non rise.

«Che vuol dire genio?»

«È una divinità pagana. Il simbolo dei Savoia.»

Camilla non ci volle credere.

«Ha le ali!»

«Anche le galline hanno le ali, ma non sono angeli.»

Camilla chiuse la finestra.

Fu delusa, contrariata. Si sentì stupida e ignorante.

Aveva pregato per mesi un simulacro vuoto, si era creduta ascoltata e protetta. Se si fosse confessata con don Lucio, invece, lui avrebbe addirittura gridato al sacrilegio.

Le sembrò un cattivo auspicio.

48

Rosa

La casa fu percorsa da un urlo animale: Giovanni buttò giù l'ultima goccia in fondo al bicchiere e si affacciò alla porta.

«Ancora niente» disse sbrigativa la levatrice facendo segno con la mano di andarsene.

Si richiuse nella sala delle poltrone, prigioniero, pentito di aver deciso di stare lì, invece che fuori con gli altri uomini. Se avesse voluto raggiungerli gli sarebbe toccato attraversare la cucina, cosa che non gli era consentita, oppure scavalcare la finestra e, pur essendo al livello del cortile, alla sua età non era più così facile.

Era da solo con tutta la sua preoccupazione.

Peccato non credere e non poter pregare, sarebbe stata la situazione giusta. C'era anche la Madonna pronta ad ascoltarlo, quella che sua figlia diceva fosse scesa dal quadro per farle compagnia.

Il parto andava avanti da troppe ore, come era successo per i primi tre figli che poi erano spirati poco dopo la nascita. Uno gli era morto in braccio. Aveva ancora nella pelle la mollezza di quel corpicino che un attimo prima frignava, poi aveva tremato. Giovanni, dentro la copertina in cui era avvolto, aveva visto una faccina blu. Finito. Era il primogenito. Maschio. Aveva fatto in tempo a chiamarsi

Luigi, come suo padre. Erano morte altre due femmine e poi erano arrivati i figli vivi.

Luigi, Camilla e Agostino erano nati subito, neanche un paio d'ore di dolori ed erano lì, sani e belli.

Addirittura l'ultimo era venuto fuori in campagna, all'ombra di una pianta. Giovanni era come al solito all'osteria, Ernestina aveva fatto tutto da sola, l'aveva avvolto nel grembiule ed era tornata a casa con le sue gambe, per mettersi a letto.

Il pensiero della fatica di un nuovo bambino aveva oscurato il ricordo della gioia che aveva provato alla nascita dei suoi figli, persino per la femmina era stato contento.

Gli amici lo avevano compatito, gli avevano augurato di avere più fortuna al colpo successivo, ma invece Camilla gli era piaciuta subito.

Per l'ultima gravidanza non voluta, dopo lo sconforto era venuta la resa al destino e, in certi momenti, anche qualche lampo di entusiasmo.

«Sarà il bastone della tua vecchiaia» gli avevano detto questa volta, per consolarlo.

Gli piaceva pensarsi vecchio con accanto un giovane forte come Luigi o una femmina piena di premure, uguale a Camilla.

Dalla cucina arrivò un altro grido, ma questa volta Giovanni rimase seduto sulla poltrona, il cuore che batteva forte. E giù altro vino.

Agostino a parte, i bambini erano sempre nati sul tavolo di marmo della cucina e questo non avrebbe fatto eccezione, così Ernestina non aveva voluto saperne di andare in ospedale.

Felice le aveva fatto presente che alla sua età potevano esserci complicazioni, ma lei, con tutto il rispetto, pensava che fosse meglio stare alla larga dai dottori.

«Grazie, ma faccio da me» e aveva dato seguito alla sua

foga organizzativa prendendo accordi con la levatrice, la Michina. Era anziana e pratica e molti dei bambini che aveva fatto nascere era già sposati o sotto le armi.

Quando era venuto il tempo, Ernestina si era finalmente levata dal letto, tenuto di malavoglia dietro insistenza del genero apprensivo, che le aveva vietato di alzarsi prima dello scadere dei nove mesi, e l'aveva persino fatta visitare da un dottore specializzato in donne gravide.

«È la prima e l'ultima volta che mi vede, dottore» aveva detto scorbutica, uscendo dall'ambulatorio.

Finalmente libera di muoversi, per prima cosa aveva imbottito il materassino per la culla che Agostino aveva ideato apposta per il bambino in arrivo. Un lavoro da artista, di forma inusuale, sembrava una conchiglia.

Aveva quindi disinfettato la cucina, bollito i panni, in ultimo aveva ammazzato una gallina per il brodo di cui si sarebbe dovuta nutrire nei giorni del puerperio, stando nuovamente a letto senza alzarsi, come era prescritto a tutte le donne che avevano appena dato alla luce un bambino.

Felice avrebbe voluto almeno assistere al parto, ma gli fu proibito, uomini tra i piedi Ernestina non ne voleva e in particolare il marito di sua figlia. Temeva che l'avrebbe ricordata sempre così, in quel frangente. Quando arrivò il momento fu mandato ad aspettare fuori, sull'aia, con Peppo che gli offriva da fumare, Berta che versava da bere a tutti e Agostino che scherzava, «Ormai la mie speranze di rimanere figlio unico sono svanite», ma era emozionato come se il nascituro invece che fratello gli fosse figlio.

La levatrice uscì, due grossi aloni sotto le ascelle, il viso paonazzo.

«Il polso è accelerato» disse «e il bambino non si presenta bene.»

Aveva provato a girare il feto senza successo.

«Vengo a visitarla» disse Felice.

«Sono venuta a chiamarvi dietro insistenza di vostra moglie, ma non è il primo parto difficile che mi capita, se non ci sono riuscita io...» disse risentita.

«Siete stremata. Vi darò solo un aiuto mentre vi riposate un momento.»

Felice si affacciò con discrezione alla cucina, Ernestina ormai era fuori di sé, fosse entrato il papa in persona non ci avrebbe fatto caso.

Camilla, che non si era staccata da lei un momento, accolse suo marito come un salvatore.

«Aiutala, ti prego!»

Aveva visto, prima di lui, infilarsi in casa la morte, incerta se prendersi il bambino, sua madre o tutti e due. Aveva un aspetto normale, come se per non essere notata si fosse tolta il velo nero e si fosse messa lì, come tutti, in attesa che le cose accadessero. Non forzava gli eventi, la morte, ma era pronta a fare il suo lavoro.

Stava arrivando un'altra doglia che, come le altre, avrebbe straziato il povero corpo senza che succedesse nulla. Il ventre si gonfiava a ogni spinta, diventava enorme, si sformava come se il bambino volesse uscire lacerando la carne. Poi tutto si fermava.

Camilla si sentiva rimescolare dentro, lei stessa aveva dolori, il suo sudore si fondeva con quello della madre mentre le sussurrava all'orecchio: «Coraggio, coraggio».

Calmo, Felice prese a spingere con le braccia, con i gomiti sul ventre della partoriente, poi si disinfettò le mani provando a raggiungere il bambino.

Ernestina non ce la faceva più. A tratti si disperava, quel parto era uguale a quello dei piccoli che le erano morti, ma non voleva veder spirare un altro figlio appena nato, preferiva morire lei. Camilla le stringeva forte la mano: «Non devi morire mamma, non devi morire, come faccio senza di te?» Sembrava tornata bambina, una bimba in cui lei stessa non si riconosceva. Le avevano detto che era stata sempre forte, autonoma, strafottente. Mai lagnosa. La paura che provava l'aveva sempre nascosta, ma ora non riusciva, si sentiva perduta.

Felice continuava a spingere sul ventre, determinato e sicuro di sé. Lui da una parte e la levatrice, tornata al suo posto, dall'altra. Improvvisamente la pancia divenne storta, lievitò, si deformò dall'altra parte.

«Ecco, ci siamo.» Felice parlò piano, come se non volesse disturbare il bambino che, a forza di spinte, si stava mettendo nella giusta posizione.

«Che mi sta succedendo?» gridò Ernestina, che mai aveva provato qualcosa del genere.

La Madonna era di là, nell'altra stanza, c'era bisogno di lei. Tanta era la concitazione, che Camilla non trovò le parole per pregarla, sperò che bastasse averla pensata.

«Con la prossima spinta lo facciamo nascere.»

La doglia arrivò subito.

«Ci siamo! Forza Ernestina! Forza» la incitò la levatrice.

Un grido più simile a un rantolo durò un tempo infinito, qualcosa scivolò nelle mani della levatrice e poi niente.

Un silenzio lunghissimo e il dolore di Ernestina scomparve. Come non ci fosse mai stato.

Camilla asciugò il viso della madre, le baciò la fronte – «brava, ce l'hai fatta» – e, guardando oltre le sue gambe, vide un piedino livido, una testa molle penzolare all'ingiù e la mano della Michina che sculacciava un culetto magro.

«Non piange. Perché non piange?» La puerpera cercava di tirarsi su per vedere il neonato, ma non riuscì.

La morte era ancora in giro, stava decidendo. Poi sdegnò il nascituro, che emise un gorgoglìo e un vagito.

«È una femmina. Peccato, dopo tanta fatica» disse Michina.

La porta della sala si spalancò: «Io sono contento così» disse. «La chiamiamo Rosa, il nome di mia madre.»

«Via, via, non è ancora il momento» disse la levatrice, ma Giovanni non le diede retta e si mise in un angolo ad aspettare che venisse il turno di essere nuovamente padre.

Il primo a prendere la bambina, dopo la levatrice, fu Felice. Lui le tagliò il cordone e subito dopo la visitò, appoggiata sulla madia ricoperta di panni caldi. Le fece la prima carezza della sua vita.

«Sta bene. È uguale a te» disse a Camilla.

Lei la guardò da lontano, non voleva staccarsi da Ernestina. Le carezzò le guance, le baciò le mani.

«Ho avuto tanta paura, ma adesso è tutto passato, sei stata brava» le diceva, ma intanto pensava che nascere era un massacro. C'erano grida, dolore, sangue ovunque e, come una bestia che pregusta la preda, la morte che ci sguazzava.

La nuova vita di Rosa non l'aveva messa alla porta, era ancora lì a spiare mentre la levatrice armeggiava con il secondo parto.

Ciò che aveva dato nutrimento, le radici del bambino, ora andavano buttate e sotterrate in un luogo sicuro, dove nessun animale potesse trovarle.

Niente di quel legame durato nove mesi doveva rimanere nel corpo della madre.

Invece, «non c'è tutta» disse preoccupata Michina.

«Aspettiamo» disse Felice, mentre consegnava la bimba al padre e al fratello maggiore che si abbracciavano tra loro, l'involto di bambina in mezzo.

«È bellissima» dicevano.

Agostino non vedeva l'ora di sistemarla al centro del suo capolavoro a forma di conchiglia ma, quando l'appoggiò sul materassino, Rosa sembrò perdersi nella culla. Giovanni rassicurò il figlio.

«Crescerà in fretta. Sembra ieri che eravate piccoli voi.»

Ernestina chiedeva notizie della bimba.

«Camilla, va' a vederla, dimmi com'è.»

Si staccò malvolentieri dalla madre, si avvicinò con diffidenza alla sorella. La piccola già teneva su di lei due occhi spalancati che le fecero nascere l'inaspettato desiderio di prenderla tra le braccia, insieme alla paura di non esserne capace. La sollevò e, per paura che le cadesse, se la tenne premuta addosso. Rosa girò la testolina e scostò le labbra come a cercare il suo seno.

Camilla fu assalita da un misto di stupore e sgomento – «Vuole mangiare!» – insieme alla sensazione di avere illuso la piccola con il gesto di stringerla a sé, di averle dato la sua prima delusione.

«C'è ben poco da mangiare in quelle poppe lì, non so cosa aspettate voi e vostro marito!» disse Michina.

Quella bambina era appena arrivata e sembrava già di non poterne più fare a meno, come fosse lì da sempre.

La levatrice le mise in mano le fasce.

«Ci pensate voi?»

Non l'aveva mai fatto. Aveva visto Marinella fasciare il suo Faustino, cercò di ricordarne i gesti e li imitò.

«L'hai guardata bene, ha tutto?» chiese Ernestina.

«Sì, mamma, ha tutto. Ne hai già una senza un pezzo.»

Riuscì a farla ridere.

La figlia adulta e la madre erano tornate a essere più che mai l'una per l'altra, come se invece che Rosa fosse nata nuovamente Camilla, come se entrambe avessero partorito la nuova nata.

La levatrice aspettava la fine del secondamento, ma non c'era che sangue. Copioso e rosso vivo.

«Bisogna portarla in ospedale.»

Ernestina non ne voleva sapere, ma Felice fu irremovibile.

«E facciamo presto» si raccomandò.

La adagiarono su un carro. Venne in aiuto anche Peppo. Un lenzuolo sopra e la paglia sotto per attutire i sobbalzi.

Le vicine accorsero a salutarla, Berta le raccomandò di tornare presto, mentre Agostino fu incaricato di andare a chiamare Marinella, che venisse a dare il suo latte.

Camilla afferrò il braccio di suo marito.

«Grazie, Rosa ti deve la vita. Quello che hai fatto oggi è la tua laurea.»

Era contento di sentire quelle parole da sua moglie.

«Riporta a casa anche mia madre» implorò.

Lui le diede un bacio invece che fare una promessa.

Camilla avrebbe dato qualsiasi cosa per salire sul carro, ma in casa c'era una piccola perla dentro la sua conchiglia, che in quel momento aveva solo lei.

Ernestina tremava per il freddo. Camilla l'avvolse nel suo scialle tenendola stretta.

«Si deve andare!» sollecitò Felice.

«Vai, pensa a Rosa» disse la madre.

Il carro partì verso l'ospedale.

49

Ernestina

Li aveva lasciati fare, gioire, abbracciarsi e soprattutto, aveva concesso loro di sperare. Invece, nascosta tra il lenzuolo e la paglia, la morte era salita sul carro e a metà strada si prese Ernestina. Sembrava dormisse e invece non c'era più.

A casa, Rosa stava già succhiando il latte, la piccola testa coperta di una sottile peluria bionda si perdeva nei seni enormi di Marinella.

Faustino era stato affidato alla nonna e Sebastiano l'aveva accompagnata, così cercava di rendersi utile, aiutando a pulire la cucina, che era un campo di battaglia.

Camilla aveva messo le pezze nella bagnarola e stava raccogliendo la cenere per il bucato, quando sentì qualcosa di strano nel petto, come se dentro, un po' di lato al cuore, si fosse staccato qualcosa. Un distacco lieve, come un'ala solitaria che da lì prendeva il volo.

È morta, pensò, ma continuò a raschiare con la paletta nel camino, a mettere la cenere nel setaccio per togliere i pezzi più grossi e a dirsi, come le avrebbe consigliato suo padre, di non dar retta alla fantasia.

Girare il carro per tornare indietro fu penoso.

Michina sapeva che non aveva sofferto, ne aveva viste tante andarsene così. Cercava di consolare i parenti raccontando di povere donne che sgravavano nella stalla, senza un aiuto come le bestie, e poi stavano lì, si svuotavano del sangue, senza un lamento.

«Quando le trovano mi mandano a chiamare, ma non c'è più niente da fare.»

Ernestina almeno aveva avuto tutti vicino, la figlia, la famiglia e lei che, ci teneva a rimarcare, era molto pratica.

Nessuno era confortato dalle sue parole, Giovanni guidava il carro senza vedere niente, le lacrime ferme negli occhi come una cataratta. Agostino singhiozzava abbracciato alla madre e Felice, oltre che dal dispiacere, era tormentato dalla preoccupazione di come l'avrebbe presa Camilla. Così la strada del ritorno gli sembrò troppo breve anche se il carro procedeva con lentezza, come se i cavalli fossero anch'essi gravati dal dolore che trasportavano.

Al primo scricchiolio di ruote sulla ghiaia, Camilla capì, ma non emise un fiato per non spaventare la sorellina.

Fece per correre fuori, dimenticando chi fosse. Era una donna con una gamba di legno che per camminare aveva bisogno di una stampella, ma si comportò come se il tempo fosse andato indietro, al prima, quando Ernestina tornava dalla campagna e lei, bambina, correva ad abbracciarla, perdutamente innamorata di sua madre.

Si slanciò e cadde.

L'umiliazione spense temporaneamente l'angoscia, la gamba si era sganciata, la scarpa scivolata via e non riuscì ad alzarsi da sola, Sebastiano dovette sollevarla da terra.

In quel momento entrò Felice. La prese dalle braccia del garibaldino che, non avendo ancora capito la tragedia di quel momento, gliela affidò con un sorriso e un gesto scherzoso, pensando così di rendere più leggera l'onta della caduta.

Nessuno ricambiò la sua allegria.

«Ti sei fatta male?» chiese Felice preoccupato.

Rispose di no con un cenno e nascose nella gonna il gesto di riallacciarsi le fibbie dell'arto. Voleva mostrarsi a sua madre intera, perché dentro si stava sbriciolando.

«Non ho potuto fare niente» disse Felice.

Quando Sebastiano e Marinella compresero l'accaduto, nella stanza cadde il gelo e perfino Rosa smise di succhiare.

Lasciò dentro casa il silenzio e fuori le sembrò di non vedere niente, sentì solo le voci delle vicine che erano arrivate, i singhiozzi di Agostino, qualche Ave Maria, suo padre che la chiamava: «Camilla vieni!» e poi: «Ernestina, come faccio senza di te?»

La stavano tirando giù dal carro e il lenzuolo, tenuto dagli uomini per i quattro angoli, dondolava. Sanguinava.

Per farla entrare in casa dovettero aprire la seconda anta della porta, che era rimasta chiusa da quando avevano portato fuori la bara di nonna Rosa.

I cardini erano incastrati per la ruggine, Sebastiano li liberò con un calcio, caddero calcinacci e una lucertola secca.

Il corpo fu adagiato sul pavimento. «Fate piano!» gridò Camilla.

Marinella coprì gli occhi della neonata.

Peppo, Sebastiano, Agostino e Felice grondavano sudore e ansimavano come se avessero sollevato una montagna.

Avevano bisogno di una pausa, chiesero dell'acqua prima di tirarla di nuovo su.

«Di qua» disse Camilla aprendo la sala delle poltrone. Si mise in un angolo per non intralciare.

Marinella le si avvicinò sussurrando: «Noi dobbiamo andare. Faustino avrà fame».

Si vergognava di lasciarla sola, ma non poteva fare diversamente.

«Sai, avevo troppo latte, lui non ce la faceva mica a

prenderlo tutto e avevo sempre male.» Si toccò il seno, le ascelle. «Così sono contenta di allattare Rosa.»

Poi ci pensò.

«Cioè, non volevo dire contenta...»

Camilla sorrise suo malgrado.

«Grazie Marinella.»

«Condoglianze.»

Sebastiano le tenne le mani tra le sue, non le lasciava più.

Avvolsero Rosa in una coperta e se la portarono via.

«Questo me lo metterete quando sarò morta.» Ernestina aveva mostrato il vestito nero con dei puntini bianchi quando ancora Camilla era una bambina, aveva riso nel vedere la figlia rabbuiarsi e le aveva carezzato una guancia.

«Tra tanti, tanti anni.»

L'abito era sul primo attaccapanni appeso nell'armadio, Ernestina aveva riempito la tasca di fiori di lavanda.

Non l'aveva mai indossato.

Sembrava che non sarebbe mai servito e, ora che era venuto il momento, si dovette tagliarlo dietro, non le entrava più.

Camilla volle fare tutto da sola, pulirla, pettinarla, vestirla. Voleva restituire a sua madre i gesti, che di parole non ce n'erano state tante e non erano servite.

Felice era preoccupato, voleva aiutarla.

«Lo devo fare io» disse lei.

«Con la pena che hai dentro, stancarti così...»

C'era tempo per cominciare a fare i conti con il distacco che aveva sentito nel petto. Camilla si convinse che nei figli andassero a finire dei pezzi di madre, qualcosa di misterioso, che mai nessuno aveva trovato, ma c'era. Non aveva forma di cuore né di nient'altro, ma quando si staccava ne restava il segno, la forma.

Avrebbe dovuto capire che cosa mettere nello stampo lasciato da Ernestina. Per ora era un vuoto che a tratti bruciava, poi diventava gelido, si dibatteva, scavava. E aveva voce. Urlava, taceva per un momento e si svegliava improvvisamente ruggendo.

Era una ferita da medicare, ricucire per impedire che diventasse infetta. Guarirla del tutto sembrava impossibile.

Ma ora Ernestina era lì, poteva ancora vederla, toccarla e dedicarsi a lei leniva il dolore.

Quando la madre fu pronta, bella, il viso finalmente riposato, Camilla la raccomandò alla Madonna, la mano rivolta a Ernestina sembrava un richiamo.

Mettere la morte in parole da spedire a Luigi fu un compito che toccò a lei. Peppo si offrì di portare la lettera all'ufficio postale, poi la nave l'avrebbe accompagnata per un mese sull'oceano, ma quando la notizia sarebbe arrivata tra i palazzi di New York non ci sarebbe stato nessuno che potesse capire fino in fondo che cosa avrebbe provato Luigi.

Camilla, la cognata, sapeva di sicuro che cosa fosse una madre, ma non aveva mai conosciuto Ernestina; poteva confortare suo marito con tanto amore, ma la vera consolazione per Luigi sarebbe stata piangere insieme, spartirsi il dispiacere con uno di famiglia.

Luigi sarebbe stato solo e Camilla non sapeva come fare, cosa dire.

Qualche mese prima Giovanni, vincendo il pudore, aveva trovato il coraggio di scrivere al figlio la notizia della gravidanza e Luigi aveva risposto manifestando enorme felicità per la nascita di un fratello, dicendo che venirlo a conoscere sarebbe stata l'occasione per tornare, prima o poi, a rivedere la sua adorata famiglia e l'Italia.

La troppa gaiezza di quella risposta, come se ad aspettare un figlio fosse una novella sposa e non una madre anziana a cui erano morti già tre neonati, nascondeva una preoccupazione che era inutile dire.

Luigi, vedendo arrivare la nuova lettera e intuendo che portasse notizie del parto, avrebbe avuto timore ad aprirla. L'avrebbe infilata in tasca, stropicciandola un po', guardandola ogni tanto e mettendola di nuovo via. Oppure avrebbe indugiato fingendo che fosse una qualsiasi missiva, in attesa che tornasse la moglie e fosse lei a leggerla, ad alta voce, quando il loro piccolo si fosse addormentato. Quel tempo gli sarebbe servito ad abituarsi, mettersi alla prova di fronte all'ipotesi di una disgrazia e poi vergognarsi per aver assecondato sciocchi presentimenti. E di nuovo, poco dopo, ricadere nel dubbio.

Caro Luigi,

ti devo dare purtroppo una brutta notizia. La mamma non c'è più. Ieri ha dato alla luce una sorellina, che papà ha chiamato Rosa, come la nostra cara nonna. È sana e bellissima, ma le conseguenze del parto hanno portato via nostra madre.

Vorrei tanto essere lì per disperarci insieme, e siamo così lontani! Quando riceverai questa lettera qui la vita sarà andata avanti, per forza, caro fratello, ma sono sicura che mi accorgerò lo stesso che l'hai letta, tu pensami tanto e io ti sarò vicina. Se ne avrai bisogno, ti prenderò in braccio come tu hai fatto con me tante volte. Con il pensiero anche una zoppetta come me può tirare su un ragazzone come te.

Luigi, vorrei gridare, piangere, battere la testa contro il muro e invece devo essere forte per papà, per Rosa, per Agostino, che è disperato, e per te che sei così lontano e non hai nemmeno il conforto di poter salutare la mamma per l'ultima volta.

Ti voglio bene, ti vogliamo bene. Scrivi presto.

Tua sorella

Firmò con i nomi di tutti, piegò il foglio, lo mise nella busta. Scrisse l'indirizzo. Faceva tutto con lentezza, come la volta in cui doveva spedire la lettera a Felice per dirgli che non voleva più sposarlo.

Era così sconsolata quel giorno, eppure a ripensarci ora quel disperarsi le sembrò inutile, esagerato. Sofferenza sprecata.

Il dolore senza rimedio era quello di adesso e ciò che la faceva impazzire era che bisognava trovare il modo di rimediare alla cosa più irrimediabile del mondo.

50

Decisioni

Sul muro della cucina rimase un rettangolo chiaro. Camilla staccò il quadro con il temporale e se lo portò a Torino, nelle due stanze sotto la Mole. Dopo la delusione avuta dal genio che si era finto angelo, aveva tolto la scrivania da sotto la finestra e l'aveva appoggiata al muro, dall'altra parte della camera. Sopra appese il dipinto.

Ai suoi non aveva nemmeno dovuto chiedere il permesso per averlo: se avesse domandato a suo padre o a suo fratello che cosa vi fosse raffigurato, di sicuro non avrebbero saputo rispondere.

Solo lei aveva abitato a lungo in quel campo di grano bruciato, sotto le nuvole cupe. Lei aveva dato un degno significato all'esistenza della donna e dei suoi due bambini che fuggivano per il temporale.

Non aveva una fotografia di sua madre.

Quando Giovanni insisteva – «Andiamo a farci fare il ritratto» – Ernestina diceva «sì sì», ma poi non se ne faceva niente.

Una volta era spettinata, un'altra le era appena caduto un dente.

«Moglie cara, si deve stare seri nelle fotografie» diceva lui, e allora lei trovava un'altra scusa.

Così non esisteva alcuna immagine di lei.
La donna del quadro divenne Ernestina.

Se sentiva di volersi ribellare al dolore e si accorgeva che la sua ribellione non avrebbe cambiato nulla – anzi, la sofferenza si trasformava in rabbia contro la vita, contro le persone, tutte le persone, suo padre, Felice, la neonata, e contro sé stessa che non era stata lì, sul carro a convincere sua madre a non andarsene – Camilla fissava la donna dipinta e qualcosa le diceva: «Tranquilla, adesso torno».

Si calmava.

Però non riusciva più a studiare ed era incostante alle lezioni, andava una volta sì e tre no. In qualche momento dimenticava il dolore e sembrava che i giorni avessero ripreso il loro corso. Poi le tornava alla mente un gesto, una giornata, una parola di sua madre e dentro si rompeva di nuovo tutto.

La mattina si vestiva per uscire, ma appena Felice chiudeva la porta per andare all'università, si metteva a letto ad ascoltare il vuoto, a studiare l'impronta che sua madre le aveva impresso, a chiedersi che cosa ci volesse per sanare la carne lasciata scoperta da quel distacco.

Pensava.

A suo padre che dietro al bancone si versava da bere, ancora e ancora.

Alla lettera per l'America che viaggiava nel buio di una stiva, schiacciata in un sacco contro una dichiarazione d'amore e una richiesta di denaro. La notizia che portava avrebbe strappato anche a Luigi il pezzo che Ernestina gli aveva messo dentro. Suo fratello andava in giro per la sua New York, ignaro di stare vivendo gli ultimi momenti di una serenità che non sarebbe più stata la stessa.

Sul soffitto sopra il letto, una ragnatela distoglieva Camilla dai pensieri, avrebbe dovuto toglierla ma le sembrava di non avere la forza, come fosse stata intessuta non di bava, ma di ferro.

Guardava la finestra, i vetri colpiti dal sole erano ricoperti di polvere secca rigata dalla pioggia: avrebbe voluto una bacchetta magica che li pulisse, perché lei non aveva più alcun interesse ad avere dei vetri splendenti, come invece erano stati qualche mese prima.

Tornava a pensare: Agostino, sommerso dalle sue ceste, non avrebbe mai realizzato il desiderio, se davvero lo aveva, di diventare figlio unico e oramai, figlio, poteva esserlo solo a metà.

Il pensiero andava persino a Caterina e Antonio. I suoceri si erano presentati al funerale, avevano fatto le condoglianze e la donna aveva chiesto scusa.

«Delle volte i dispiaceri fanno perdere la testa» l'aveva giustificata il marito.

Era una poveraccia anche lei, che pagava cari i suoi errori. Non aveva senso continuare ad allevare rancore e di questo era riuscita a convincere anche Felice che, con riluttanza, aveva ricominciato a rivolgere la parola ai suoi genitori.

Forse un giorno, quando se la fosse sentita, sarebbe andata a trovarli. Loro si sarebbero comportati da suoceri e lei da nuora. Insieme avrebbero assunto le sembianze di una famiglia normale.

Il pensiero continuo di Camilla era però Rosa. Un pensiero bello e doloroso, con cui ogni tanto si consolava, ma che spesso era costretta a evitare per non soffrire di più.

La pensava tra le braccia di Marinella, a spartirsi il nutrimento con il fratello di latte Faustino.

Sebastiano era andato a casa a prendere la culla, così grande che ci dormivano in due, lei ancora minuscola e l'altro, ormai di otto mesi, un porcellino.

Sarebbe cresciuta bella tonda come lui, ma senza i baci,

il calore, la saliva di sua madre. Camilla invece era stata svezzata due volte, per due volte Ernestina aveva masticato il cibo e gliel'aveva infilato in bocca, quando lei era stata troppo piccola o troppo malata per mangiare da sola.

La madre avrebbe dato le proprie gambe per guarire sua figlia, era stata il suo sostegno silenzioso, avrebbe preferito il proprio dolore a quello di lei e forse più di lei aveva sofferto.

Camilla aveva avuto tutto questo in dono e ora qualcosa le suggeriva di non tenerlo per sé.

Le ultime parole, mentre la portavano via – «Pensa a Rosa» – Camilla le aveva volute intendere come la raccomandazione di un momento, ma invece sua madre, consapevole del proprio destino, le stava affidando la persona che aveva messo al mondo.

Ora l'aveva capito e non poteva lasciare sua sorella all'amica, sebbene lei e Sebastiano avessero accolto la bambina volentieri.

Camilla sentì che avrebbe dovuto provare a essere madre di quella bambina, anche se questo avrebbe comportato per lei una nuova vita.

Ne aveva già avute tante di vite: bambina sana, bambina disgraziata, zitella senza scampo, promessa sposa, fidanzata che fugge, moglie senza volerlo, sposa gioiosa. Ora era una donna innamorata di suo marito e stava realizzando il sogno di studiare e diventare maestra. Quella maternità inattesa avrebbe di nuovo cambiato tutto.

Non importava, gli occhi che Rosa le aveva spalancato in faccia nemmeno mezz'ora dopo che era venuta al mondo, quelli che l'avevano spinta a prenderla in braccio, che le avevano fatto pensare che non si potesse più fare a meno di lei, la chiamavano.

L'alzarsi dal letto, il vestirsi, l'uscire assunsero finalmente il senso che Camilla stava cercando. Era il destino che teneva il timone, un'illusione credere di scegliere una o un'altra vita, al massimo si poteva cercare di capire la direzione per non farsi strapazzare troppo dai venti contrari, dai nubifragi improvvisi.

Doveva tornare a casa, come la donna del quadro.

Lasciò una lettera a Felice, spiegandogli che sarebbe partita immediatamente per andare a prendere la piccola. Si scusò dell'impulsività del gesto e per non averlo aspettato. Cercò di chiarire i motivi della sua decisione, ma ciò che un attimo prima, pensato tra sé e sé, le era sembrato chiaro, ora sfuggiva a una precisa spiegazione. Però sapeva di dover andare e terminò la sconclusionata missiva con: «Spero che tu capisca, amore mio».

Si sentì addosso la furia organizzatrice di sua madre e quello stesso giorno arrivò in paese, cercò e trovò una balia che fosse disposta a traferirsi a Torino. La donna benedì l'occasione che aveva di guadagnare un po' di soldi con il proprio latte e di riposarsi un po', avendo solo una neonata di cui occuparsi invece che dei suoi otto figli. Una sorella che aveva appena partorito ne avrebbe allattato il bambino.

Fece poi tappa da Marinella, Rosa aveva appena finito la poppata. Camilla la tolse dalle fasce, la pulì, la riavvolse e la tenne in braccio finché non vide le palpebre scendere lentamente sulla trasparenza scura degli occhi, fino a un momento prima sgranati su di lei.

Le promise, sussurrando, che si sarebbero riviste presto e avvertì l'amica di tenerla pronta per la settimana successiva, che sarebbe passata a prenderla.

L'altra la guardò stranita: «Sta tanto bene qui».

A lei, animo semplice, fu ancora più difficile spiegare i motivi della repentina scelta. Sebastiano agitò le mani, si toccò il petto e la fronte e Marinella, diventata molto più brava di Camilla a comprendere il linguaggio di suo marito, tradusse.

«Dice di lasciarla da noi, almeno finché prende il latte.»
Camilla ringraziò, ma preferiva fare come aveva detto.
Sebastiano l'accompagnò alla cascina Costa, ma non sembrava contento.

51

Futuro

Quando Felice trovò il biglietto non si meravigliò affatto della decisione di Camilla e, anzi, gli sembrò naturale che la bimba, messa al mondo dalle sue mani, dovesse crescere sotto i suoi occhi, ogni giorno.

Sarebbe stata la sorella maggiore per i figli suoi e di Camilla e fu certo che la presenza di Rosa avrebbe risvegliato nella moglie il desiderio di averli presto, e più d'uno. Sentì dentro una contentezza quasi infantile, come se stesse per ricevere un regalo inaspettato.

Cominciò a fantasticare su una casa più grande, sull'opportunità di tornare in campagna, dove i figli sarebbero cresciuti meglio. Lui avrebbe potuto ottenere una condotta e dare adeguata assistenza alle tante donne che decidevano di partorire a casa, oltre che ai malati della sua terra.

Se Camilla avesse voluto cercare lavoro come maestra, sarebbe stato facile trovare una ragazza che la aiutasse con la casa e i bambini.

Niente nonna, per carità. Giusto le visite di rito per evitare che sua madre uscisse di nuovo di senno. Aveva capito che a modo suo Caterina gli voleva bene, ma continuava a pensare che fosse una donna insopportabile.

Era ora di smettere con i castelli in aria e Felice aprì il

libro per studiare. Adesso che sua moglie aveva levato la scrivania dalla finestra, ci aveva messo la sua.

Salutò il genio con cui Camilla aveva litigato, mentre lui se l'era fatto amico.

Era l'ultimo esame, gli raccomandò di averne cura con le sue doti magiche.

Camilla, arrivata alla cascina e lasciato Sebastiano, trovò suo padre e Agostino che stavano cenando.

Si abbracciarono a lungo, in silenzio, evitando di dirsi l'un l'altro la mancanza che sentivano ancora più forte, incontrandosi.

«Come mai sei a casa, papà?»

Stava decidendo di lasciare l'osteria. Non ne era ancora proprio certo, ma intanto qualche sera teneva chiuso il locale: dopo una vita a cenare con gli ubriachi, aveva voglia di tranquillità.

«Da mangiare non mi mancherà.»

L'impresa di Agostino si stava allargando, ormai vendeva ceste e culle in tutto il Piemonte e il laboratorio nella cucina dell'osteria stava diventando troppo piccolo. Pensava di trasformare l'intero locale nel suo luogo di lavoro e di utilizzare le vetrine per esporre i suoi prodotti.

Giovanni, nella sua falegnameria di casa, lo avrebbe aiutato, costruendo supporti di legno per realizzare anche sedie, letti, armadi.

«Abbiamo fatto il sedile per un calesse. Bellissimo! È più comodo e non fa sudare» disse Giovanni, orgoglioso di sé e di suo figlio.

Mangiarono insieme fingendo che fosse normale essere loro tre soli e non chiesero a Camilla perché fosse lì.

Parlarono ancora dei progetti di Agostino, e Giovanni era contento di avere rimesso in funzione la falegnameria.

«L'avevo messa su per te, per farti gambe e stampelle a

mano a mano che diventavi alta, ma da quando sei cresciuta non ho avuto più niente da fare.»

Camilla colse nel tono di Giovanni una specie di rammarico, che trovò comico.

«Se ti fa piacere, posso tagliarmi anche l'altra.»

Lo scherzo cadde nel vuoto, solo lei era così stravagante da prendere in giro le disgrazie e troppo fresca era la ferita di tutti per non avere vergogna di ridere insieme.

Non dissero una parola su Ernestina, ma si entusiasmarono descrivendo gli occhi di Rosa, che Giovanni andava a trovare tutti i giorni. Era convinto che lo riconoscesse, che sorridesse solo a lui.

Camilla disse che doveva parlare di una cosa importante, non sapeva se suo padre avrebbe preferito andare nella sala, come avevano sempre fatto.

«Non entro più in quella stanza.»

Si sentì sollevata, anche lei la temeva.

Annunciò la sua intenzione di portarsi via la sorella, di lì a qualche giorno.

Si sentiva del tutto incapace di spiegare come fosse arrivata a quella decisione, le parole sembravano vuote.

«Devo dare a Rosa quello che... che mia madre ha dato a me.»

L'ascoltarono in silenzio, lasciandola annaspare tra spiegazioni non troppo convincenti, guidata però dalla ferma convinzione che fosse la cosa giusta da fare.

Alla fine fu Agostino a parlare, senza incertezze, essendo ormai lontani i tempi degli starnuti che venivano insieme all'emozione.

«Noi abbiamo già deciso diversamente.»

Giovanni fu pronto a sostenerlo: «La bambina l'alleviamo noi».

Era partita la mattina come un cavallo al galoppo. In faccia però aveva tenuto i paraocchi che le avevano limitato la visuale. Aveva considerato tutto, ma che due uomini da soli volessero crescere una bambina, non le era passato per la mente.

Si trovò spiazzata. E muta.

Di fronte, aveva il muro di difesa di suo fratello e suo padre che, con calma determinazione, volevano convincerla ad abbandonare il campo.

«Una donna sposata, con la stampella e una bambina. Non ti prenderanno mai a fare la maestra.»

Avrebbe buttato al vento tutti i suoi sforzi di studentessa, a lei avrebbero preferito qualsiasi ragazza nubile, il suo sogno a lungo coltivato sarebbe sfumato.

«Lo sai, papà, che sono testarda. Finirò gli studi e riuscirò a lavorare anche se avrò Rosa con me» disse lei.

Giovanni non riuscì a ribattere, conosceva sua figlia.

«Rosa ha bisogno di una madre e io...» insistette.

«E io sono il padre!» l'interruppe Giovanni, imperativo. La piccola avrebbe avuto bisogno di lui. Dell'aria di campagna, della casa di famiglia, del cortile per correre, degli animali per giocare.

«E come me non potrà studiare.» Pensò che potesse essere un argomento valido.

«Intanto pensa a studiare tu.»

Il tono di Giovanni vibrava di una fermezza che raramente aveva avuto.

«E se invece hai intenzione di fare la madre, è ora di fare dei figli tuoi.»

Suo marito glielo diceva, suo padre glielo faceva notare, era sposata ormai da mesi e non era ancora rimasta incinta. Non era più andata a confessarsi dalla volta in cui persino un prete di Torino glielo aveva rimproverato.

Rosa le aveva mosso qualcosa dentro che non le faceva più sentire la paura che un tempo aveva provato all'idea di amare come sua madre aveva amato i figli.

Non poteva ignorare tutto questo, ma ai bambini suoi

ci avrebbe pensato in seguito, ora doveva riprendersi la sorella.

«Ti stancherai papà. Ti ricordi? Eri disperato quando pensavi di dover ricominciare daccapo.»

«Mi sbagliavo» disse Giovanni.

Camilla incalzava, ma sembravano avere già organizzato tutto nei dettagli.

«E quando Agostino si sposerà?»

Non poteva permettere, Camilla, che sua sorella finisse nelle mani di una donna estranea che, avuti i figli suoi, avrebbe mal sopportato la piccola.

«Io non voglio sposarmi» disse Agostino. «Il tempo che non lavoro è per Rosa.»

Arrivavano da fuori le voci delle vicine riunite davanti a una porta a ricamare, la cantilena di un rosario, gli strilli dei bambini.

Camilla si alzò, andò all'acquaio per lavare le stoviglie, in silenzio.

Suo fratello la seguì, la sospinse via, attento a non farle perdere l'equilibrio: «Ci penso io» disse.

Lei resistette: «L'ho sempre fatto io».

Agostino allora le prese con delicatezza le mani, gliele tolse dall'acqua, le porse uno strofinaccio: «Adesso non più».

Lei, gocciolante, non voleva arrendersi.

«Io le voglio bene.»

Anche loro gliene volevano, tanto.

«Sorella, non si può fare sempre quello che dici tu» concluse Agostino.

Camilla, un ultimo filo di speranza, guardò suo padre, che approvò le parole del figlio con un cenno del capo.

«È deciso» ma le sorrise.

La notte dormì nel suo letto di ragazza, sognò di avere gambe buone e di tenere in braccio sua madre, piccola, leggera, quasi trasparente, e ovunque andasse la portava con sé.

Aprì gli occhi la mattina senza avvertire la solita delusione nel ritrovare, al risveglio, la sua gamba di legno. Trovò invece il desiderio urgente di rivedere suo marito e la sua casa.

Pensò al primo raggio di sole che entrava la mattina dalla finestra, che quel giorno avrebbe illuminato il suo posto vuoto nel letto.

A scuola, la maestra delle maestre avrebbe nuovamente segnato sul registro la sua assenza: non sarebbe più successo.

Sentì che la fretta la spingeva via.

Suo padre l'abbracciò per salutarla, suo fratello dormiva ancora.

«Vieni a trovare Rosa tutte le volte che vuoi.»

«Certo papà.»

L'omnibus sarebbe passato di lì a poco, non doveva perderlo: a casa l'aspettava la sua vita.

Ringraziamenti

Ringrazio:

Martina Donati, direttrice editoriale di Piemme, che ha amato e scelto con entusiasmo questo libro fin dalle sue fasi più embrionali.

Ambrogio Arienti, il mio editor, per il suo importante lavoro sul testo, per la gentilezza e la disponibilità.

Roberto Gilodi, che mi ha seguita non solo con la sua professionalità di agente letterario, ma soprattutto con la sua amicizia, incoraggiandomi a scrivere questa storia.

Fabrizio Ferri, per la preziosa copertina.

Daniela De Carli, amica mia di sempre, prima lettrice e preziosa consigliera.

Mio marito, Valerio Mancusi, che ha accompagnato la scrittura di questo libro con la sua presenza, le sue attenzioni e le sue acute osservazioni.

Ringrazio tutte le persone, tra cui i miei figli Andrea e Alessio Morabito, che sempre partecipano con affetto ed entusiasmo al mio lavoro.

Certificato PEFC
Questo prodotto è realizzato con materia prima da foreste gestite in maniera sostenibile e da fonti controllate
PEFC
PEFC/18-31-226
www.pefc.it

GRAFICA VENETA
CARBON NEUTRAL

Questo libro è fabbricato da Grafica Veneta S.p.A.
con un processo di stampa e rilegatura certificato 100% carbon neutral
in accordo con PAS 2060 BSI

Finito di stampare nel mese di giugno 2025
su carta holmen
con fibra vergine proveniente da foreste sostenibili holmen.com/paper
presso Grafica Veneta S.p.A.
Via Malcanton, 2 – Trebaseleghe (PD)
Printed in Italy